KB114792

동물 농장 외

서연비람은 조선 시대 왕궁 내, 강론의 자리였던 서연(書筵)에서 강관(講官)이 왕세자에게 가르치던 경전의 요지를 수집하여 기록한 책(비람備覽)을 말합니다. 서연비람 출판사는 민주주의 국가의 주인인 시민들 역시 지속 가능한 과거와 현재, 미래의 이치를 깨우치고 체현해야 한다는 믿음으로 엄선한 도서를 발간합니다.

서연비람 세계문학

동물 농장 외

초판 1쇄 2019년 4월 19일
지은이 조지 오웰
옮긴이 김재희
펴낸이 윤진성
펴낸곳 서연비람
등록 2016년 6월 29일 제 2016-000147호
주소 서울시 강남구 도곡로 422, 5층
전화 02-563-5684
팩스 02-563-2148
전자주소 birambooks@daum.net

ⓒ 김재희 2019, Printed in Korea.

ISBN 979-11-89171-17-9 03840

값 12,000원

「이 도서의 국립중앙도서관 출판예정도서목록(CIP)은 서지정보유통지원시스템 홈페이지(http://seoji.nl.go.kr)와 국가자료공동목록시스템(http://www.nl.go.kr/kolisnet)에서 이용하실 수 있습니다.(CIP제어번호: CIP2019011248)」

동물 농장 외

조지 오웰 지음

김재희 옮김

서연비람

나는 당신의 말을 혐오한다.
하지만 그걸 말할 수 있는 당신 권리에 대해서는
내 목숨을 다해 지켜 낼 것이다.

볼테르

차례

스페인 내전 회고 1943년

스페인 내전[1] 회고

1. 종군 기자의 참전

전쟁을 떠올리면 제일 먼저 기억나는 건 그 소리와 냄새, 그리고 표면의 감촉 같은 감각적인 것들이다.

그런데 참 이상하다. 스페인 내전에 자원해 전선으로 배치되기 전 일주일,

---

1 **스페인 내전** : 좌파인 공화파가 1931년 총선거에서 왕정을 무너뜨리고 수립한 제2 공화국 당시, 스페인 식민지였던 모로코에서 1936년 시작된 프랑코(1892~1975) 군부의 쿠데타는 1939년 마드리드에서 공화파 정부의 항복으로 끝났다. 파시스트 진영이던 나치 독일과 이탈리아의 독재자 무솔리니, 포르투갈의 독재자 살라자르 가 프랑코를 지원하자, 이를 막으려 각국에서 모인 의용군 '국제 여단'이 카탈로니 아(카탈루냐)의 중심지 바르셀로나로 모여 인민전선을 지원했다. 스페인 북동부 바스크와 카탈루냐는 고유한 문화색이 짙은 지역으로 사회주의 및 무정부주의 세 력들의 본거지였다. 여기서 국제 여단의 종군기자로 참전했던 경험을 오웰은 『카 탈로니아 찬가』로 기록했고, 헤밍웨이는 주인공인 조던이 파시스트 군대를 막아 내기 위해 교란 작전을 수행하는 과정을 문학작품으로 구성해 『누구를 위하여 종 은 울리나』로 서술했다. 피카소는 당시 참상을 「게르니카」로 남겼다. 스페인 내전 중 50만 명 이상 사망했으나 프랑코는 종전 후에도 대대적인 숙청과 보복을 자행 해, 1975년 사망 시까지 40년 남짓 계속된 독재로 인해 스페인은 정치와 경제 분야 모두의 미숙아로 남아 유럽 내에서 비난받고 소외당했다.

훈련이란 걸 받던 처음 일주일이 이후의 어떤 일보다 기억이 생생하다. 바르셀로나의 기병대 숙소는 그 규모가 상당했다. 외풍이 심한 마구간과 조약돌이 깔린 마당, 얼음처럼 차갑던 목욕물, 금속 잔으로 마시는 와인 덕에 간신히 삼킬 수 있었던 짬밥, 군복 바지 차림으로 장작을 쪼개던 민병대 여성들 그리고 아침 점호 소리가 여전히 귓전에 맴돈다. 또르르 구르는 스페인 이름들 사이로 밋밋한 내 영어 이름이 끼어들면 그 소리는 정말 실없이 들리곤 했다. 선명하게 얼굴이 떠오르는 그들의 이름을 다시 불러 본다. 마누엘 곤잘레스, 뻬드로 아길라르, 라몬 뻬네요사, 로께 바야스떼르, 하이메 도메네츠, 쎄바스띠안 빌트론, 라몬 누보 보쉬. 이들 중에 쓰레기 둘은 틀림없이 팔랑헤(Falange)[2]가 되어서 잘살고 있을 것이고, 나머지는 모두 다 세상을 떴을 것이다. 내가 아는 두 사람은 확실히 죽었다. 나이가 제일 많은 친구가 스물다섯이었고, 막내였던 친구는 열여섯이었던 걸로 기억한다.

사람 몸에서 나는 역겨운 냄새는 전쟁의 가장 지독한 기억 중 하나라, 그건 아직도 지워지지 않는다. 웅덩이를 파서 만든 변소는 전쟁 관련 글에는 차고 넘치니, 그에 대해서는 언급하고 싶지 않다. 하지만 스페인 내전에 대해 내가 품었던 환상이 처음 박살 난 곳이라 우리 막사의 변소 이야기는 건

---

2 **팔랑헤(Falange)** : 나치 독일과 파쇼 이탈리아의 지원을 받으면서 1933년 창당된 스페인의 전체주의 세력으로, 40년 가까운 프랑코 치하에서 유일한 합법 정당이었다. 원래는 창과 방패로 무장한 고대 그리스 시민군을 가리키는 이름이었으나, 알렉산더 대왕이 이를 돌격대로 활용해 살벌한 전투력을 갖춘 군대라는 뜻이 되었다.

너뛸 수가 없다. 쪼그리고 앉아서 일을 보는 변기는 그 자체로 고문이었다. 바닥이 하필 미끄러운 석조 재질이라 행여 거기서 나자빠지지 않게 발에다 죽도록 힘을 모아야만 했다. 게다가 그 공간은 통풍이 되지 않았다. 다른 일로도 역겨운 기억은 무수히 많다. 하지만 나는 그 끔찍스런 변소에서 처음으로 다음 같은 생각이 들었고, 수시로 그걸 곱씹곤 했다.

"여기 혁명군의 병사로서 우리는 파시즘(fascism)[3]에 대항해 민주주의를 수호하고 있다. 소중한 것을 지키려고 전쟁에 참여했지만 우리의 일상은 비루하고 추악하기가 제 욕심에 급급한 부르주아 군대, 아니 잡범들의 감옥과 다를 바 없다."

이런 기분을 떨칠 수 없게 하는 일이 자꾸 쌓였다. 예컨대 참호에서 견뎌 내는 지루함과 동물적인 허기, 짬밥 찌꺼기를 놓고 수시로 잔머리를 굴리고 수면 부족에 지친 이들끼리 괜스레 지분대며 퍼붓는 욕지거리와 다

---

3 **파시즘(fascism)** : 파시즘의 어근 파시스(fascis)는 '묶음'이란 뜻의 라틴어로, 원래는 로마 시대 제국의 권력과 사법권의 통합을 상징하는 이미지였다. 이탈리아 현대어로는 파쇼(fascio)로, 극우인 파시스트와 같은 뜻이다. 이탈리아 왕국의 총리였던 무솔리니(1883~1945)는 찬란했던 로마 제국의 부흥을 염원하는 세력들을 중심으로 엘리트의 국가 지배, 교육으로 지도자와 전사 육성, 전사 계급에 의한 국가의 병영화, 국가에 대한 의무, 그리고 민주주의와 평등의 반대를 강조하는 파시스트 전사를 조직했다. 제1차 세계대전 후의 정치적인 안정을 기치로 그는 1921년 '파시스트 정당'을 설립해 다음 해에는 쿠데타를 통해 집권한 후, 반대 세력을 암살하고 탄압하는 비밀경찰을 가동해 공포정치를 펼치는 한편 스페인 내전에서는 프랑코를 지원하고, 제2차 세계대전에서는 히틀러의 나치 독일과 일본 제국주의와 함께 삼국동맹을 맺기도 했다.

툼이 그칠 새가 없었다.

군 생활의 근원적인 공포는 어디서나 마찬가지다. 사병으로 지낸 적이 있다면 내가 말하는 근원적 공포가 무슨 뜻인지 바로 알 것이다. 아무리 훌륭한 명분으로 전투에 뛰어들었어도 그런 건 전혀 도움이 되지 않는다. 어떤 군대도 예컨대 훈련과 군기는 결국 같은 것이다. 명령에는 복종해야만 하고, 그렇지 않을 경우 처벌로 강요된다. 군대에서 장교와 사병의 관계라는 건 수직적인 상하 관계일 따름이다. 『서부전선 이상 없다』4 같은 소설에 나오는 전쟁의 참상은 묘사된 그대로의 사실이다. 시체들은 악취를 뿜고, 총탄이 날아들면 곧 몸에 상처가 나는 것이니 그게 머리 위로 쏟아지면 겁에 질린 병사들은 바지에 오줌을 싸 버리기도 한다.

군대가 꾸려진 배경은 아무래도 훈련 방식과 전술 등 전반적 운용 양식에 영향을 주고, 우리가 옳은 편에 선다는 믿음은 자긍심을 북돋고 사기를 높이는 효과가 있는 것도 사실이다. 하지만 이는 부대원보다는 민간인 사이에서 더 효과를 내는 편이다. 전방에서 싸우는 병사들은 전쟁이 시작된 정치적인

---

4 **서부전선 이상 없다** : 독일 작가 에리히 레마르크(Erich Remarque, 1898~1970)가 제1차 세계대전에 종군했던 경험을 바탕으로 전쟁의 참상과 어리석음을 고발한 1928년 작품. 출간 즉시 베스트셀러가 되며 할리우드에서 영화로 제작되었고 26개 언어로 번역되었지만, 1933년 나치의 등장으로 금서 목록에 올라서 모두 불태워졌고 1938년 저자는 나치 정권으로부터 국적 상실을 선고받았다. 하지만 저자는 오히려 그 유명세 덕에 1939년 미국으로 피신해 작가로서 여유를 누렸으며 영국과 스위스로 이주해 작품 활동을 계속할 수 있었다.

원인을 걱정하기엔 너무 공포에 질리고 피곤에 쩔어 있으며, 너무도 춥고 배가 고프다는 걸 사람들은 자꾸 잊어버린다. 하지만 자연 법칙은 '붉은' 군대라고 좀 봐주거나, '하얀' 군대라고 덜 봐주는 일이 없다. 싸워야 하는 이유가 혹여 정의롭든 아니든, 달려드는 해충은 그저 가렵고 괴로울 뿐이며 눈앞에서 떨어지는 폭탄을 피하지 못하면 바로 끝장일 뿐이다.

이렇게 당연한 일을 왜 새삼스레 얘기하느냐고? 그건 당시 영국과 미국 지식인들 대부분이 그 상황을 정말로 모르고 있었고, 아직도 그런 게 분명해서다. 지금 기억으로는 충분치 않은 것 같아 시간을 거슬러 공산당원들이 발행하는 『뉴 매스(New Masses)』[5]나 『데일리 워커(Daily Worker)』[6]에서 우리의 좌파 논객들이 얼마나 낭만적으로 전쟁을 예찬하고 근사한 생각들을 떠들었는지 이제라도 좀 들춰 보고자 하기 때문이다.

대체 얼마나 퀴퀴하고 구닥다리 같은 문장들을 남발했던지! 하나같이 얼마나 둔탁하고 상상력이 부재했던지! 마드리드 하늘에서 폭탄이 떨어지는

---

5 뉴 매스(New Masses) : 1926년 창간된 이후, 특히 1929년 대공황을 거치며 미국 지식인들에게 큰 영향력을 발휘하며 좌파 문화의 중심 역할을 한 월간지

6 데일리 워커(Daily Worker) : 같은 이름의 일간지가 미국에서는 1924년, 영국에서는 1930년 창간되었다. 두 신문 모두 공산당원을 중심으로 창간되어 미국의 경우 한창 때는 3만 5천 명의 유명 인사가 필진으로 참여했다. 그러나 제2차 세계대전 이후 공산주의가 퇴색하며 미국의 경우는 1958년 폐간되었고, 영국의 경우는 사회주의 성격으로 전환한 후 1966년 『모닝 스타(Morning Star)』로 이름을 바꿔 오늘에 이르고 있다.

데, 런던에서는 철부지처럼 얼마나 멋진 꿈들을 떠들었는지! 여기서 나는 룬이나 가빈스 따위 떠버리 우익 선동가들 얘기를 하는 게 결코 아니다. 그들은 언제나 그 수작이니, 새삼 문제될 것도 없다. 하지만 정말 어처구니없는 현실은, 그들과 반대편에서 요란을 떨던 철부지 좌파들의 작태였다. 이 좌파 진영 인사들은 지난 20년 동안 애국심을 빙자한 전쟁의 '영광'이며 빛나는 체력과 용기 따위의 미사여구에 치를 떨며 잔혹한 전쟁의 참상을 강조하고 목청을 돋우었다. 그런데 갑자기 정신이 혼미해진 듯 대략 러시아 혁명 다음 해인 1918년, 뒷북치기의 명수인 엉터리 일간지 『데일리 메일』의 기사로 착각할 헛소리들을 본인들 입으로 함께 떠들기 시작했다.

영국 지식인들은 혼신의 힘을 다해 전쟁의 진면목을 있는 그대로 밝혀낸 공이 있었다. 전쟁의 실상은 나뒹구는 시체들과 구역질 나는 오물통일 뿐 결코 좋은 결과가 나올 수 없다는 전쟁론을 설파했다. 그런데 세상에 1933년까지만 해도, 경우에 따라 조국을 위해서 총을 들 수도 있다는 의견이 있으면 그토록 업신여기며 조롱했던 그들이 불과 4년 후, 즉 1937년이 되자 완전히 딴 소리들을 하기 시작했다. 부상이 아물지도 않았는데 다시 전쟁터로 가겠다는 남자들의 이야기가 월간지 『뉴 매스』를 장식하고 있었다. 여기서 이게 좀 과장된 것 같다는 이야기를 꺼냈다가는 트로츠키 파시스트란 오명을 씌우는 형국이 되었다. '전쟁은 지옥'이라고 외치던 지식인들이 아무 혼란이나 갈등 과정도 없이 불현듯 '전쟁은 영광'이라고 가뿐히 돌아서는 행태를 보였다. 이들 집단은 나중에도 여러 차례 이전과는 전혀 다른 입장을 취하는데 번번이 그렇게 뜬금없는 전환을 단행하곤 했다.

지식인 집단의 중심이라 할 수 있는 이들 중 상당수는 예컨대 1935년에는 '왕과 조국 선언'7에 동참해 전쟁 반대를 외쳤으나 1937년에는 나치 독일에 대한 '강경 노선'에 동의하며 전쟁을 지지했다. 그리고 1940년에는 인민 정부를 세우자고 공산주의자들이 기획한 '인민회의'에 찬성 뜻을 표하더니, 지금은 다시 '제2전선'8에서 전쟁을 벌이자는 소리를 보태고 있다.

오늘날 여러 정치적 사안들에 대한 여론이나 민심이 종잡을 수 없이 출렁거리고 변덕을 떠는 이유는 아마 신문이나 방송 같은 대중매체가 마구 퍼뜨린 가짜 뉴스의 최면에 걸려든 탓일 것이다. 반면 지식인들의 경우는 이와 다른 게, 자신들의 이권이나 신변 안전 여부에 따라 반응이 달라진다고 말하지 않을 수 없다. 그들은 상황을 봐 가며 전쟁 찬성파가 되기도 하고 금세 반대파가 되기도 한다. 하지만 어느 경우도 전쟁 상황에서의 구체적인 그림 같은 건 안중에 없다. 물론 그들도 스페인 내전이 터졌다는 소식에 분개할 때는 사람들이 죽어 가고 있다는 사실, 죽임을 당하는 건 썩 기분 좋은 게 아니라는 사실을 아주 모르는 게 아니었다. 하지만 스페인 공화파 쪽에 선 병사들이 실제 전쟁터에서 겪어야 하는 참혹함에 대해서는 아무 공감을 할

7 **왕과 조국 선언** : 영국 옥스퍼드 대학 학생회에서 이른바 왕과 조국을 위한 전쟁을 반대하기로 결의한 반전 평화 선언
8 **제2전선** : 나치 독일이 1941년 소련을 침공했을 때 스탈린은 독일 동쪽에 해당하는 소련과의 경계, 즉 동부 전선을 '제1전선', 독일 서쪽에 해당하는 서유럽 국가들과의 경계인 서부전선을 '제2전선'이라 칭하며, 연방국들에게 이 '제2전선'을 공격해 히틀러를 압박해 달라고 요청했다. 처음에는 주저하다 1944년 영국과 미국은 노르망디 상륙작전을 통해 이 '제2전선' 공격을 감행했다.

수 없었다. 뜻이 좋으니 변소 악취도 줄어들고, 훈련도 한결 덜 고될 거라는 황당한 기대 같은 게 그들 눈을 가려 버렸다.

그들이 대체 어떤 믿음을 갖고 있었는지는 당시 영국 시사 주간지 『뉴 스 테이츠먼(New Statesman)』을 보면 잘 알 수 있다. 그런데 요즘은 소련의 붉 은 군대에 대해서 당시와 똑같은 횡설수설이 쏟아진다. 우리는 너무 심하게 문명화되어 이토록 명백한 현실을 분별할 힘조차도 소멸된 것 같다. 진실은 굉장히 단순한데 말이다. 살아남기 위해서 싸울 수밖에 없겠으나, 이전투구 를 하다 보면 스스로도 만신창이가 되게 마련이다. 전쟁은 '악'이지만 때로 는 그게 최악을 피할 수 있는 최선의 길이기도 하다. 칼을 든 자 칼로 망한 다지만 그 상황에서는 칼을 들지 않은 자도 악취 나는 병으로 망하게 된다. 이렇게 뻔하고 케케묵은 얘기들을 시시콜콜 적어야 하는 현실은, 임대 소득 이나 이자로 뜯어먹는 자본주의가 극성을 떠는 세상에 우리가 제대로 길들 여진 탓이기도 하다.

2. 전쟁 중 잔혹 행위

앞에 언급한 내용들과 관련해서 잔혹한 전쟁의 참상에 대한 설명이 필요 하겠다.

스페인 내전에서 잔혹 행위가 있었던 직접 증거라고 내가 나서서 보여 줄 수 있는 것은 없다. 하지만 내가 아는 바로는 이전 공화파 쪽도 역시 그랬고,

파시스트 쪽에서는 나쁜 짓을 훨씬 더 많이 저질렀으며 이는 지금까지 계속되고 있다.

그런데 당시나 지금이나 내 뇌리에서 지워지지 않는 사실은, 잔혹 행위라는 게 정치적 취향에 따라 인정되기도 하고 그렇지 않기도 하다는 점이다. 현장 증거를 확인하는 일에는 관심이 없고 모두 적들의 잔혹 행위에 대해서는 목소리를 높이고 확신하지만 자신들의 것은 믿지 않는다. 얼마 전 나는 1918년 이후 최근까지 벌어졌던 잔혹 행위들을 도표로 작성해서 비교해 보았다. 결과적으로 잔혹 행위는 해마다 어디에선가 빠짐없이 발생했는데, 그중 어느 경우도 좌파와 우파가 함께 동일하게 수긍한 적은 거의 없다. 더욱 이상한 건, 정치적인 배경이 달라지면 상황은 언제라도 급박하게 역전되어, 어제만 해도 확실한 사실로 입증되었던 만행이 오늘은 가당찮은 거짓으로 돌변할 수 있다는 점이다.

우리는 지금 굉장히 희한한 상황이다. '잔혹 행위에 대한 비방'은 대개 이번 전쟁이 발발하기 이전, 좌파들이 제기한 것이었다. 그리고 좌파는 본디 의심이 많아 아무 거나 믿지 않는다고 자부하는 이들이다. 반면 1914년부터 1918년까지 제1차 세계대전이 진행되는 동안 우파들은 나치 독일에서 벌어지는 온갖 일을 지켜보며 거기서 자행되는 엄청난 악행에 시큰둥한 태도로 눈을 감아 버렸다. 그러다 막상 제2차 세계대전이 터지자 어제까지 나치에 관대했던 이들이 끔찍한 사연을 늘어놓기 시작했고, 반면 나치를 혐오했던 좌파 세력은 그 악랄하고 잔혹함의 대명사인 비밀경찰, 즉 게슈타포가 실제 존재했었는지도 믿기 어렵다는 식의 태도로 돌변했다. 그렇다고 이게 러시아와 독일의 불가침 조약 탓에 그랬던 건 결코 아니다. 그 원인으로 몇 가지를 꼽을 수 있다.

전쟁이 터지기 전까지는 영국과 독일은 전쟁을 벌이지 않으리라는 게 좌파의 확신이었고, 그런 오판 탓에 그들은 두 나라를 동시에 적대시할 수 없었다. 한편 공식적인 전쟁의 선동에 동원되는 위선과 독선이 워낙 지겹다 보니, 생각이 있는 사람들은 오히려 독일이라는 적을 향해 동정심을 품을 지경이었다. 1914년부터 1918년까지 제1차 세계대전 동안의 체계적인 거짓 선전에 현혹된 결과, 전후 상당 기간 우리 영국인들은 독일에 너무도 우호적인 감정을 품고 있었다. 그렇다 보니 새롭게 전개되는 끔찍한 현실을 제대로 볼 수가 없었다. 히틀러가 권좌에 오르는 1918년부터 1933년까지의 기간에 좌파들 모임에서 만약 제1차 세계대전의 발발과 관련해서 독일에도 일말의 책임이 있다고 주장하면 곧 야유를 당하는 식의 분위기였으니 말이다.

당시 제1차 세계대전을 일으킨 죗값으로 베르사유 조약9에서 확정된 독일이 감당할 몫이 너무 가혹하다는 비난이 쏟아졌다. 하지만 이에 대한 논의는 고사하고 '만일 독일이 이겼다면 어찌 됐을까?'라는 질문을 난 들어 본

---

9 **베르사유 조약** : 프랑스 베르사유 궁 '거울의 방'에서 제1차 세계대전의 종식 결과를 440개 조항으로 정리한 문서에, 전쟁 도발 책임이 있는 독일은 연합국들에 손해를 배상하고, 라인 강 서쪽은 연합국이 점령해 15년 후 주민 투표로 그 귀속을 결정하며, 알자스로렌 지방은 프랑스에, 실레지엔은 폴란드에 반환하는 등 엄한 징벌을 약속한 내용이 담겨 있었다.

적이 없다. 잔혹 행위의 경우도 마찬가지다. 그게 적의 입에서 나오는 순간 진실은 곧 거짓이 되는 것 같다. 얼마 전에도 비슷한 일을 겪은 바 있다. 1937년 중국 난징에서 일본이 저지른 만행에 대해서는 무슨 얘기든 그대로 받아들이던 사람들이 1942년 일본인들이 홍콩에서 벌인 동일한 일[10]에 대한 이야기는 좀체 믿지 않으려 하지 않는 걸 보고 깜짝 놀랐다. 심지어 영국 정부가 그 사건에 관심을 갖게 되자 아마 난징대학살조차 거짓이 아니었을까 싶은 의심을 하는 경향까지 생겨나는 걸 보게 되었다.

온갖 잔혹 행위의 실상은 안타깝게도 그를 둘러싼 진실 공방이나 이를 선전용으로 삼는다는 비방의 차원과는 비교할 수 없는 훨씬 지독한 현실이다. 그런 잔혹 행위가 현실에서 실제로 벌어지는 것이다. 전쟁은 어디선가 계속되는데, 설마 그 정도까지 지독할까 하며 믿기지 않는다는 식 이야기가 계속 따라붙는다. 그건 그저 널리 퍼진 지나친 상상들로 치부되지만, 전쟁은 그렇게 잔혹한 일이 실제로 벌어질 수 있는 기회를 제공한다. 어느덧 한물 간 얘기가 되고 말았지만, 대략 '백군'이라 불리던 쪽은 분명 '적군'에 비해서 훨씬 더 빈번하고 악랄하게 잔혹 행위를 자행했다는 점은 의심의 여지가 없다. 그리고 아시아에서 일본인들이 저지른 악랄한 만행들에 대한 소문은 일

---

10 **1942년 홍콩에서 일본인들이 벌인 동일한 일** : 일제는 하와이 진주만을 급습해 불과 2시간 만에 미 태평양 함대를 초토화시킨 다음 날, 즉 1941년 12월 8일에 영국령이던 홍콩도 공격했다. 대영제국 수하의 인도와 호주, 캐나다에서 급파된 민병들이 가세했으나 17일 만인 크리스마스에 홍콩은 일본군에 의해 점령되었고, 1937년 난징대학살과 마찬가지로 강간과 학살 등 유사한 만행이 홍콩에서도 자행되었다.

말의 과장이나 의심할 바 없는 사실 그대로이다.

지난 10년 동안 파시스트들이 유럽에서 자행했다는 온갖 만행 역시 의심의 여지가 없는 사실 그대로이다. 이를 몸소 보고 겪었던 증인들의 고발이 그치지 않으며 그 목소리 중 상당 비율은 독일의 언론이나 방송을 통해 직접 흘러나온다. 그런 일들이 실제로 벌어졌던 것이다. 그러니 우리는 두 눈을 똑바로 뜨고 이 사안들을 마주해야 한다. 그게 행여 신뢰도가 꽝인 정치가들 입에서 나온 말이라고 해도 그게 거짓은 아닌 것이다. 그 일들은 실제 벌어졌다. 중국 곳곳에서 강간과 학살이 자행되고, 비밀경찰의 지하 감방에서는 계속 고문이 이어졌다. 유럽 곳곳에서는 연로한 유대인 교수들이 질질 끌려가 오물 구덩이에 처박혔고, 스페인에서는 길 떠난 피난민들을 향해서 기관총이 마구 난사되었다. 이런 일들이 실제로 벌어졌다는 얘기다. 『데일리 텔리그라프(Daily Telegraph)』[11]가 5년이 지난 후에야 겨우 찾아낸 사건들인 양 갑자기 허풍을 떨며 보도했더라도, 그런 일들은 절대 그냥 덮거나 묻어버릴 수 없는 실제 벌어진 사건이었다는 점에는 변함이 없다.

3. 어리버리 혁명 전사들

두 가지 기억이 있다. 하나는 뭔가를 특별히 떠오르게 하는 건 아니지만,

---

11 **데일리 텔리그라프(Daily Telegraph)** : 영국에서 1855년 창간된 우파 보수 계열의 대중 일간지

다른 하나는 일종의 혁명기 같은 분위기를 맛보게 하는 그런 것이었다.

　어느 이른 아침 나는 다른 대원 하나와 우에스카[12] 외곽 참호에 주둔하며 우리와 대치하던 파시스트 대원들을 저격하러 길을 떠났다. 그들의 전선은 우리 쪽과 300미터 정도 떨어져 있어, 고물이 다 된 총으로는 도저히 명중시킬 수 없는 거리였다. 그런데 파시스트 쪽 참호에서 100미터 안쪽까지 접근하면 운이 좋을 경우 그쪽 난간 틈 사이로 누군가를 쏘아 맞출 수도 있겠다 싶었다. 중간 지대는 평평한 무 밭이라서 도랑 몇 개 말고는 어디 숨어들데가 마땅치 않아서 좀 애매했다. 아직 바깥이 어두울 때 이동을 시작해 일을 마치고 동이 터 너무 밝아지기 전까지 돌아와야 하는 상황이었다. 하지만 파시스트 쪽 군인이 하나도 안 나타나 우리는 동이 틀 때까지 기다리며 그렇게 거기 있었다. 어느 도랑에 숨어 있었는데 그 뒤쪽으로는 평평한 땅이 200미터쯤 펼쳐져 있어 토끼 한 마리 숨을 곳이 없었다. 호시탐탐 돌진할 틈을 노리면서 잔뜩 긴장 상태였는데, 파시스트 참호 쪽에서 갑자기 호각소리가 나고 무슨 소동이 벌어졌다. 우리 쪽 비행 편대가 이리로 오고 있었다. 그 순간 파시스트 쪽 병사 하나가 참호에서 튀어나와 난간 위로 내달리는데, 장교에게 뭔가를 전달하러 달려가는 모습이 훤히 드러나 보였다. 옷도 다 입지 못하고 두 손으로 바지춤을 잡고 달리는 모양새였다.

---

12 **우에스카** : 스페인 북동부 아라곤 지방 주도로, 바스크 지역 주도인 빌바오와 카탈루냐 주도인 바르셀로나 중간에 위치한 도시

나는 그를 쏠 수 없었다. 사격 실력이 별로라 100미터 남짓 떨어진 데서 총을 쏘아 봤자 달리는 병사를 맞힐 깜냥이 아니었다. 그래서 때마침 날아온 비행기들에 파시스트 대원들이 허둥대는 틈을 타서 그냥 참호로 돌아가자는 쪽으로 마음을 바꿨다. 그리고 바지춤을 잡고서 내달리는 사람을 향해 총을 쏘지 않은 것도 사실이었다. 파시스트들을 향해 총을 갈기러 오긴 했으나, 엉거주춤 바지춤이나 잡고 선 자는 우리가 제거해야 할 그런 파시스트가 아니었다. 그냥 우리랑 마찬가지로 몹시 딱한 친구일 따름이라 그를 향해 발포할 마음이 가셔 버렸다.

이 별것도 아닌 기억이 뜻하는 건 무엇인가? 모든 전쟁에서 벌어지는 일이기에, 그리 대단한 일은 아니었다. 하지만 두 번째 기억은 확실히 각별한 의미가 있다. 이 얘기로 읽는 이들을 감동시킬 수 있을 거란 생각은 하지 않는다. 다만 어떤 상황에서 특정 시간에 드러난 도덕적 면모의 사례로 나는 그 일을 통해 진심으로 가슴이 뭉클했다는 사실만은 믿어 달라고 여쭙고 싶다.

나보다 늦게 입대한 친구 중에 대략 바르셀로나 뒷골목 출신으로 좀 험한 인상의 소년이 하나 있었다. 누더기 옷차림에 신발도 신지 않은 채였다. 피부가 짙은 밤색으로 아랍 쪽 혈통인 게 분명했다. 유럽인들에게선 보기 드문 몸짓, 예컨대 팔을 쭉 뻗으며 손바닥을 세우는 등 인도사람 특유의 몸짓 같은 게 눈에 띄었다. 어느 날 내 침상에서 굵은 담배 몇 개가 없어졌다. 전쟁 중이었지만, 몇 푼 안 줘도 그런 건 아직 살 수 있었다. 난 참 바보같이 그걸 장교에게 보고했다. 그런데 어떤 형편없는 녀석 하나도 나서더니 좀 미심쩍은 태도로 자기 침상에서도 잔돈 몇 푼이 없어졌다고 했다. 무슨 이유에서였는지 장교는 밤색 피부 소년을 도둑으로 단정했다.

민병대에서는 절도 행위를 아주 엄히 다뤄서, 법규상 총살도 가능했다. 그 가엾은 소년은 순순히 영창으로 따라가 몸수색에 응했다. 나로서 충격이었던 건, 그는 자신의 결백을 주장할 엄두조차 못 내고 있었다는 점이다. 뭐든지 숙명으로 감내하는 그의 태도에서, 그가 겪은 가난이 어떤 처절함이었는지 그대로 드러났다. 장교는 그에게 옷을 벗으라고 명령했다. 옆에서 훔쳐보는 것만으로도 민망한 굴욕인데 그는 순순히 알몸뚱이가 된 채 다 벗겨낸 자기 옷을 건네주었다. 훔치지 않았으니 돈도 담배도 나오지 않았다. 이미 결백이 증명되었음에도 그는 여전히 부끄럽고 겸연쩍어하는 모습이어서 더욱 미안하고 민망했다. 그날 밤 나는 그를 영화관에 데려가고, 브랜디와 초콜릿도 사 주었다. 하지만 그 또한 괴로운 일이었다. 그에게 입힌 상처를 어떻게 돈으로라도 좀 씻어 보려 한 짓이었으니 말이다. 막연하게나마 그가 내 담배를 훔쳐 갔을지 모른다는 의심을 잠깐 했으니, 그 죄는 당장 씻어지는 게 아니었다.

그로부터 몇 주 후, 전선에서 나는 내가 맡은 분대원 하나로 인해 난감한 일을 마주했다. 그 무렵 난 '십이장', 즉 열두 명을 지휘하는 상병 계급장을 달고 있었다. 전쟁은 답보 상태였고, 날씨는 지독하게 추웠다. 나의 주 업무는 병사들이 경계를 늦추지 않고 보초를 서도록 하는 것이었다. 어느 날 병사 하나가 갑자기 적의 공격에 너무 쉽게 노출이 되는 곳이라며, 어떤 초소에 가지 않겠다고 고집을 부렸다. 좀 소심하고 겁이 많은 친구라 나는 그를 붙들고 초소로 끌고 갔는데, 이게 다른 병사들 감정을 건드려 격분하게 만들었다. 우리와 문화가 다르다는 걸 이해 못 한 탓에 내가 그의 몸에 손을 댔던 게 스페인 사람들을 격노케 한 모양이었다. 갑자기 나를 둘러싼 병사들이 '파시스트 물러가라!'고 소리치기 시작했다. '여기가 부르주아 군대냐? 그 애를 건드리지 마! 파쇼 잔당 물러가라!' 등 항거의 목소리가 이어졌다.

짧은 스페인어로 '명령에는 무조건 복종!'이라고 악을 쓰며 받아쳤으나, 이를 반박하는 주장들이 터져 나오며 엄청난 논란으로 이어졌다. 혁명군은 원래 그런 식으로 원칙을 세우고 다듬어 갈 수밖에 없는 노릇이다. 내가 옳다며 두둔해 주는 병사도 좀 있었지만 그렇지 않다는 병사들이 더 많았다. 여기서 중요한 얘기는, 끝까지 내 편이 되어 준 친구가 그 밤색 피부의 소년이었다는 것이다. 무슨 일이 벌어지고 있다는 걸 보자마자 바로 달려와 무리 안으로 끼어들더니, 다짜고짜 그는 내 편을 들기 시작했다. 인도 사람 특유의 투박하고 야릇한 몸짓으로 그는 계속해서 크게 외쳤다.

"상병님처럼 좋은 분은 다시없어요!"

나중에 그는 내 밑으로 들어오려고 보직 변경 신청까지 했다.

그의 행동이 나에게 왜 그토록 알알하고 마음 짠한 기억으로 남아 있을까? 정상적인 환경이었다면 이 소년과 나 사이에는 좋은 감정이 생길 수 없었을 것이다. 결과적으로 도둑 누명을 씌웠으니 그걸 내가 만회하려고 애를 쓰고 노력할수록 오히려 관계는 더 악화될 수 있는 상황이기 때문이었다.

안전한 도시 생활을 영위하다 보면 우리는 극도로 예민해져서, 원초적인 감정들은 죄다 불편해하고 삼가는 경향이 있다. 너그러움을 마치 덜떨어진 미련함처럼 답답해하고, 고마워하는 마음을 무례함처럼 혐오스러워한다. 하지만 1936년 스페인에서 우리는 그런 따분한 시간을 살지 않았다. 바쁜 도시의 일상에서는 안중에 없던, 품어 주고 포용하는 마음과 태도들이 훨씬 살갑게 느껴지던 시절이었다. 그런 비슷한 일이 여남은 개 기억나는데, 그건 누구나 공감하는 것은 물론 아니었다. 그건 당시 독특한 분위기와 함께 내 마음에 새겨진 일종의 추억 같은 것으로 우리들 허름한 행색과 알록달록한 포스터, 누구라도 '동지'라 불러 대며 의기투합했던 정서, 단돈 1페니면 살 수 있던 얇은 종이에 인쇄된 파쇼 반대 노래 가사들, 그리고 무지한 사람들이 쉽게 동요되고 현혹되어 남발하던 '프롤레타리아 국제 연대!' 같은 문구들이다.

누구 물건을 훔쳤다는 무고한 의심을 받고서, 바로 그 사람 앞에서 수치스런 몸수색을 당하고도 괜찮다고 그 사람과 친구가 될 수 있을까. 심지어 다른 일로 해서 논쟁이 생기자 그의 편이 되어 그를 지켜 주는 마음까지 품을 수 있겠는가. 나는 절대로 그러지 못할 것 같다. 하지만 정서적으로 넉넉해지는 경험을 함께 나눈 경우는 그렇게도 할 수 있는 것이다. 이는 곧 혁명의 여러 부산물 중 하나였다. 하지만 그건 혁명의 초기였기에 가능한 일이었고, 시간이 흐를수록 실패할 조짐만 자꾸 더 역력해졌다.

4. 언론의 농간과 역사 왜곡

스페인 공화파에 속하는 정당들 사이에 벌어진 권력투쟁은 아주 난감하고 불행한 일이었다. 그건 나로서는 아직도 다시는 떠올리고 싶지 않은 기억이다. 그런데 굳이 말을 하는 이유는, 혹시라도 공화파 정부 쪽 내부 문제와 관련해 뭔가 읽은 적이 있다면, 절대 그걸 믿어서는 안 된다는 오직 그 점을 밝히기 위해서이다. 그런 건 모두 정당 쪽에서 퍼뜨리는 흑색선전이라, 출처가 무엇이든 그건 무조건 거짓말이라고 보면 된다.

스페인 내전과 관련한 전반적 진실은 아주 단순하다. 스페인 중산층 부르주아 계급은 노동운동을 분쇄하는 게 자신들에게 이득이라고 여겨 그 기회를 놓치지 않으려 했다. 그래서 독일 나치는 물론 세계 도처의 악질 반동 세력들 힘을 끌어들였다. 이렇게 단순한 논지 이상으로 무얼 더 밝혀낼 수 있을 것 같지는 않다.

나는 언젠가 아서 쾨슬러(Arthur Koestler, 1905~1983)[13]에게 '역사는 1936년에서 멈추었다'고 단언한 적이 있는데, 그는 즉시 내 말을 알아듣고 고개를 끄덕였다. 우리 둘은 전체주의 일반에 대해 함께 생각하면서 특히 스페인 내전에 대해 깊이 공감했다.

나는 꽤 어렸을 때부터 신문에 실리는 어떤 사건도 별로 정확하게 보도되는 게 아니라는 사실을 알아차렸다. 그리고 본격적으로 스페인에 가서 신문 보도 내용은 사실과는 아무런 관계가 없다는 것을 내 눈으로 똑똑히 확인하

---

13 **아서 쾨슬러(Arthur Koestler)** : 헝가리 출신 영국 작가. 특파원으로 갈등의 진원지였던 팔레스타인, 스페인, 독일 등에서 현지 취재를 했던 언론인. 1931년 독일 공산당에 가입했다가 스탈린의 만행에 학을 떼고 1938년 탈당 후, 1940년 전체주의를 반대하는 소설 『대낮의 어둠』을 출간하여 국제적인 명성을 얻게 되었다.

였다. 일상의 거짓말도 최소한 앞뒤 관계를 따지며 하는 것인데 말이다. 아무 일도 없었던 곳에서 대대적인 전투가 벌어졌다고 보도한 기사를 숱하게 보았고, 수백 수천이 사상했는데도 단 한 줄의 언급도 없이 침묵하는 경우도 아주 흔했다. 용감하게 싸운 부대원들을 비겁한 반역자로 몰아붙이는 기사도 종종 보았고, 총성 한 번 들어 본 적 없는 자들을 승리의 영웅으로 둔갑시킨 경우도 있었다. 이렇게 터무니없는 거짓말을 런던의 편집국에서 그대로 옮겨 적는 일이 다반사였다. 덕분에 격정적인 지식인들은 벌어진 적 없는 사건을 놓고 종종 감정의 성을 쌓았다 부수곤 했다.

그래서 나는 역사라는 게 실제로 일어난 일이 아니라, '당의 노선'에 따라 일어나야만 하는 그대로 기록된다는 사실도 알게 되었다. 그런데 이런 모든 것은 굉장히 황당한 일이지만 그다지 중요한 일도 아니었다. 그건 그저 부차적인 일로서, 코민테른[14]과 스페인 좌파 정당 사이에서 벌어지는 권력투쟁과 어떻게든 스페인에서의 혁명을 막으려는 러시아 정부 사이의 갈등에서 빚어지는 일들이었다. 그렇다고 스페인 공화파 정부가 세상에 보여 주는 전쟁의 대략적 그림이 모두 엉터리는 아니었다.

여기서 핵심은 그런 그림이 전하는 바가 무엇인가, 그 점이었다. 예를 들

---

14 **코민테른** : 공산주의 인터내셔널(Communist International)의 약칭. 제3인터내셔널이라고도 한다. 제1차 세계대전으로 제2인터내셔널이 와해된 이후, 레닌의 지도 아래 1919년 모스크바에서 창립되었다. 마르크스·레닌주의에 기초하여 각국 공산당에 그 지부를 두고 각국의 혁명운동을 지원했으나, 스탈린에 의해 변질되었다가 1943년 해체되었다.

어 스페인 파쇼들과 그 배후 세력, 그들은 그 정도라도 진실에 근접할 수 있었을까. 전혀 그렇지 못했다. 그들이 자신들 속내와 진짜 목적에 대해 언급이라도 할 수 있었을까. 전쟁에 대한 그들 그림은 정말 대책 없는 판타지였다. 당시 상황으로 그들에게는 다른 해법이 전혀 없었다.

나치와 파쇼들이 활용할 수 있는 선동 요령은 딱 한 가지, 스스로를 가톨릭이라고 포장해 러시아의 독재로부터 스페인을 지키는 진정한 애국 부대라고 주장하는 방법이었다. 이를 위해서 그들은 스페인 공화파 정부는 내내 학살의 연속이었다고 거짓으로 꾸며 댔다. 이런 정황은 『가톨릭 헤럴드 (Catholic Herald)』나 뒷북치기의 명수 『데일리 메일』 등을 보면 확인된다. 하지만 이 정도는 유럽 『대륙의 파시스트(The Continental Fascist Press)』 같은 언론들에 비하면 정말 애들 장난이었다. 스페인 파쇼들은 예컨대 러시아가 개입한 규모에 대해서도 터무니없는 수준으로 마구 부풀리며 계속 선동을 했다.

전 세계 가톨릭 언론과 반동 언론들이 쌓아 올린 거대한 거짓 피라미드 중 한 꼭지, 스페인에 주둔했다는 러시아 군대에 관한 기사 하나만 집어서 얘기해 보자. 독재자가 된 프랑코 총통의 열렬한 지지자들은 스페인에 주둔했던 러시아 병력이 50만 명에 달했다는 새빨간 거짓말을 사실이라 굳게 믿었다. 하지만 스페인에 러시아 군대가 들어왔던 적은 정말 한 차례도 없었다. 항공 관련 조종사와 정비사까지 합해 크게 잡아 100~200명 파견되었을 가능성은 없지 않지만, 군대를 파견했다는 건 완전한 날조였다. 이는 스페인 전장에 참가한 현지인 수백만 명은 말할 것도 없거니와, 수천수만의 나 같은 외국인들도 모두 그 현장을 목격한 일이었다. 그런데 이 숱한 목격자들의 증언이 독재자 프랑코 친위대의 선동대장들 귀에는 전혀 들리지 않는 모양이었다.

이들 중 스페인 공화파 정부 소속이었던 자는 당연히 한 명도 없었다. 게다가 이 친위대 선동대장들은 파시스트 제국 독일과 이탈리아가 이 전쟁에 출정했다는 사실까지도 잡아뗐다. 독일과 이탈리아 언론은 각각 자국 군대가 공공연히 스페인에서 무공을 뽐내는 상황인데, 스페인의 현지 파쇼들은 딱 시치미를 떼며 그런 일은 결코 없다고 했다. 여기서 단 한 가지 사례만 언급했지만, 전쟁에 대한 파시스트 선전이란 게 대략 그 정도 수준이었다.

나는 이런 일들이 정말 아찔하고 아주 두렵다. '객관적 진실'이라는 개념 자체가 세상에서 점점 사라져 간다는 느낌이 종종 들기 때문이다. 저런 거짓, 혹은 그와 유사한 온갖 왜곡이 마치 진실인 양 결국 역사로 둔갑될 수도 있기 때문이다. 스페인 내전의 역사는 과연 앞으로 어떻게 서술될 것인가. 프랑코가 계속 권력을 유지한다면 그가 지명한 이들이 역사책을 기술하게 될 것이고, (위에서 내가 지적한 바와 같이) 러시아 군대는 결코 스페인에 발을 들여놓은 적이 없는데도, 아이들이 학교에서 배우는 교재에는 그들이 정말 쳐들어온 것으로 기록되어 세세 대대 그렇게 배울 것이 아니겠는가.

반면 파시즘이 무너지고 조만간 스페인에 어떤 양식의 민주 정부가 재건되면 또 어떻게 될까? 이번 전쟁의 역사가 어떤 식으로 기록될까. 프랑코를 어떤 식으로 서술할까. 이전 공화파 정부 쪽에서 갖고 있던 자료들을 모두 복원한다 해도 과연 전쟁의 역사가 진실되게 기록될 수 있을까. 앞에서 지적한 바와 같이 공화파 정부도 상당히 거짓 선전을 퍼뜨렸었다. 전쟁에 관해 큰 틀에서는 반파쇼 시각으로 진실한 역사를 쓸 수 있겠지만, 결국 소소한 내용들에는 심각하게 신뢰성이 떨어지는 내용들에 기댄 채 저항군의 입장에서 서술할 수밖에 없을 것이다. 어떻든 모종의 역사가 서술될 것이고, 구체적인 현장들을 생생히 기억하는 이들이 모두 세상을 떠나고 나면 기록된 역사는 후손들에게 보편적인 사실처럼 수용될 것이다. 그리고 온갖 실리적 목적을 위해 거짓은 점점 더 사실인 양 굳어질 것이다.

기록된 역사 대부분은 거짓이라고 말하는 게 유행이라 한다. 역사의 대부분은 부정확하고 공정하지 못하다는 사실을 나는 기꺼이 믿는 편이다. 하지만 역사를 진실 되게 기록할 수 있다는 생각 자체를 포기하는 것, 이는 우리 시대에 벌어지는 특이한 일이다. 전에는 자기 글에 어떤 분위기를 입히다가 무심코 약간의 윤색을 한다든가, 진실을 추구하지만 아무래도 실수가 따를 수밖에 없으니 어쩔 수 없이 거짓을 범하는 그런 식이었다. 하지만 그런 경우에도 최소한 '사실'은 엄연히 존재하므로, 그걸 찾아낼 수는 있을 거라는 믿음은 분명히 있었다. 그리고 실제로도 사람들 대부분이 동의할 수 있는 상당한 수준의 사실들이 언제나 존재했다.

예컨대 『대영백과사전』에서 지난 전쟁의 역사를 찾아보면, 상당한 분량의 자료들이 독일 문헌을 근거로 가져온 것임을 알 수 있다. 영국과 독일 역사학자들은 아무래도 많은 곳에서 서로 의견이 일치하지 않을 것이다. 아주 근본적인 입장 차이도 분명할 것이다. 하지만 양측 모두 서로 이의를 제기할 수 없는 중립적 사실, 그게 단단한 실체처럼 보일 정도의 기반은 여전히 존재한다는 뜻이다.

서로가 동의하는 보편적 기초, 그건 굳이 말로 표현하자면 인간은 모두 하나의 동물 종(種)이라는 뜻인데, 전체주의는 바로 이러한 근본부터 파괴하는 세력이다. 나치의 이론은 그 '진리'의 존재 자체를 대놓고 부정한다. 예컨대 그런 '과학' 같은 건 없다고 한다. 그들에게는 오로지 '게르만족의 과학'이며 '유대인의 과학' 등의 교리가 있을 뿐이다. 이런 식 노선을 고집하는 머릿속에는 영도자나 어떤 집권 세력이 미래뿐만 아니라 과거까지도 자기들 입맛대로 바꿔 버리겠다는 악몽 같은 세상이 이미 들어차 있다. 영도자께서 가라사대 어떤 사건에 대해 '그런 일은 없었다'고 말씀하시면, 절대 그런 일은 벌어지지 않은 게 된다. 그분께서 '둘에 둘을 보태면 다섯'이라 말씀하시면, 둘 더하기 둘은 곧 다섯이 된다. 이런 식 전망이 내게는 폭탄이 쏟아지는 전쟁터보다 오히려 더욱 두렵게 다가온다. 그리고 지난 몇 년 동안 우리가 겪은 일들을 돌이켜 보면, 그건 괜한 노파심이 결코 아니다.

막연히 전체주의 미래를 전망하면서 몸서리를 치는 일이 그저 조금 유치하거나 병적인 증세는 아니겠느냐고 물을 수 있다. 그렇게 섬뜩한 전체주의 세상이 실제로는 절대로 일어날 수 없는 기우일 뿐이라고 생각한다면, 나치당이 결성되었던 1925년으로 거슬러 올라가서 생각해 보아야만 한다. 그들이 처음 등장했을 때만 해도 히틀러 총통의 만행이 자행되는 세상은 절대로 생겨날 수 없는 악몽에 불과한 것처럼 보였을 테니 말이다. 그럼 도대체 누군가의 분부에 따라 오늘의 검정이 내일은 흰색이 될 수 있으며, 어제의 화창한 날씨도 비가 왔던 것으로 변조될 수 있는 그 미치고 환장할 것 같은 세상이 도래하지 않도록 뭔가를 준비할 수 있는 길은 없는 것일까. 그에 대한 안전장치는 현실에서 딱 두 가지이다.

하나는 총과 칼로 무장한 군대가 어떤 억지를 부리며 어설프게 달려든다 해도 나와 너, 우리 배후의 진실만은 영원히 단단하게 버티고 선 채 결코 무너지지 않도록 하는 것이다. 다른 하나는 지구상에 아직 그런 세력으로부터 정복되지 않은 곳이 있는 한 보편적인 자유를 추구하는 전통은 꿋꿋하게 그 명맥을 유지할 수 있으리란 희망이다. 하지만 세계 곳곳에서 파시즘이 연합해서 세상을 정복하려고 들 경우라면 위의 두 조건은 더 이상 버텨 내지 못할 수도 있다. 영국에서 살다 보니 우리는 그런 위험을 과소평가하는 경향이 있다. 우리 땅에서는 그런 식 위험에 노출된 적이 없이 그런대로 안전하게 지낼 수 있었으므로, 결국 모든 게 순리대로 풀려 우리가 가장 두려워하는 일들은 현실에서 결코 벌어지지 않으리라는 무척 감상적인 믿음 같은 게 우리에게 있다. 숱한 우여곡절 끝에 마지막 장에서는 결국 정의가 승리하는 결말에 이르는 문학들에 워낙 수백 년 동안 익숙해져 있다 보니 거의 본능적으로 우리에게 그런 믿음이 생겨 버렸다. 언제나 세상의 악은 결국 스스로 소멸하게 된다는 믿음 말이다.

예컨대 평화주의는 대개 '악을 상대로 싸우지 마라, 그건 스스로 망하게 되어 있다'는 확신 위에 성립된 것이다. 하지만 그게 대체 왜 그렇게 된다는 것인가. 무슨 확실한 증거라도 있단 말인가. 서둘러 근대화를 이룬 산업국가 중 외세의 군사력에 정복당한 경우 말고 스스로 무너진 사례가 과연 하나라도 있냐는 것이다.

노예제 부활에 대해서 생각해 보고자 한다. 불과 20년 전만 해도, 유럽에 노예제도가 다시 나타나리라고 누가 상상이나 했겠는가. 그런데 지금 바로 우리 코앞에서 노예제가 복원되고 있다. 유럽과 북아프리카 전역에 흩어진 일터들은 강제노동 수용소와 별반 차이가 없어 보인다. 그곳에는 폴란드와 러시아 출신 그리고 온갖 인종의 정치범이 투입되어 간신히 허기만 면할 정도의 식량을 배급받으며 도로 건설과 오물 청소 등 온갖 노역을 맡아 하니 이는 노예 상태나 다름이 없다. 그나마 차이가 있다면 개별적인 노예로 인신매매하는 일은 허용되지 않는다는 정도다. 하지만 이들은 고향을 떠나 모두 뿔뿔이 가족들과 흩어진다는 점에서는 어쩌면 옛날 미국의 목화 농장 노예들보다도 험난한 조건에서 일한다고 볼 수 있다.

전체주의 지배가 계속되는 한, 이런 상황들이 좀 나은 쪽으로 변화할 수 있을 것 같지는 않다. 우리는 너무 막연하고 추상적으로, 노예제를 근간으로 성립된 정부는 어떻게든 붕괴될 수밖에 없을 것 같은 느낌이 강하다 보니, 그 끔찍한 의미를 제대로 파악하지 못하고 있다. 하지만 노예제도를 기반으로 성립된 고대 문명들의 지속 기간을 근대국가의 수명과 비교해 보면 아마 정신이 번쩍 들 것이다. 고대 노예 제국들은 자그마치 4천 년이라는 오랜 세월을 끄떡없이 존속할 수 있었다.

고대 문명에 대해 생각할 때마다 아주 섬뜩한 사실이 하나 있다. 그 엄청난 문명을 세세 대대 등에 지고 날랐던 수백만, 수천만의 노예들에 대해 아무런 기록이 남아 있지 않다는 것이다. 그들의 이름은 알 수가 없다. 고대 그리스와 로마 문명을 통틀어 노예로 살았던 인물 중에 우리가 이름을 알고 있는 경우가 얼마나 될까. 내가 기억하는 이름은 오직 둘, 아니 셋이라고 할 수 있는데, 하나는 스파르타쿠스(Spartacus)[15], 다른 하나는 에픽테투스(Epictetus)[16]이다. 그리고 하나 더, 런던의 대영제국 박물관에서 로마 문명 전시실에 가면 유리 항아리가 하나 있는데, 그걸 제작한 노예 이름이 항아리 바닥에 대문자로 '펠릭스 페치트(FELIX FECIT)'라고 새겨 있다. 내 상상력에 따르면 펠릭스의 머리털은 대략 붉은빛이고 목에는 철렁대는 쇠사슬이

---

15 **스파르타쿠스(Spartacus)** : 그리스 트라키아 출신인 스파르타쿠스는 로마인의 쾌락을 위해 목숨이 다할 때까지 싸움을 벌여야 하는 검투사 양성소로 잡혀 왔다가 동료들과 탈주해 산악 지대로 도망쳐 산적 떼가 되었다. 이들이 로마 군대가 파견한 토벌대를 무찌르자 그의 명성은 로마 전역에 퍼졌고, 반란에 합류한 노예들이 늘어나자 전략을 세울 줄 아는 스파르타구스는 로마군과 맞서 승리를 거듭했다. 계몽주의 사상가들은 이 반란을 '인류 역사상 유일하게 정의로운 전쟁'이라 칭송했고, 마르크스는 스파르타쿠스를 '프롤레타리아의 진정한 대표자'라 부르며 극찬했다. 할리우드에서는 그를 영웅으로 묘사한 영화를 제작했다.

16 **에픽테투스(Epictetus)** : 에픽테투스는 지금의 터키인 소아시아에서 서기 50년 경에 노예로 태어났는데 로마로 붙들려 간 후 못된 주인에게 고문을 받다가 절름 발이가 되었다. 스토아 철학이라 불리는 당시의 자연학과 논리학, 윤리학 등을 독학으로 공부하기 시작했고, 도미티아누스 황제의 이른바 철학 추방령 덕분에 로마에서 쫓겨난 후 니코폴리스에 학교를 열어 인간의 도덕적 자율성과 내적 자유를 강조하는 윤리학의 기반을 세웠다. 여기서 배출한 아리아노스(Arrianos)는 역사와 지리까지 공부해 『알렉산더 원정기』를 저술했고 그를 통해 에픽테투스의 활약과 철학이 후대에 전해졌다.

감겨 있다. 하지만 그건 그 노예의 이름이 아닐 수도 있다. 그럴 경우라면 내가 분명히 이름을 아는 노예는 두 명뿐이고, 그보다 더 많은 노예의 이름을 아는 사람도 거의 없을 것이다. 그러므로 고대 그리스와 로마 시대 나머지 노예들은 철저히 침묵 속에 고스란히 수장을 당한 셈이다.

5. 모든 전쟁은 계급 사이의 대결

스페인 내전에서 프랑코에 대한 저항은 노동계급, 특히 도시의 노동조합에 가입된 노조원들을 중심으로 구축되었다. 이는 장기적으로, 아주 긴 안목으로 보아야 그 특성이 잘 드러나는데, 노동자 계급은 파시즘에 대항해서 반기를 들고 싸우는 가장 믿음직한 세력이다. 더 나은 사회로 바뀌게 될 경우 노동계급은 누구보다 얻을 게 많은 집단이기 때문이며, 다른 계급이나 다른 범주에 속한 사람들과 달리 이들만큼은 영구적으로 매수할 수 없기 때문이다.

이렇게 말하면서 내가 노동계급을 이상화하려는 건 절대로 아니다. 러시아 혁명으로 촉발된 오랜 투쟁 과정에서 육체 노동자들은 모든 게 자신들의 과오 탓이라는 느낌을 떨치기 힘들 정도로 번번이 패배하는 세력이 되어 버렸다. 노동계급의 조직화된 사회운동은 시대를 막론하고 모든 나라에서 공개적으로 박살이 났다. 아주 불법적인 폭력을 통해서 그렇게 됐다. 이론상으로 따지면 서로 연대 관계인 노동계급 동지들이 적어도 외국에는 아주 많다. 하지만 현실에서는 다들 먼 산 불구경하는 입장일 뿐 어떤 행동도 하지 않는다. 이런 배신이 이어질 수밖에 없는, 누구나 아는 부끄러운 비밀이 있다. 그건 백인 노동자와 나머지 노동자 사이에 어떤 식의 연대의식도 없다는 사실이다. 최소한의 립서비스에 해당하는 연대조차도 작동하지 않는다. 지난 10년 동안 벌어진 일들을 보고 노동계급에 속한 이들 사이에 과연 '국제 프롤레타리아 연대'라는 의식이 형성되어 있다고 누가 주장할 수 있겠는가.

영국 노동자들에게 비엔나와 베를린, 마드리드 그리고 지구상 다른 어느 지역에서 자행된 노동자 동지의 학살 소식은 어저께 벌어진 축구 경기만큼도 관심거리가 되지 않는다. 그만큼도 중요한 사안이 아닌 게 분명하다. 그럼에도 불구하고 노동계급은 파시즘에 대항해서 언제라도 계속 투쟁하게 될 것이라는 사실은 달라지지 않는다. 나치가 프랑스를 점령했을 때 드러난 놀라운 현상 하나는 (정치적으로 좌파 성향들도 포함해) 지식인들이 보인 변절 행태였다.

지식인들은 파시즘에 대해 누구보다 시끄럽게 목청을 돋우는 이들이다. 하지만 막상 상황이 급박해지면 그들 중 상당수는 꿀 먹은 벙어리 시늉을 하며 저기 먼 산으로 시선을 돌려 버린다. 그들은 자신에게 닥칠 수 있는 불이익을 가늠할 만큼 멀리 내다볼 수 있어 적당하게 매수당할 줄도 안다. 더욱이 나치는 지식인들이 자신들의 앞잡이로 활약하도록 그들을 매수하는 작전을 훌륭하게 펼칠 줄 안다.

그에 비해 노동계급은 넘어가는 방식이 전혀 다르다. 그들은 자신이 농락당하는 수법을 꿰뚫어 볼 만큼 영리하지 못해, 파시즘의 거짓 약속을 그대로 받아 삼킨다. 하지만 다시 정신이 들기만 하면 벌떡 일어나서 금세 투쟁을 재개한다. 그들은 그럴 수밖에 없다. 뭐든 자기 몸뚱이로 감당하기 때문이다. 파시즘의 약속이 결코 실현될 수 없는 아주 고약한 현실이 바로 자기 몸을 통해 확인되기 때문이다. 노동계급을 영원토록 동지로 잡아 두는 방법은 무척 단순하다. 그들의 생활수준을 충분하게 향상시켜 주면 되니 더 이상 간단할 수가 없다. 하지만 권력을 장악한 자들은 결코 그럴 능력이 없고, 아마 그렇게 하고 싶지 않을 것이다.

노동계급의 투쟁은 식물의 성장과 퍽 유사하다. 식물은 맹목적이고 그저 우직해 빛을 향해 끝없이 위로 뻗어야 한다는 사실만 확실히 안다. 좌절할 일만 코앞에 닥치는데도 끝없이 같은 방향으로 계속 전진한다. 그러면 노동자들은 대체 무얼 향해 그렇게 투쟁하는가? 그들의 목표는 단순 담백하다. 사람답게 살 수 있는 생활 조건, 오직 그것뿐이다. 이제 그들은 이게 현실적으로 가능한 일이라는 걸, 더 확실하게 알게 되었다. 그들이 이를 깨닫고 움직이는 건 마치 파도처럼 크게 밀려오기도 하고 다시 곧 빠져나가기도 한다.

스페인의 경우를 보면 사람들은 한동안 높은 의식 수준으로 행동했다. 그들은 도달하려는 목표를 향해서 함께 움직였고, 거기에 이를 수 있다고 믿었다. 공화파 정부였을 당시 스페인 내전이 시작되고 처음 몇 달 동안은 오히려 신기할 만큼 살짝 들뜨고 활기찼다. 당시 분위기는 그래서였다고 설명이 된다. 시민들은 필시 프랑코가 적이고, 공화국이 자신들의 친구란 사실을 본능적으로 알고 있었다. 그들은 자신들이 옳다는 것도 이미 알고 있었다. 공화파 정부는 세상이 그들에게 기대하는 것, 그리고 자신들이 쟁취할 수 있는 그것을 위해서 싸움을 벌이고 있기 때문이었다.

스페인 내전의 진실을 바로 보려면 이를 반드시 명심해야 한다. 전쟁의 잔혹함과 불결함 그리고 허무함(이 독특한 경우에는 여기에 음모와 탄압, 거짓과 오해 등등)을 모두 생각하다 보면 자연스레 이런 말이 나오게 된다.

"이놈이나 저놈이나 추접하고 막 돼먹기는 마찬가지라, 그래서 나는 어느 편도 들고 싶지 않다."

하지만 실제 상황에서는 누구도 결코 중립적일 수 없다. 누가 이기든 다 마찬가지인 전쟁은 없다고 보는 게 맞다. 대부분의 전쟁에서 한편은 대략 진보 쪽인 반면 다른 편은 대략 그를 저지하는 반동이게 마련이다. 공화파 정부의 당시 행보가 스페인 최고의 부자들과 온갖 귀족, 추기경 같은 가톨릭 지도자, 꼴통보수 세력과 온갖 한량 따위에게 미움을 받은 맥락은 당시 정황을 잘 드러낸다. 스페인 내전은 본질적으로 계급 간의 전쟁이었다. 만약 공화파가 승리했다면, 세계 전역에서 보통 사람들의 명분과 입지가 좀 강화되었을 터이지만, 그들은 그 전쟁에서 패배했다. 덕분에 세계 도처에서 자산가들은 마음 놓고 점점 더 불로소득을 챙길 수 있게 되었다. 그 점이 바로 핵심 사안이었다. 나머지는 모두 거기서 파생되는 표면 위의 거품에 불과하다.

6. 스페인 내전에서 나치들이 승리한 이유

스페인 내전의 열기가 잦아들면서 1936년 무렵 런던과 파리, 로마와 베를린에서는 프랑코의 집권이 기정사실화되었던 반면 오히려 스페인 내부에서는 그 변화의 감도가 더뎠다. 하지만 1937년 여름 이후의 국제 판도에 본질적인 변화가 생기지 않는 한 공화파 정부가 더 이상 버틸 수 없는 상황이라는 건 의심의 여지가 없는 현실로 굳어가고 있었다. 한편 1938년에 접어들며 공화파 정부의 네그린 총리와 다른 인사들은 유럽에 떠도는 전운을 감지했고, 이는 전투의 지속 여부 결정에 상당한 변수로 작용했다. 그리고 실제로 1939년 전쟁이 발발했다.

공화파 정부의 내분이 문제였다는 소문이 세간에 자자했으나, 그게 패배의 주된 원인은 절대로 아니었다. 정부의 민병대가 급조되다 보니 그들 무장 상태가 형편없고 군용 장비도 제대로 갖추지 못하였으나, 처음부터 정치적 합의가 완벽하게 이루어졌다고 해도 결과는 크게 다르지 않았을 것이다. 스페인은 징병제라는 게 아예 있어 본 적이 없던 곳이라, 내전이 터졌을 당시 스페인 공장의 노동자들은 대개 총 쏘는 법을 알지 못했다. 게다가 좌파들은 원래 평화주의를 표방하니, 이 또한 대단히 심각한 장애 요소였다. 외국에서 자원했던 무려 3만여 명의 보병 인력은 훌륭한 뜻을 품고 왔으나 사실상 이들 중 전문 인력은 매우 드물었다.

만약 혁명을 방해하는 세력이 없었다면 이길 수도 있는 전쟁이었다는 트로츠키주의자들의 주장은 정말 가당찮은 것이었다. 그들 말대로 일찍이 공장을 국유화하고, 교회를 부수고 또 혁명 선언을 확실하게 쏟아 냈다고 해도 더 효율적 군대를 만드는 일은 이미 역부족이었다. 파시스트 군대는 현대식 장비로 무장한 반면, 상대는 그렇지 못하니 애초 그 힘을 감당할 수가 없었다. 주어진 현실이 그러한데 정치적인 전략만으로 그 한계를 극복할 길은 전혀 없었다.

스페인 내전에서 가장 당혹스런 사안은 몇몇 열강이 보인 행태였다. 이 전쟁은 사실상 독일과 이탈리아가 프랑코에게 승리를 안겨 준 싸움이었고, 두 나라의 동기는 명확했다. 반면 영국과 프랑스가 대응하는 방식은 도무지 이해할 수가 없었다. 내전이 발발했던 1936년, 영국이 스페인 정부에 몇 만 파운드어치의 무기만 제때에 지원했더라면 프랑코 세력은 금세 궤멸될 수 있었으니까 말이다. 그랬다면 독일의 전략도 심각하게 차질을 빚었을 것이 분명했다. 당시 상황은 아주 단순했다. 영국과 독일 사이에는 전쟁의 조짐이 역력해서, 특별한 식별 능력이 없더라도 한두 해 후면 대략 발발 시기까지도 예상할 수 있을 정도였다. 그런 와중에 영국의 지배 계층은 가장 비열하고 비겁하며 위선적인 방식으로 온갖 술책을 동원해 스페인을 나치와 프랑코 손아귀에 넘겨준 셈이었다.

대체 왜 그랬을까? 답은 분명하다. 그들은 파시스트 편이었기 때문이다. 영국과 프랑스 정부가 그들과 한편이었다는 사실은 의심의 여지가 없다. 막판에 가서야 독일과 맞서는 쪽으로 슬쩍 움직였다. 프랑코를 밀어 주며 그들이 대체 어떤 복안을 갖고 있었는지 여전히 오리무중인데, 실제 아무런 대책도 없었을 가능성이 높다. 영국의 지배 계층이 사악한 건지 아니면 미련했던 건지, 이는 우리 시대 최고의 난제 중 하나로서 정말로 심각한 문제였다.

러시아는 또 어떠했던가. 그들이 스페인 내전에 개입했던 동기는 그 내막을 전혀 헤아릴 수 없다. 빨갱이 물이 좀 들어간 사람들의 믿음처럼 그들이 진정으로 민주주의를 수호하고 나치를 무찌르기 위해 스페인에 들어갔을 까? 그렇다면 왜 그렇게 소심한 수준으로만 개입하고 결국은 스페인을 저버렸을까? 아니면 가톨릭 쪽의 주장처럼 그들은 스페인에 혁명을 조장하고자 딱 그 정도 선에서 멈춘 것일까? 하지만 러시아는 스페인 내에서 사유재산 제도를 유지하고, 노동계급이 아닌 중산층에게 힘을 보태는 식으로 처신했다. 왜 그런 식으로 스페인의 혁명 분위기를 깨 놓는 짓만 골라 했을까? 아니, 트로츠키주의자들 주장처럼 그들은 정말 스페인에서 혁명이 터지지 않게 하려고 아예 작정을 하고 개입한 것인가? 그렇다면 또 프랑코를 지원하지 않은 이유는 무엇인가? 그들 행태는 앞뒤가 안 맞는 몇 가지 요인을 두루 살피며 따져보아야 간신히 설명이 된다. 다들 스탈린의 외교정책이 너무 간교하다고 주장하지만 이는 기회주의와 우둔함의 조합이었을 뿐 전혀 영리한 게 아니었다는 걸 조만간 누구나 깨닫게 될 거라고 나는 믿는다.

아무튼 스페인 내전을 정리하자면, 나치들은 자신들이 무슨 짓을 하는지 잘 알고 있었던 반면 상대는 전혀 그렇지 못했다. 이 전쟁은 전투에 활용된 기술의 수준이 저급했고, 주요한 전략은 아주 단순했다. 따라서 무기를 더 확보한 쪽이 이길 수밖에 없는 유치한 싸움이었다. 나치와 이탈리아는 스페인 동지들에게 무기를 제공한 반면, 서방 민주주의 세력과 러시아 당국은 그들의 친구에게 무기를 보태 주지 않았다. 그래서 스페인 공화국은 스스로 삼갈 수밖에 없는 현실을 운명처럼 받아들인 채 그렇게 속절없이 무너져 버렸다.

다른 나라들에서도 좌파들은 스페인 사람들을 향해 그 싸움은 절대 포기하면 안 된다고, 계속 싸우는 게 순리라고 꾸준히 격려했다. 도저히 이길 수 없는 싸움이었는데 그런 식의 부추김이 과연 옳은 일이었는지, 이는 답하기 쉽지 않으나 개인적으로 난 그게 옳다고 믿는다. 생존을 우선하는 관점에서 보더라도, 싸우지 않고 그냥 항복하는 것보다 끝까지 싸우다 정복당하는 편이 그래도 조금 낫다고 생각한다. 파시즘에 맞선 투쟁이 전략적으로 어떤 효과를 발휘하는지, 이에 대한 평가는 아직 단정할 수 없다. 남루한 공화파 군대들은 변변한 무기도 갖추지 못한 채 2년 반을 버텼다. 이는 적들의 예상을 능가한 결과였다. 하지만 이런 변동이 대체 파시스트들의 계획에 어떤 교란을 초래했는지, 아니면 바로 그 탓에 제2차 세계대전의 발발을 지연시켜 오히려 나치들에게 군수품을 정비할 시간을 벌어 준 셈이었는지는 아직 확실치 않다.

7. 이탈리아 청년에게 바치는 헌사

스페인 내전을 생각하면 두 가지 기억이 떠오른다. 하나는 바르셀로나에서 서쪽으로 160킬로미터 떨어진 예이다에 있던 병원이다. 부상당해 실려 온 민병대원들이 함께 노래를 부르는데, 그 목소리가 좀 구슬프게 들리곤 했다. 하지만 후렴구의 가사는 이렇게 비장했다.

우리는 결의했네. 끝까지 싸울 거야!

과연 그들은 끝까지 싸웠다. 전쟁 막바지 18개월 동안 공화파 군대는 담배 보급조차 거의 끊어진 상태로 전투를 계속했다. 음식 보급도 간신히 견딜 정도였다. 내가 스페인을 떠났던 1937년 중반쯤에 이미 고기와 빵은 아주 귀했고, 담배는 이따금 구경이나 해 보는 정도였다. 커피와 설탕은 거의 구할 수가 없었다.

다른 기억 하나는 내가 민병대에 동참한 날, 위병소에서 내 손을 잡아 준 이탈리아 출신 민병 대원이다. 이 친구에 대해서 나의 스페인 내전 참전기 『카탈로니아 찬가(Homage to Catalonia)』[17] 첫머리에 이미 말을 해 버렸으니, 거기에 적었던 내용은 되풀이하지는 않겠다. 그의 추레한 군복과 좀 험해 보이지만 우수가 깃든 순결한 얼굴이 지금도 생생하다. 그의 얼굴을 바라보면 전쟁 관련해 마냥 심란했던 문제들이 저절로 녹아 버렸다. 대신 어느 편이 옳은지와, 그래서 전쟁에 반드시 이겨야 한다는 사실만 또렷하게 드러나 보이곤 했다. 국제정치는 힘의 논리로만 돌아가고 언론은 처음부터 거짓으로 도배를 했으나 스페인 내전의 핵심 사안은 다만 사람답게 살 수 있어야 한다는 이들의 열망과 이들이 굳게 믿는 천부 인권의 문제, 그것이었다.

그토록 인상 깊었던 이탈리아 청년의 최후가 어떠했을지 정확히는 알 수 없으나, 그를 떠올리면 여러 생각으로 마음이 착잡해진다. 그를 만난 곳은 레닌의 이름을 건 병영이었으니, 그는 아마도 트로츠키주의자이거나 무정부주의자였을 것이다. 그리고 당시의 복잡한 정황을 감안하건대 그는 독일의

---

17 **카탈로니아 찬가(Homage to Catalonia)** : 조지 오웰, 『카탈로니아 찬가』, 민음사

비밀경찰 게슈타포나 소련 정보부 요원에게 살해당했을 공산이 크다. 하지만 이런 소소한 사안은 전쟁의 대세에는 아무 영향도 끼치지 못한다. 그러나 불과 1분에서 2분 정도나 마주쳤을 그 얼굴은 스페인 내전의 진정한 의미를 깨닫게 한 생생한 기억으로 내게 남아 있다. 전 세계에서 같은 일이 반복되었고, 당시 스페인 전쟁터의 공동묘지에는 악질 경찰에 쫓기다 스러진 이들이 상당수 안치되었다. 그리고 지금은 강제수용소나 다름없는 일터들에서 노역에 시달리느라 수백만이 넘는 유럽 노동자들이 마냥 무너져 내리고 있다. 그 이탈리아 청년은 이들을 상징하는 가장 아름다운 원형으로 나의 뇌리에 박혀 있다.

파시즘이라는 광기에 대체 누가 동조할까 싶지만, 그걸 지지하는 인물들을 꼽아 보면 얼마나 다양한 인물들이 그 명단을 채우는지 놀라지 않을 수 없다. 도무지 어떤 공통점을 찾기 힘든 다양한 인사들이 거기에 이름을 올렸다. 나치 수장이던 히틀러는 물론이고 한때 프랑스 지도자였던 필립 페탱(Henri-Philippe Pétain), 20여 년 영국은행 총재를 역임한 몬태규 노먼(Montagu Norman), 나치의 괴뢰 정권인 크로아티아 독립국의 당시 국가 원수이자 독재자로 75만 명이 넘는 정교회 신자들을 학살한 안테 파벨리치(Ante Pavelić), 전쟁을 부추기는 선정적인 기사로 마구 여론을 조작하는 황색 저널리즘으로 유명한 악덕 언론사 사주 윌리엄 랜돌프 허스트(Randolph Hearst), 유대인 탄압에 적극 가담했던 중죄로 사형당한 율리우스 슈트라이허(Julius Streicher), 공산주의에 대한 반감 탓으로 히틀러와 한편에 섰던

프랭크 버크먼(Rev. Frank Buchman) 목사, 굳이 유럽에 가서 무솔리니와 히틀러의 각별한 친구가 되고 그들을 옹호하는 글을 써 댄 미국 출신의 시인이며 평론가 에즈라 파운드(Ezra Pound), 자수성가형 사업가로 프랑코의 후원자 노릇을 하며 최고 갑부가 되었던 후안 마르츠(Juan March), 나치 치하에서 영도자 히틀러에 대한 경의가 부족하다며 조국을 비판했던 프랑스 출신 작가 장 콕토(Jean Cocteau), 나치에 적극 협력하며 철강 제국을 이끌다 크게 경악해 나중에는 반기를 들고 저항했던 사업가 프리츠 튀센(Fritz Thyssen), 캐나다 출신 가톨릭 사제로 히틀러의 분신처럼 행하고 연설한 콜린(Charles Coughlin) 신부, 예루살렘 출신의 회교 지도자 아민 알 후세이니(Mohammed Amin al-Husseini), 프랑코에 충성했던 영국 엘리트 출신 스키 선수 아놀드 룬(Arnold Lunn), 루마니아 출신의 극우파 기독교도 총리로 40만 명 이상을 학살한 죄로 사형에 처해진 이온 안토네스쿠(Ion Antonescu) 장군, 독일 출신 철학자로 『서구의 몰락』의 저자로 유명한 역사학자 오스발트 슈펭글러(Oswald Spengler), 평화주의자를 자처하다 갑자기 돌변한 채 제2차 세계대전을 지지하는 쪽으로 돌아선 영국의 대표 작가 비벌리 니콜스(Beverley Nichols), 부자 남편들을 거치며 확보했던 막대한 재력으로 1930년대 영국 정계를 뒤흔든 배우 출신 휴스턴 부인(Lady Houston), 그리고 무솔리니 편에서 파쇼 선언을 주도한 이탈리아 현대 예술의 대표적 선구자 필리포 마리네티(Filippo Marinetti)까지 그들 유명인사의 배경은 정말 가지가지다.

하지만 이들에게는 아주 단순한 공통점이 있다. 이들은 뭔가 잃을 게 있는데, 그걸 놓고 싶지 않아서 계급사회를 염원한 사람들이다. 그 욕심 탓에 인류가 자유롭고 평등한 세상을 향해서 함께 나아가는 걸 그토록 두려워했다. '신을 저버린' 러시아를 욕하고 가당찮은 노동자들의 '유물론' 등 비난을 늘어놓는 속내는 너무도 간단하다. 본인들이 붙들고 놓지 않으려는 돈과 특권 탓이다. '마음의 변화' 없이 사회구조만 바꾼다고 해결될 문제가 아니라는 그들 주장에 행여 일말의 진실이 담겨 있다고 해도 진실은 여전히 그대로이다. 바티칸의 교황님부터 캘리포니아에서 도를 닦는 도사들까지 경건한 이들은 역시 당신들 경험이나 관점에서 판단하건대, 경제구조를 바꾸는 것보다 마음을 변화시키는 일이 훨씬 더 근본적이고 확실한 방법이라고 여길 수 있다.

제1차 세계대전 기간의 무훈 덕으로 프랑스의 영웅이 되었으나 결국 종신형을 선고 받고 감옥에서 생을 마친 뻬땡 장군은 프랑스가 독일에 무너진 원인을 프랑스 서민의 '향락'이라고 비난한 바 있다. 그 주장의 타당성을 확인하기 위해서는, 프랑스의 농부나 일반 노동자들의 생활과 뻬땡 자신의 생활을 비교하며 이들이 누린 향락의 양상을 함께 살펴보면 좋을 것이다. 이 뻔뻔스런 정치가들이며 종교인, 문인 등 철면피들이 사회주의를 꿈꾸는 노동자들을 놓고 '유물론' 어쩌구 하며 설교를 하는 꼴이라니!

노동계급이 요구하는 바는 단순하다. 저런 파렴치범들 수준에서는 인간다운 삶을 위한 최소한의 생활 조건일 뿐이다. 배고프지 않게 먹을 수 있고, 해고라는 공포로부터의 자유, 자신들의 자녀들에게 주어지는 공평한 교육 기회, 하루 한 번의 목욕, 깨끗한 잠자리, 비가 새지 않는 지붕, 저녁이 있는 삶을 위해 파김치가 되기 전에 퇴근할 수 있는 근무 시간 정도. 이것들을 포기한 생활이란, 노동자들을 향해 물질만능주의 운운하며 트집을 잡는 자들 중 그 누구도 상상조차 할 수 없을 것이다. 만약 지난 20년 동안 우리가 정말로 최선을 다했다면, 저런 최소한의 목표는 충분히 달성하지 않았겠는가! 최근 전쟁에 투입된 물자와 노력 정도라면 전 세계 생활수준을 현재 영국의 수준으로 끌어올리는 일도 거뜬히 해냈을 것이다.

나는 그것 자체로 문제가 해결된다고 주장하는 게 결코 아니다. 누가 그런 주장을 하는지, 그런 것도 알지 못한다. 다만 인류 전체가 마주한 심각한 사안들을 해결하려 들기 전에 너무 잔혹한 노동 현실부터 먼저 해소하자는 것이다. 보통 사람들이 소처럼 일하다 죽어 나가고, 때로는 비밀경찰의 마수에 진저리를 치게 되는 정말 속수무책의 현실이 도처에 널려 있다. 하지만 인간의 영원성에 대한 믿음 자체가 소멸되었으니 해당 사안은 거들떠보지도 않는다. 바로 이 점이 우리 시대 가장 심각한 문제라고 나는 믿는다.

이런 점에서 노동계급이 추구한다는 '유물론'은 정말 다행한 대안인 셈이다. 당장 배가 고파서 쓰러지는 마당인데, 굶주린 영혼보다 굶주린 뱃가죽을 먼저 채우고, 영원한 가치가 아닌 지금 당장 시급한 문제부터 해결하려는 게 얼마나 마땅하고 옳은 일인가! 그 점을 알아야만 지금 우리가 버텨 가는 으스스한 공포의 의미를 헤아릴 수 있을 것이다.

아주 많이 다르지만 프랑스의 필립 뻬땡과 인도의 간디가 함께 경고음을 울려 대니 앞뒤 사정을 잘 모르는 우리들은 난감하지만, 아무튼 싸움을 위해 스스로의 품위 따위는 내려놓아야 하는 불가피한 현실이었다. 대영제국은 민주주의 관련한 온갖 미사여구를 늘어놓는 한편 식민지 노예들의 등골을 빼먹으면서 애매한 도덕적 입장을 견지했다. 소련의 급성장도 불길한 기운이 농후했다. 게다가 좌익 정치 쪽의 냉소까지 시시때때로 우리 발목을 붙드니, 이들을 시야에서 걸러 내야 비로소 날것 그대로의 진실을 볼 수 있었다. 부와 권력을 움켜쥐신 나리들과 그들에게 고용된 사기꾼과 간신배들의 뜻을 거슬러, 점점 의식이 깨어난 보통 사람들의 사투가 따를 수밖에 없었다는 얘기다.

질문은 간단하다. 그 이탈리아 출신의 민병대원처럼 선하고 평범한 이들이 진정 사람답게 살 수 있는가, 없는가. 이제는 얼마든 가능해진 최소한의 생활 여건을 온전히 누릴 수 있는가, 아직 그렇지 못한가. 생존을 위해 보통 사람은 여전히 이전투구 하듯 몸을 던져 싸워야만 하는 신세인가, 이제 더 이상 그렇지 않은가. 장담할 근거가 있는 건 아니지만, 나는 이 보통 사람들이 조만간 그 싸움에서 이겨 낼 것이라 굳게 믿는다. 그리고 이 조만간이 좀 더 일찍, 그러니까 앞으로 100년 안에는 오기를 바란다. 그게 1000년을 기다릴 일은 아닌 것 같아서다. 스페인 내전의 진정한 의미는 바로 그것이었고, 제2차 세계대전 역시 그러했으며, 앞으로 벌어질 전쟁도 마찬가지 의미를 가질 것이다.

나는 그 이탈리아 민병대원을 다시는 보지 못했다. 아니 그의 이름도 알아내지 못했다. 아마 그는 사망했을 확률이 상당히 높다. 거의 2년쯤 지난 후, 패전의 기운이 짙어졌을 때 나는 그를 기억하면서 다음 글을 적어 두었다.

위병소 탁자 곁 이탈리아 병사
굳센 손을 내밀어 내 창백한 손을 선뜻 잡아 주었지.

총성을 함께 견뎌 낼, 오! 동지의 손, 온기로 전해지는 평화
얼핏 눈에 들어온 그 초췌하나 어느 여인보다 고운 얼굴.
거칠고 더러운 전쟁터 욕설들도 그의 귀엔 거룩한 생명
책으로 더디 배웠던 나의 모든 걸 그는 저절로 깨우친 듯

총이 떠드는 세상이라 우리도 하나씩 그걸 샀으나
이 청년 내 친구 되었으니, 오! 이런 행운을 만날 줄이야.
이탈리아 병사, 용맹한 그에게도 행운 있기를! 당신 못
행운을 세상도 갚아 주길 빌어 보지만 소용없으리.
새하얀 그림자와 새빨간 유령 사이, 총알과 거짓말
사이 어디에 행여 그대 머리 감출 수 있으리?
마누엘 곤잘레스는 어디 있으며, 뻬드로 아길라와
라몬 페네요사는 어디 있는지 지렁이는 알고 있을까?

그대의 이름과 행적 그대 뼈도 마르기 전 잊었으나
그대를 묻어 버린 거짓말은 더 깊은 거짓 아래 묻혔노라.
하지만 그대 얼굴의 광채 어떤 힘으로도 흐릴 수 없어
수정처럼 맑은 그대 영혼 어떤 폭탄도 부술 수 없어.

동물 농장 1944년

제1장

　나으리 농장 주인 미스터 존스, 밤새도록 닭장 문과 닭들이 드나드는 쪽문까지 그는 양쪽을 모두 잠가야 했는데, 닭장 문에 자물쇠를 채우다 그날은 깜빡 잊어버렸다. 쪽문까지 닫아야 한다는 것을 말이다. 술기운 탓이었다. 술에 취해 비틀대느라 안마당을 가로지르는 동안 손에 들린 회중전등의 둥근 불빛도 휘청거렸다. 뒷문에 이르러 그는 장화를 벗어 던져 버린 채 보조 부엌으로 뛰어 들어갔다. 술통에 마지막 남은 맥주를 유리잔에 가득 따라서 들이켠 후 침대에 기어오르니, 그의 부인은 벌써 코를 골고 있었다.

　침실 불이 꺼지자 곧 농장 곳곳에서 소란이 일며 여기저기서 부스럭거리고 퍼드덕대는 소리가 요란했다. 그날 낮에 온종일 떠돌던 말로는, 옛날 무슨 품평회에 나갔을 때 중간 체급 대표로 수상 경력도 있었던 허여멀끔한 수퇘지 메이저가 어젯밤에 무슨 특별한 꿈을 꾸었다며 다른 동물들에게도 그 소식을 전해 주려 한다는 것이었다. 그래서 미스터 존스가 밤에 집으로 들어가면 곧바로 헛간에서 모두 보기로 되어 있었다. 메이저(라고 보통 불리지만, 옛날에 그 품평회에 출품되었을 무렵에는 '윌링던 특품'이란 이름으로도 불렸던) 어른은 농장에서 워낙 평판이 좋아서, 행여 잠잘 시간이 한 시간 줄어들더라도 그 양반 말씀만은 들어 둠 직하다는 소문이 대세였다.

넓은 헛간 저 끝에 짚 더미를 쌓아 두어 조금 두둑하게 올라온 연단 같은 데가 있었다. 메이저는 거기에 벌써 편안하게 자리를 잡고 앉아 있었다. 대롱대롱 기둥에 매달린 등불 하나가 주변을 밝혀 주었다. 그는 열두 살이었다. 얼마 전부터 몸집이 좀 불긴 했지만 어르신 용모는 여전히 준수했다. 엄니를 잘라 낸 적이 한 번도 없었다는데도 아주 지혜롭고 인자한 모습의 물찬 돼지였다.

얼마 있으니 다른 동물들도 몰려오기 시작했다. 각자 자기 식으로 가장 편안한 자세를 취하며 자리를 잡았다. 맨 먼저 블루벨과 제시, 핀쳐, 이 세 마리 개들이 왔다. 이어서 돼지들이 도착했다. 이 친구들은 연단 바로 앞에 깔린 짚 더미 위로 올라와 자리를 잡았다. 암탉들은 창틀 위에 쪼그려 앉고, 비둘기들은 추녀 위로 올라가서 자리를 잡고 앉았다. 양과 암소들은 돼지 뒤편에 줄지어 앉아 곧 오물오물 되새김질을 시작했다.

마차를 끄는 두 마리 말, 클로버와 복서도 함께 왔는데, 이들은 행여 짚 더미 속에 작은 동물이라도 숨어 있을까 조심스러워 천천히 걸음을 옮겼다. 털로 뒤덮인 큰 발굽을 살그머니 굽히며 이들도 자리를 잡았다. 어느덧 중년이 된 클로버는 넷째를 낳은 후로는 좀체 젊었을 때 몸매를 회복하지 못하고 있었다. 복서는 여느 말 두 마리를 합한 만큼이나 힘이 장사에다, 키는 열여덟 뼘에 달할 만큼 덩치가 대단했다. 코 밑의 하얀 줄 탓에 얼핏 보면 바보스러워 보이기도 하지만, 특별히 영리한 종자는 아니어도 워낙 근면한 성품에다 일을 할 때는 정말 힘이 장사여서 그를 모두 굉장히 좋아했다.

말들 다음으로 하얀 염소 뮤리엘과 당나귀 벤자민이 들어섰다. 농장에서 제일 연로한 벤자민 영감은 성질머리가 유독 까칠했다. 그는 좀체 입을 열지 않았지만 말문이 열렸다 하면 주로 독설이 쏟아졌다. 예컨대 파리를 쫓으라고 신께서 당신에게 꼬리를 주셨겠지만, 파리만 없다면 꼬리가 없어도 좋겠다는 식의 말을 아무렇지 않게 던지곤 했다. 아마도 벤자민은 농장에서 한 번도 웃어 본 적이 없는 유일한 동물일 것이다. 대체 왜 그러시냐 물으면, 그는 도무지 웃을 일이 없으니까 그런 거라고 대답했다. 이런 벤자민 영감이 마음을 여는 유일한 상대가 있었다. 크게 내색을 하진 않지만 복서에게만은 굉장히 살뜰히 대하는 게 분명했다. 그 둘은 일요일이면 과수원 건너 조그만 목초밭에 함께 나들이 가서 나란히 풀을 뜯곤 하는데 그렇게 지낸다 해도 실제 무슨 말을 나누는 건 또 아니었다.

클로버와 복서가 함께 자리를 잡고 앉자, 어미를 여읜 새끼 오리 한 무리가 우르르 떼를 지어 몰려왔다. 가냘픈 소리로 끼약끼약 행여 누구 발에 밟히기라도 할까 허둥대며 아장아장 자리를 찾느라 돌아다녔다. 클로버는 긴 앞발을 쭉 뻗어 새끼 오리들이 모두 들어올 수 있게 길을 만들어 줬고, 그 울타리 안으로 예쁘게 들어온 새끼 오리들은 쌔근쌔근 곧 잠이 들었다.

제일 늦게 도착한 건 몰리였다. 미스터 존스의 작은 마차를 끄는 흰 빛의 암말 몰리는 머리는 텅텅 비었어도 생긴 게 무척 예뻤다. 그녀는 아주 맛이 좋은 듯 각설탕 하나를 입에 물고 오물거리며 우아한 자태로 들어와 맨 앞에 자리를 잡고 앉았다. 몰리는 흰 털 사이에 빨간 리본을 함께 넣어 땋은 갈기를 매만지며 마냥 눈길을 끌고 싶은 모양이었다.

정말 마지막으로 나타난 건 고양이였다. 제일 늦게 도착해 놓고도 주변 여기저기를 계속 힐끔거리다, 늘 그런 것처럼 가장 따뜻한 자리를 찾아내 복서와 클로버 사이를 비집고 들어와 자리를 잡고 앉았다. 메이저 영감이 연설을 하는 내내 말씀은 하나도 듣지 않으면서도 기분이 좋은 듯 자꾸만 갸르릉 소리를 냈다.

집까마귀 모세만 빼고 이제 모든 동물이 들어와 자리를 함께한 셈이었다. 모세는 뒷문 횃대에 올라앉은 채 잠들어 있었다. 모든 동물이 모여 앉은 편안한 분위기에서 당신의 얘기를 기다리며 다들 주의를 집중하고 있다는 걸 확인한 메이저 영감은 몇 차례 목청을 다듬고는 말을 시작했다.

"동지들, 지난밤에 내가 이상한 꿈을 꾸었단 얘기를 들으셨지요. 그 얘기는 좀 있다가 하고, 그보다 먼저 할 얘기가 있어요. 내가 지금 여기 동지들과 함께 있을 시간이 많이 남지 않은 것 같아 내 죽기 전에, 내가 살면서 터득한 지혜를 동지들에게 모두 전하는 게 내 의무라는 생각이 듭니다. 난 오래 살았고, 내 오두막에 홀로 누워서 생각할 시간도 아주 많았는데, 덕분에 나는 지금 아마 지구상에 살고 있는 그 누구보다 삶의 본질을 잘 알고 있다고 감히 말할 수 있겠소이다. 이제 동지들에게 그 얘기를 하려 합니다.

자, 동지들이여, 우리들 삶의 본질이 무엇인지, 진지하게 한번 따져 봅시다. 우리의 삶은 비참하고, 너무 힘들고, 그리고 아주 짧아요. 태어나면서부터 우리는 우리 몸이 숨 쉬고 살 만큼의 여물을 얻어먹고, 특히 우리 중에 노동을 하는 경우는 마지막 숨을 내쉴 때까지 노역에 내몰려 죽도록 혹사를 당합니다. 그러다 더 이상 쓸모가 없어지면 바로 끌려가, 너무 끔찍하고 참혹하게 도살을 당합니다. 이 나라 영국에 사는 어떤 동물도 한 살을 넘기고 나면, 행복이 뭔지 휴식이 뭔지 더는 알지 못하는 형편입니다. 이 나라에서 자유를 누리는 동물은 찾아볼 수 없지요. 동물의 삶은 처참한 노예의 그것이니, 이건 있는 그대로의 진실이올시다.

하지만 이게 자연의 질서라서 그런 건가요? 이게 정말 우리나라가 너무 가난한 탓에, 그래서 여기 사는 우리들은 이런 대접밖에는 받을 수 없어서 그렇답니까? 아니오, 절대 그렇지 않다는 걸 동지들은 알아야 합니다! 우리가 사는 영국은 땅이 아주 기름지고 날씨도 좋아서, 지금보다 훨씬 많은 동물이 산다고 해도 충분히 먹고 남을 식량을 생산할 수 있답니다. 우리 농장만 해도, 열두 마리 말과 스무 마리 소에, 수백 마리 양을 넉넉히 먹일 수 있어, 지금 우리들이 상상하는 것보다 훨씬 편안하고 품위 있게 잘살 수 있습니다.

그런데 도대체 우리는 왜 이토록 비참한 현실에 발목이 묶인 채 살아가야 하는 겁니까? 그 이유는 간단합니다. 그건 우리 노동으로 생산된 대부분을 인간이 훔쳐 가기 때문입니다. 동지 여러분, 여기 우리 모두의 문제에 대한 답이 있소이다. 한마디로 요약이 됩니다. 이게 다 인간 때문입니다. 인간은 우리의 실제적이고 유일한 적이라는 뜻입니다. 인간을 쓸어 없앨 수만 있다면, 우리를 괴롭히는 과로와 굶주림은 영원히 뿌리가 뽑히고 말 것입니다.

인간은 생산은 하지 않고 소비만 하는 유일한 종자올시다. 우유를 만들지도, 알을 낳을 수도 없는 게 인간입니다. 약해 빠져서 쟁기를 끌 수도 없고 토끼를 잡을 만큼 빨리 달리지도 못하는 종자들입니다. 그런데도 온갖 동물의 주인 노릇을 하는 게 저들이에요. 이들이 우리 동물들을 멋대로 부리며 일을 시키고, 굶어 죽지 않을 만큼 최소한의 여물만 공급하면서 나머지는 죄다 저들 몫으로 챙기고 있습니다. 우리들의 노동으로 땅을 일구고, 우리 똥으로 땅을 살지게 하지만, 우리에게 남는 건 벌거벗은 가죽뿐이외다.

지금 내 앞에 계신 암소 어매들, 작년 한 해 동안 짜낸 우유가 대체 몇천 리터입니까? 그걸 먹고 무럭무럭 자라야 할 우리 송아지들 몫으로 저들이 무슨 짓을 하고 있나요? 방울방울 고귀한 우유 방울이 우리 원수들의 목젖을 축이며 모두 그놈들 배 속으로 들어갔어요. 여기 암탉 어매들, 작년 한 해 동안 대체 얼마나 많은 달걀을 낳으셨으며, 그중에 몇 개나 여러분의 소중한 병아리로 부화되었소이까? 나머지는 몽땅 시장에 팔려나가 존스란 인간과 그 일당들 몫의 돈으로 바꿔치기 되고 말았잖습니까?

그리고 클로버, 그대가 낳은 망아지 네 마리는 지금 어디 있소이까? 그대 노후를 의지하고 기쁨을 맛보게 할 그 아이들은 모두 어디 갔느냐 말입니까? 돌 무렵이면 모두 팔려 나가는 바람에, 그러고 나면 어느 한 녀석도 다시 볼 수가 없었단 말이지 않습니까? 무려 넷이나 새끼를 낳아 주었고 밭에서도 그토록 열심히 일해 주었는데, 기껏해야 그 대가라고는 마구간에서 잠시 눈 붙일 자리 한 뼘과 매끼 똑같은 여물죽 말고 또 뭐가 있습니까?

이토록 비참한 삶을 살면서도 우리는 도무지 산목숨 다할 때까지 가만히 죽음을 기다릴 수조차 없습니다. 나는 그나마 운이 좋은 편이라, 실은 불평을 할 처지도 아니외다. 열두 살이 될 만큼 천수를 누렸고 자손도 이제 사백명을 넘겼으니까요. 우리 돼지는 무릇 이 정도는 살다 죽는 게 자연의 순리올시다. 하지만 우리 중 어떤 동물도 종국에는 망나니의 칼날을 비껴갈 수가 없소이다. 내 앞의 이 포동포동 새끼 돼지들 모두 앞으로 한 해를 못 넘기고 도살장에 끌려가서 비명을 지르며 학살당할 목숨들이외다. 이런 공포는 소와 돼지, 닭과 양, 그 누구를 막론하고 우리 모두 마찬가지라, 말이나 개들도 전혀 더 나은 운명이 아닐 거외다.

우리 복서도 전혀 다르지 않아. 이 다부진 근육들이 힘을 잃으면 존스란 인간은 그날로 이 친구를 도살장에 팔아넘길 거외다. 그럼 또 백정 놈들은 곧 복서의 목을 따 여우잡이 사냥개를 먹인답시고 펄펄 끓는 물에다가 당장 삶아 버리겠지요. 개들은 또 어떤가요? 늙어 이가 빠지기 시작하면 존스란 인간은 역시, 개들의 모가지에 벽돌을 달아서 가까운 연못에 빠뜨려 버리고도 남을 놈입니다.

자, 그럼 이제 동지 여러분, 우리 삶의 모든 불행은 바로 이 인간들의 폭정 탓이라는 게 명약관화하지 않습니까? 그러니 인간을 몰아내는 것, 그것만이 우리들 노동의 대가를 우리 자신의 것으로 만드는 유일한 길입니다. 그렇게

만 된다면 우리는 하룻밤 사이에 부자가 되고 자유로운 몸이 될 것입니다.

그럼 이제 우리는 무엇을 어떻게 해야 할까요? 밤과 낮 통틀어, 몸과 마음을 바쳐 인간 종자를 몰아내야 한다는 것이 자명합니다! 이게 동지들에게 마지막으로 남기는 유언입니다. 동지들이여, 일어납시다! 우리들 반란의 날이 언제일지, 다음 주가 될지 아니면 100년 후가 되는지 그건 잘 모릅니다. 하지만 발밑의 지푸라기를 내 눈으로 똑똑하게 보듯, 언제고 정의가 실현되는 날이 오리라는 걸 나는 확신합니다. 그러니까 동지들, 얼마 남지 않은 삶이지만 그날을 목표로 해서 부디 흔들리지 말고, 우리 앞길을 똑바로 보시길 바랍니다! 무엇보다 승리의 그날까지 우리 함께 투쟁하며 앞으로 나아갈 수 있게, 후손들에게도 반드시 내 유언을 전해 주시길 바랍니다.

그리고 동지들, 그대들 결심이 흔들리면 안 된다는 걸 부디 명심하시기 바랍니다. 어떤 속임수에도 절대로 넘어가서는 안 됩니다. 인간과 동물이 공동 이익이 있다느니, 한쪽이 먼저 번영해야 다른 쪽도 번영한단 얘기 따위, 절대 귀담아 들어선 안 됩니다. 그건 새빨간 거짓말이외다. 인간은 자기들 욕심 말고는 어떤 것에도 관심이 없는 종자들입니다. 이제 우리는 함께 싸우려 완전히 하나가 되어 동지애로 똘똘 뭉칠 겁니다. 인간은 우리의 원수일 뿐이요. 동물은 모두 동지입니다."

이 말에 청중들은 크게 환호하며 응답했다. 메이저 어른이 말씀하시는 동안 커다란 들쥐 네 마리가 살금살금 쥐구멍에서 기어 나와, 얌전히 쭈그리고 앉아 경청을 했다. 그런데 문득 개들 눈에 띄어 혼비백산 다시 쥐구멍으로 사라진 덕에 다행히도 목숨은 연명을 했다. 메이저는 잠시 조용히 해 보라며, 앞발을 들고 말을 이었다.

"동지들, 여기서 결정할 사안이 하나 있소이다. 들쥐나 산토끼 같은 야생동물은 우리의 친구요 아님 원수요? 투표로 결정합시다. 나는 이 문제를 오늘 모임의 안건으로 상정합니다. 들쥐가 우리 동지입니까?"

바로 투표가 진행되었고, 놀랍게도 대부분은 들쥐도 동지라고 입을 모았다. 반대표는 딱 넷으로, 개 세 마리와 고양이 한 마리가 전부였다. 그런데 알고 보니 고양이는 찬성과 반대 양쪽에 모두 표를 던진 것으로 밝혀졌다. 메이저는 말씀을 계속 이어 나갔다.

"내 얘기는 거의 다 했소이다. 다만 다시 한번 더 당부하오니, 인간과 그들 온갖 짓거리에 대해 우리는 적개심을 품을 의무가 있다는 걸 명심하시오. 두 발로 걷는 건 모두 우리의 적이며, 네 발로 걷거나 날개가 달린 건 우리의 친구올시다.

그리고 또 잊지 말 것은, 인간을 상대로 싸울 적에 결코 그들을 따라 해서는 안 된다는 점이외다. 그들을 다 무찌른 후에라도 행여 미워하며 배운다고, 그들의 짓거리를 따라 하지 않도록 유의합시다. 인간처럼 집에 들어가서 산다거나, 굳이 침대를 따로 만들어 잠자리를 꾸린다거나, 옷을 지어 입는다거나 혹은 술을 마시고 담배를 피운다거나, 또 돈을 만지고 장사를 벌이는 짓은 절대 해선 안 될 짓이오. 인간의 이런 습성은 모두 죄악일 따름이외다. 무엇보다 우리 동물은 자기 동족에게 폭정을 행해서는 안 됩니다. 힘이 세건 약하건, 좀 머리가 좋건 나쁘건 우리는 모두 형제올시다.

동물끼리는 절대로 누구를 죽여서는 안 됩니다. 모든 동물은 평등합니다.

자, 동지들, 이제 내가 어젯밤 꾸었던 꿈 얘기를 털어놓을 차례요. 그 꿈을 내가 어떻게 그대로 묘사할 수 있을지 난감한데요. 그건 아마 인간 종자가 모두 사라진, 그런 지구의 꿈이었소이다. 그런데 문득 내가 옛날에 새까맣게 잊어 먹었던 어떤 게 꿈에서 다 살아나서 기억이 났습니다.

벌써 여러 해 전, 내가 아직 어렸을 적에 우리 어머니와 다른 암퇘지들은 오래된 노래 하나를 입에 달고 사셨습니다. 그런데 가사를 잘 몰라 처음 몇 마디 가사만 알 뿐이라 그저 멜로디만 흥얼거리곤 했어요. 어렸을 적에는 나도 그 정도만 알았는데, 벌써 오래 전 아주 새까맣게 잊고 있던 노래였지요. 그런데 어젯밤에, 그 노래가 갑자기 내 꿈속으로 고스란히 돌아오더이다. 더 기가 막힌 건, 그 노래의 가사도 돌아왔는데, 아마도 그건 아주 오래 전부터 동물들 사이에서 계속해 불려오던 노래였던 게 확실합니다. 벌써 여러 세대 전, 그 가사를 아는 동물이 없어 거의 잊고 있었던 노래였어요.

그러니 동지 여러분, 이제 내 이 노래를 그대들 앞에서 불러 보리다. 나는 늙고 그래서 소리도 거칠지만, 내가 노래를 가르쳐 주면 그대들은 스스로 더 잘 부를 것이오. 노래 제목은 '영국 동물들'이오."

메이저 어른은 목청을 가다듬으며 노래를 시작했다. 아닌 게 아니라 그의 목소리는 무척 거칠었으나 노래 솜씨는 제법 좋았다. 그리고 음조는 '클레멘타인'과 '해방가'의 중간 정도로 어딘지 쓸쓸하고 비장하며 심금을 울리는 민요였다. 그 가사는 다음과 같았다.

영국 동물들아, 아일랜드 동물들아,
온 세상 더 먼 나라 모든 동물아,
내가 전하는 기쁜 소식 좀 들어 보아라,
황금빛 미래의 소식을 가져왔나니.

머지않아 그날이 다가오리니,
인간의 폭정일랑 드디어 박살이 나고
풍요로운 영국의 너른 들판에
동물들만 남아서 춤추고 노래하리.

우리 등 위 멍에가 드디어 사라지고
우리 코에서 코뚜레도 풀어지리니,
재갈과 박차는 영원히 녹이 슬고
사나운 채찍 소리도 더는 들리지 않아.
상상 못 할 만큼 우리 살림이 늘어,
밀과 보리며 귀리와 건초
토끼풀과 콩과 비트 뿌리도
고스란히 우리들 손으로 들어오리라.

영국 들판이 눈부시게 빛나고
더 순결한 강물 씩씩하게 달리네.

바람결 또한 더욱 달콤하게 휘감기니
우리들 해방의 날 시작되리라.

그날 위해 우리 모두 수고하리라.
행여 그날이 오기 전에 눈을 감는다 해도
우리 대신 소와 말이, 거위와 칠면조가
해방의 날을 위해 더 많은 씨를 뿌리리.
영국 동물들아, 아일랜드 동물들아,
온 세상 더 먼 나라 모든 동물아,
내가 전하는 기쁜 소식 듣고 널리 전하라,
황금빛 미래의 소식을 가져왔나니.

　이 노래를 함께 따라 부르며 동물들은 흥분의 도가니에 빠져 버렸다. 메이저의 선창이 끝나기도 전 그들은 벌써 함께 노래 부르기 시작했다. 머리가 제일 둔한 동물들도 멜로디는 따라 하고, 가사도 몇 마디는 제법 주워섬겼다. 돼지나 개처럼 영리한 친구들은 단 몇 분도 지나지 않아서 노래 전체를 외워 버렸다. 겨우 몇 차례의 반복 연습이 끝나기도 전에, 농장 식구들은 다 함께 '영국 동물들'을 따라 하며 목청껏 소리를 드높였다.

　암소들은 저음부를 맡아 하고, 개들은 짖는 소리를, 양들은 높은 소리를, 말들은 특유의 효과음을 내고, 오리들은 꽥꽥거리며 흥을 돋웠다. 노래를 부르다 도저히 그만둘 수가 없을 만큼 너무 기분이 좋아져 그들은 무려 다섯 번이나 쉬지 않고 자꾸 불러 젖혔다. 아니 밤이 새도록 계속 부를 판이었는데, 그만 멈춰야 할 일이 생겨 버렸다.

불행히도 너무 소리가 커서 미스터 존스가 그만 잠을 깬 것이었다. 잠결에 놀란 그는 침대를 박차고 일어나, 안마당에 분명 여우가 난입한 거라고 생각을 했다. 그는 침실 구석에 늘 세워 두는 엽총 자루를 집어 들었다. 그러고는 깜깜한 밖으로 나와서, 여섯 발의 탄환을 공중에 날려 버렸다. 총알이 헛간 벽으로 파고들자 모임은 곧 해산되었다. 허둥지둥 모두들 잠자리로 돌아갔다. 새들은 횃대 위로 날아올랐고, 동물들은 짚풀 속으로 몸을 뉘였다. 농장은 순식간에 깊은 잠에 빠져들었다.

제2장

메이저 영감은 그로부터 사흘 후에 그대로 잠이 든 채 아주 평화롭게 숨을 거두었다. 그의 시신은 과수원 끝자락에 묻혔다.

그때가 3월 초순이었다. 이후 석 달 동안 동물들은 비밀리에 정말로 많은 활동을 했다. 메이저 어른의 말씀은 특히 나으리 농장에 사는 똑똑한 동물들에게 삶에 대해서 완전히 새로운 눈을 뜨게 만들었다. 메이저 영감이 예견한 반란이 언제 터질지 그들은 도무지 알 수 없었다. 그게 자기들 살아생전 벌어질 수 있는 일인지 아닌지조차 가늠되지 않았다. 하지만 그걸 준비해야 할 의무가 있다는 사실만은 똑똑히 깨달았다.

농장에서 가장 똑똑하다고 정평이 난 동물은 돼지들이었다. 덕분에 이들은 자연스럽게 다른 동물들을 가르치고 조직하는 일을 맡게 되었다. 그들 중 단연 손에 꼽히는 인재는 스노우볼과 나폴레옹이었다. 이 멋진 이름의 젊은 수퇘지 둘은, 미스터 존스가 조만간 시장에 내다 팔 생각을 하던 녀석들이었다. 나폴레옹은 몸집도 크고 우락부락해 보이는 버크셔 종 수퇘지였다. 농장 전체를 통틀어 버크셔는 혼자뿐인데, 말수는 별로 없지만 추진력이 대단하다고 명성이 자자했다. 스노우볼은 나폴레옹보다 훨씬 쾌활한 편이라, 좀 수다쟁이에다 아이디어도 많은 편이었다. 하지만 나폴레옹만큼 진중하다거나 마음씀씀이에 깊이가 있지는 않은 친구라고 알려져 있었다.

이 둘을 빼고 농장에 있는 나머지 수퇘지들은 모두 아직 어렸다. 그들 중 제일 유명한 친구는 스퀼러란 이름의 아주 통통한 꼬마 돼지였다. 뺨이 완전 둥글고, 눈은 초롱초롱, 날렵한 몸놀림에 음색이 높고 이름처럼 정말 시끄러웠다. 그런데 말재간이 기가 막혔다. 좀 복잡하고 어려운 문제를 논의할 때면 왔다 갔다 뛰어 대고, 가는 꼬리를 촐랑대며 상대의 혼을 쏙 빼 버리는 실력이 놀라웠다. 오죽하면 스퀼러는 혓바닥 하나로 검은 것도 희게 만드는 재주가 있다는 얘기가 떠돌겠는가!

스노우볼과 나폴레옹, 스퀼러 이 세 친구는 메이저 어른의 가르침을 정리해 하나의 이념으로 다듬어, 그걸 '동물중심주의'라는 사상 체계로 완성시켰다. 이들은 밤이면 미스터 존스가 잠자리에 들기만 기다렸다. 그리고 일주일에 몇 차례씩이나 헛간에서 비밀 모임을 갖고 다른 동물들에게 동물중심주의 기본 이념과 원리들을 설명해 주었다.

처음에는 대개 엉뚱한 소리도 하고 도무지 관심이 없는 것 같아 힘이 들었다. 어떤 동물들은 미스터 존스를 '주인 나으리'라 부르면서 충성의 의무를 다해야 한다는 소리를 자꾸만 반복했다. '우리가 먹고 사는 게 모두 존스 나으리 덕분'이라는 유치찬란한 칭송에다 '존스 나으리가 안 계시면, 우리는 모두 굶어 죽을 거'라는 한심한 얘기도 늘어놓았다.

어떤 친구들은 반란에 대해 '어차피 우리가 죽은 후 일어날 일인데, 뭐하러 우리가 그런 걸 고민하느냐?'고 물었다. 혹은 '어차피 일어날 반란이라면, 그걸 위해서 우리가 뭘 하는 거랑 아닌 거랑 무슨 차이가 있냐?'고도 물었다. 돼지 친구들은 참 난감했다. 이런 게 동물중심주의 정신과 정반대라는 점을 다른 동물들에게 분명하게 알려 주느라 굉장히 공을 들여야 했다. 그중에서도 백치 아니 백마 몰리의 질문은 정말 어처구니가 없기로 끝판이었다. 그녀가 스노우볼에게 던진 질문은 이렇게 담백했다.

"반란이 끝난 후에도 설탕은 아직 있나요?"

"없어요."

스노우볼의 답변은 간단명료했다.

"이 농장에는 설탕을 생산할 시설이 없잖아. 그런데 설탕이 왜 필요하지? 귀리나 마른 풀은 얼마든지 필요한 만큼 얻을 수 있을 거예요."

몰리가 다시 물었다.

"그럼 내 갈기에 예쁜 리본을 묶는 건 계속할 수 있나요?"

스노우볼은 작심을 하고 대답했다.

"몰리 동지, 그렇게 집착하는 리본이 실은 노예의 표시라는 걸 정말 모르겠나. 리본보다 우리의 해방이 훨씬 더 중요하다는 걸 이해하시면 정말 좋겠네요."

그러겠다고 답은 했지만, 몰리는 별로 납득하는 것 같지 않았다. 이보다도 돼지들을 더 힘들게 하는 건, 집까마귀 모세였다. 이 친구는 터무니없는 가짜 뉴스로 분위기를 자꾸 뒤숭숭하게 만들었다. 미스터 존스의 각별한 사랑을 받는 모세는 일종의 첩자였다. 그는 기가 막힌 언변을 자랑할 뿐만 아니라 모든 헛소문의 근원지이기도 했다.

그는 떠들고 다니길, 사탕산이라고 불리는 비밀의 나라가 있는데, 모든 동물은 죽어서 그리로 간다고 했다. 그 나라는 저 높은 하늘나라 어딘가에 있다는 것이다. 모세 말로는 구름 너머 어디쯤이라는데, 사탕산에는 일주일이 모두 일곱 개의 일요일이라고 했다. 그리고 1년 내내 토끼풀이 무성하며, 울타리에는 각설탕과 고소한 기름과자가 자란다고도 했다. 일은 안 하고 밤낮 씨잘데기없는 얘기만 떠들어 대고 다니니, 동물들은 대개 모세를 싫어했다. 하지만 아마 그들 중 일부는 사탕산 이야기를 진짜 믿고 있어서, 돼지들로서는 그런 거 없다면서 동물 친구들을 설득하는 게 정말 힘이 들었다.

돼지들의 가장 든든하고 훌륭한 제자는 수레를 끄는 두 필의 말, 복서와 클로버였다. 이 두 마리 말은 무언가를 스스로 생각하는 건 아무래도 힘에 부쳤다. 하지만 일단 돼지들을 스승으로 받아들이자, 그들에게 들은 가르침도 무엇이든 그대로 받아들였다. 그런 다음 굉장히 단순한 논리로 정리해서 다른 동물 친구들에게 충실히 전했다. 그들은 헛간에서 열리는 비밀 모임에 단 한 번도 빠짐없이 참석했고, 집회를 마칠 때면 언제나 앞장서서 '영국 동물들'을 선창했다.

그런데 이제, 여태껏 막연하게만 기대한 반란이란 게 예상보다 더 빨리 그리고 훨씬 덜 고생스럽게 성취될 조짐이 역력해졌다. 오랜 세월 미스터 존스는 동물들에게는 좀 가혹하게 구는 주인이었으나, 농사꾼으로서는 제법 능력이 있었다. 그런데 언제부턴가 아주 상황이 악화되어 사람이 아주 못쓰게 되고 있었다. 무슨 소송에 휘말려 큰돈을 잃고 난 후부터라는데 상심이 컸던 탓인지 그는 건강을 해칠 정도로 술을 퍼마시곤 했다. 어떤 때는 아예 하루 종일 부엌의 나무 의자에 주저앉은 채, 신문을 뒤적이며 내내 술잔에서 손을 떼지 않았다. 때로 맥주에 적신 빵 부스러기를 모세 입에 물려 주면서 말이다.

일꾼들도 게으름을 피우며 적당히 눈속임으로 일거리를 때우기 시작했다. 그러자 밭에는 금세 잡초가 무성해졌다. 축사마다 손볼 것이 늘어 지붕도 비가 새는 곳이 많았고 울타리도 엉망이 되었으며, 동물들 역시 배를 곯기 일쑤였다.

6월이 되었다. 건초를 벨 시간이 다가오고 있었다. 세례자 요한 축일인 하지 전야제가 열리는 토요일 저녁, 미스터 존스는 윌링던 시내에 있는 술집 붉은 사자에서 고주망태가 된 바람에 일요일 점심 무렵이 되어도 돌아오지 않았다. 일꾼들은 아침 일찍 암소들이 있는 목장에 가서 우유 짜는 일이 끝나자 다들 토끼 사냥을 떠나 버렸다. 그래서 아무도 동물들 먹이를 챙겨 주지 않았다. 미스터 존스는 집에 오자 거실 소파에 쓰러져 『세계의 뉴스』로 얼굴을 덮은 채 그대로 잠이 들었다. 그래서 저녁이 되도록 동물들은 온종일 아무것도 먹지 못한 채 쫄쫄 굶어야 했다.

이들은 도저히 더는 참을 수 없는 지경이 되었다. 암소들 중 한 마리가 뿔로 들이받아 곳간 문을 부쉈고, 허기진 동물들이 함께 몰려가 허겁지겁 곡물 상자의 먹이들을 먹어 치우기 시작했다. 그때 마침 잠에서 깨어 후다닥 자리를 털고 일어난 미스터 존스는, 일꾼 네 명을 데리고 부리나케 곳간으로 달려왔다. 손에 들린 채찍을 이리저리 휘두르며 마구 날뛰어 대니 곳간은 금세 아수라장이 되었다. 굶주림에 지쳐 있던 동물들에게 이건 더 이상 참을 수 없는 도발이었다.

사전에 무슨 계획 같은 게 있었던 게 전혀 아니었지만, 동물들은 마치 약속이나 한 듯 자신들을 학대하는 일꾼들을 향해서 맹렬히 달려들었다. 존스와 일꾼들은 갑자기 몰려드는 동물들의 뿔에 받히고 발길에 차이는 신세가 되어 걷잡을 수 없는 사태가 이어졌다. 동물들이 이렇게 흥분해 날뛸 수 있다니, 이런 광경을 그들은 상상해 본 적이 없었다. 언제라도 기분 내키는 대로 매질을 하며 함부로 부렸는데, 이 동물들이 벌 떼처럼 일어나 달려들다니 그들은 너무 놀라 혼쭐이 쏙 빠져 버릴 지경이었다.

불과 1~2분도 지나지 않아 존스와 일꾼들은 방어할 엄두를 내지 못하고 줄행랑을 놓고 말았다. 단 일 분 만에 그들 다섯은 죽을힘을 다해 큰길로 이어지는 마찻길로 달아났고, 이들을 쫓는 동물들은 승리감으로 기세가 등등했다. 존스 부인은 방에서 창밖으로 시선을 돌리다가 그만 바깥에서 벌어진 일을 목격하고는 허둥지둥 몇 가지 짐을 꾸려 무작정 밖으로 나와 다른 길로 농장을 빠져나갔다. 횃대에서 날아오른 모세는 까악까악 큰 소리로 울며불며 그녀의 뒤를 따랐다.

반면 다른 동물은 모두 힘을 합해 존스와 일꾼들이 농장 밖까지 도망치게 밀어붙였다. 그리고 드디어 이들이 완전히 쫓겨난 걸 확인한 후, 기다란 나무판 다섯 개를 이어 붙인 농장 문을 있는 힘껏 닫아 버렸다. 그러니 도대체 무슨 일이 벌어졌는지 본인들은 거의 의식도 못한 채 엉겁결에 반란이 이루어졌다. 존스 내외를 몰아냈으니 이제 나으리 농장은 그들 몫이 된 것이었다. 처음 얼마 동안은 이런 횡재가 굴러들어 온 게 좀체 믿기지가 않았다.

그래서 농장 울타리 주변으로 껑충껑충 뛰어다니며 아직 어느 구석엔가 인간이 숨어 있지는 않은지 꼼꼼하게 확인도 했다.

다음은 축사 곳곳으로 돌아다니며, 존스의 지배 기간 동안 그의 혐오스런 손길이 닿던 마지막 흔적들을 쓸어 내기 시작했다. 먼저 외양간 끝의 장비 창고를 힘차게 부숴 문을 열었다. 그리고 거기에 있던 몹쓸 도구들, 입에 물리는 재갈이며 코뚜레와 개 사슬, 이따금 돼지와 양을 거세시키느라 휘둘러 댔던 고약한 칼 따위를 죄다 끌어내어 우물 속에 처넣어 버렸다. 고삐와 굴레, 눈가리개, 치욕스런 꼴 주머니는 안마당에 지펴 놓은 화톳불에 던져 넣었다. 채찍들도 불속에 모두 던졌다. 활활 이는 불꽃 속에 맥없이 고꾸라지는 채찍들을 바라보며 동물들은 너무 기뻐서 눈물을 흘리며 마구 날뛰었다.

스노우볼은 특히 리본을 모두 가져다 불길에 집어던졌다. 장날이면 어김없이 말들의 갈기며 꼬리에다 휘휘 감아 장식하던 그 물건이었다. 불길에 그걸 던지며 스노우볼이 말했다.

"리본은 인간의 표시인 의복의 개념으로 이해하면 된다. 동물은 인간이 아니니까 몸에다 아무것도 걸쳐선 안 돼."

그 말을 듣고 복서는 작은 밀짚모자를 가져와 불 속에다 팽개쳤다. 여름이면 귓가에 달라붙는 파리 떼를 막느라 요긴하게 쓰던 것이었다. 동물들은 미스터 존스를 생각나게 하는 물건은 뭐든 가져와 눈 깜짝할 시간에 전부 없애 버렸다.

그런 다음 나폴레옹은 곳간으로 그들을 데리고 갔다. 모두에게 평소보다 두 배씩 옥수수 양을 늘려 주었고, 개들에게도 과자 모양 사료를 두 개씩

나눠 주었다. 그러고 나서 모두 '영국 동물들'을 처음부터 끝까지 연달아 일곱 번이나 소리 높여 부른 다음 모두들 잠자리로 돌아갔다. 그리고 전에는 한 번도 맛본 적 없는 깊은 단잠에 빠져들었다.

다음 날 새벽 여느 때처럼 눈을 떴으나 어제 벌어졌던 영광스런 일을 문득 기억하고는 모두들 다시 목초지로 달려갔다. 목초지 좀 아래로 농장 전체가 한눈에 들어오는 야트막한 동산이 있었다. 동물들은 그 꼭대기로 몰려 올라가 찬란한 아침 햇살을 쐬며 멀리 사방을 둘러보았다. 그랬다, 이 모든 게 이제 그들 것이었다. 눈앞에 펼쳐진 모든 것이 그들 소유가 된 것이었다.

이런 생각에 다들 황홀해져서 겅중겅중 뛰어다니며 좋아 어쩔 줄을 몰라 공중으로 솟구치듯 폴짝거리기도 했다. 아침 이슬 위로 뒹굴다가 꿀맛이 나는 여름풀을 한입 가득 물어 씹어 보기도 하고, 괜스레 검은 흙덩이를 발로 걷어차 보기도 했다. 구수한 흙냄새를 맡느라 길게 숨을 들이키기도 했다. 이제 농장 전체를 둘러보면서 꼼꼼하게 살림살이를 점검할 차례였다. 경작지와 목초지, 과수원과 연못, 그리고 덤불숲까지, 구석구석 돌아볼수록 그들은 더 감격해 자꾸만 목이 메고 말이 나오지 않을 지경이었다. 그건 마치 태어나 처음 보는 풍경들 같았다. 더욱이 이 모든 게 자기들 소유라는 게 여전히 믿기지 않았다.

얼마 후 그들은 함께 행진을 하며 농장 축사들이 있는 곳으로 오는 길에, 농장 사택의 현관 앞에서 걸음을 멈추었다. 이 집도 이제는 그들 차지였다. 하지만 안으로 들어가기는 왠지 두려웠다. 그러나 잠시 후 스노우볼과 나폴레옹이 단단한 어깨로 문짝을 거칠게 들이받았다. 문이 열렸지만 그들은 행여 집안 가구들을 건드려 못 쓰게 될까 봐 조심스런 발걸음으로 얌전히 줄을 지어서 들어갔다. 발끝걸음으로 살금살금 이 방 저 방을 돌아다니면서 누가 들으면 큰일이라도 날 것처럼 목소리를 낮췄다. 오리 깃털로 속을 꽉 채운 이불들이며 눈부신 거울, 말총으로 만든 소파, 양모로 짠 꽃무늬 양탄자, 거실 벽난로 위에 걸린 빅토리아 여왕의 석판화 등 믿기지 않을 만큼 호사스런 물건들이 눈앞에 잔뜩 펼쳐졌다. 그만 입이 쩍 벌어지고 입에서 경탄이 절로 터져 나왔다.

구경을 마치고 안채의 계단을 내려왔는데, 함께 있던 몰리가 보이지 않았다. 몇 명이 다시 올라가 보니 가장 화려한 침실에 몰리 혼자 남아 있었다. 존스 부인의 화장대에서 그녀는 파란 리본을 꺼내 자기 어깨에 두르고는 몹시도 나른한 표정을 지으며 거울 속 자기 모습에 홀려 버린 모습이었다. 그 광경을 본 친구들은 몰리를 향해 험한 욕을 쏟아 붓고는 밖으로 나와 버렸다.

그리고 부엌으로 들어가서는 한켠에 걸려 있던 햄 덩어리를 밖으로 가지고 나와 땅에 고이 묻어 드렸다. 마지막으로 간이 부엌에 있던 맥주 통은 복서가 발굽으로 힘껏 차서 부숴 버렸다. 하지만 집 안의 나머지 가재도구들은 더 이상 손대지 않은 채 그냥 남겨 두기로 했다. 미스터 존스의 집은 고스란히 박물관으로 보존하자는 의견이 나와 만장일치로 통과시켰다. 그리고 이 집에는 어떤 동물도 거주해선 안 된다는 의견에 뜻을 모았다.

아침 식사를 마친 다음 스노우볼과 나폴레옹은 다시 동물들을 소집했다. 스노우볼이 입을 열었다.

"동지들, 현재 시간은 6시 반, 요즘은 해가 길어서 하루 시간이 넉넉해요. 오늘부터 우리는 건초를 수확하는데, 그것보다 먼저 해야 할 일이 있어요."

돼지들은 최근에 그들이 비밀리에 진행해 온 일을 밝혔다. 쓰레기통에서 미스터 존스의 아이들이 쓰다 버린 글자 연습장을 찾아내, 지난 석 달 동안 읽기와 쓰기를 상당히 익혔다는 것이었다. 나폴레옹은 흰색과 검은색 물감 그릇을 가져오게 한 후, 다른 동물들을 이끌고 큰길 쪽으로 갔다.

거기 나무판 다섯 개를 이어 붙인 농장 대문에 이르자, 가장 글씨를 잘 쓰는 대표로 뽑힌 스노우볼이 먼저 붓을 집어 들었다. 스노우볼은 족발 사이에 붓을 단단히 끼운 다음, 농장 대문의 다섯 개 나무판에서 맨 위에 쓰인 '나으리 농장'이라는 글자를 지워 내고 그 자리에 대신 '동물 농장'이라고 고쳐 썼다. 앞으로는 쭈욱 이게 농장 이름이 될 것이었다.

농장 이름을 그렇게 뜯어고친 다음, 축사들이 있는 쪽으로 다시 돌아왔다. 거기서 스노우볼과 나폴레옹은 큰 헛간 벽에 사다리를 가져다 세워 달라고 부탁했다. 이어서 설명하기를, 지난 석 달 동안 돼지들이 모여 함께 연구한 결과 동물중심주의 원리는 일곱 가지, 즉 칠계명으로 깔끔하게 요약할 수 있었다고 밝혔다. 이들 칠계명은 이제 큰 헛간 벽에 새겨질 것이다. 토씨 하나도 바꿀 수 없는 이 계명들은 앞으로 동물 농장 식구들이 모두 함께 지키며 살아야 할 영원한 율법이 될 것이었다.

돼지로서는 비대한 몸의 균형을 잡아가며 사다리를 오르는 게 여간 힘든 일이 아니었다. 안간힘을 쓰면서 사다리를 기어오른 스노우볼은 벽에다 글 씨를 쓰기 시작했다. 스퀼러는 바로 아래 계단까지 따라 올라가서, 물감 그

롯을 들고 스노우볼을 거들었다. 검정 빛깔 타르가 입혀진 벽 위에 흰 물감을 찍어 일필휘지로 30미터 떨어진 거리에서도 읽을 수 있을 만큼 큰 글씨로 써 내려갔다. 그 내용은 다음과 같았다.

칠계명
1. 두 발로 걷는 자는 모두 적이다.
2. 네 발로 걷거나 날개가 있는 자는 모두 친구다.
3. 어떤 동물도 옷을 입어서는 안 된다.
4. 어떤 동물도 침대에서 잠을 자서는 안 된다.
5. 어떤 동물도 술을 마셔서는 안 된다.
6. 어떤 동물도 다른 동물을 죽여서는 안 된다.
7. 모든 동물은 평등하다.

일사천리로 아주 깔끔한 정리였다. 단지 '친구'를 '칭구'라고 썼다가 바로 고쳤고, '발'에서 'ㄹ'의 방향을 거꾸로 했다가 다시 바로 잡은 것 말고 철자법도 모두 정확했다. 스노우볼은 글자 모르는 친구들을 위해 커다란 목소리로 하나씩 읽어 주었다. 동물들은 모두 고개를 끄덕이며 완전히 동의한다는 표시를 했고, 머리가 좋은 친구들은 칠계명을 몽땅 외워 버리려 당장 연습에 들어갔다.

"자, 동지들!"

칠계명을 다 쓴 스노우볼이 붓을 내려놓으며 말했다.

"우리는 이제 목초지로 갑니다. 우리의 명예를 걸고, 존스란 인간과 그의 일꾼들보다 우리가 더 빨리 꼴을 벨 수 있다는 걸 보여 줍시다."

그런데 이때 세 마리 암소가 함께 큰 소리로 낮은 울음소리를 냈다. 이들은 아까부터 뭔가 힘들어 쩔쩔매던 게 역력해 보였다. 벌써 스물네 시간 동안 젖을 짜내지 않아 금세라도 젖통이 터질 듯 부풀어 올랐기 때문이었다. 돼지들은 잠시 생각하다가 바로 양동이를 가져오게 했다. 그들의 단단하고 둘로 갈라진 족발은 젖을 짜기에 안성맞춤이어서 아주 성공적으로 이 일을 해치울 수 있었다. 크림 상태가 아주 좋은 우유가 다섯 개의 양동이를 금세 채웠다. 주변에 있던 동물들은 신기한 듯 이 광경을 바라보았고, 누군가 질문을 했다.

"이 많은 우유를 다 어떻게 해요?"

"존스는 가끔 우리 먹이에 그 우유를 섞어 주던데."

암탉 중에 누군가가 또 응답을 했다.

"동지들, 지금 우유 걱정은 안 해도 돼요!"

나폴레옹이 양동이 앞으로 나서며 말을 이었다.

"그런 건 다 알아서 할 테니 걱정 말아요. 지금 중요한 건 꼴을 베어서 수확을 하는 거예요. 스노우볼 동지가 여러분을 안내합니다. 나도 곧 따라갈 테니, 동지들 모두 앞으로 나갑시다! 목초지의 무성한 풀이 우릴 기다립니다."

동물들은 그렇게 줄을 지어 목초지로 행진을 시작했다. 그리고 일을 다 마친 후 저녁에 돌아왔을 때, 우유는 어디로 갔는지 모두 사라졌다는 걸 알 수 있었다.

제3장

목초지에서 꼴을 베느라 얼마나 많은 땀을 흘리고 무던히 애를 썼던가! 하지만 그들의 수고는 이제 응분의 보답이 주어졌다. 기대했던 것보다 훨씬 많은 물량을 거둔 것이다.

때로는 일이 정말로 힘들었다. 농기구들이 모두 인간의 신체에 맞게 생산된 것이라 동물들이 쓰기에는 한계가 있었다. 뒷다리만으로는 곧게 일어설 수가 없으니, 농기구를 끌거나 옮기는 일이 동물들에게는 너무 힘들었다. 하지만 돼지들은 정말 머리가 좋았다. 덕분에 어떤 어려움도 척척 감당하고 빠져나갈 방책을 찾아내곤 했다.

말들은 농장의 다양한 밭에 대해 구석구석 정말 모르는 데가 없었다. 낫은 어디에 써야 하는지, 어떻게 갈퀴를 들이대 자른 풀을 긁어모아야 하는지 등을 존스와 그의 일꾼들보다 더 잘 알고 있었다. 돼지들은 몸소 현장에 나가서 노동을 하는 게 아니라, 다른 동물들에게 일을 나눠 주고 모두를 감독했다. 그들은 워낙 식견이 탁월하니까 자연스럽게 통솔권을 장악할 수 있었다.

복서와 클로버는 건초 절단기와 갈퀴를 자신들의 몸에 멋지게 매달고 쉴 새 없이 들판을 헤집고 다녔다. 이제 고삐나 재갈 따위는 더 이상 필요 없는 날이 되었지만, 그래도 돼지 한 마리가 '이랏차차, 동지!' 하며 이들 뒤에서 추임새를 놓고, 다시 또 '돌아, 돌아, 동지!' 하면서 적당하게 방향도 잡아 주었다.

아주 작은 동물까지 그 누구도 빠지지 않고 힘을 합해 건초를 뒤집고 거두는 일을 함께하였다. 심지어 오리와 암탉들까지도 하루 종일 발을 동동거리며 뙤약볕 아래서 풀 한 줄기씩이라도 부리로 물어서 날랐다. 결과적으로 이들은 존스와 일꾼들이 예년에 했던 것보다도 이틀을 단축시켜 추수를 다 마쳤다. 게다가 이 농장이 생긴 이래로 가장 많은 양의 수확물을 거두었다. 버리는 게 하나도 없었다. 암탉과 오리들이 눈을 똑바로 뜨고 한 줄기도 허투루 나가지 않게 지켜 낸 덕분이었다. 그리고 농장의 어느 동물도 단 한입의 여물조차 꿀꺽하지 않았다.

여름 내내 농장의 일과는 시계 바늘처럼 정확히 돌아갔다. 동물들은 전에는 상상조차 할 수 없던 행복에 젖어 들곤 했다. 여물을 삼킬 때마다 그렇게 짜릿하고 꿀맛일 수가 없었다. 이건 그들 자신을 위해 그들 손으로 일군 진짜 그들의 음식이었다. 인색한 주인이 마지못해서 나눠 주는 꿀꿀이죽이 아니었다. 기생충처럼 그들의 피를 빨았던 쓸모없는 인간들이 다 사라지자 이제 동물들 앞으로 돌아오는 여물의 양이 훨씬 많아졌다. 그걸 제대로 활용할 길을 몰라서 그렇지, 쉴 수 있는 시간도 훨씬 많았다.

그렇게 난감한 일이 아주 많았다. 예컨대 첫 가을에는 수확한 곡식을 탈곡한답시고, 아주 옛날 방식으로 곡식을 모두 발로 밟아 알곡을 털어낸 다음에 입으로 불어 겨를 날리는 식이었다. 농장에 탈곡기만 있으면 후다닥 끝마칠 일을 그렇게 미련스럽게 했다. 하지만 돼지들은 머리가 아주 좋았다. 그리고 훌륭한 근육을 가진 복서가 있어서 아무리 어려운 일을 겪는 친구가 있어도 어떻게든 해결하게 도와주었다.

복서는 모두에게 감동을 안기는 영웅이었다. 물론 그는 존스 시절에도 부지런한 일꾼이었지만 지금은 다른 말 세 마리보다 더 많이 일하는 것 같았다. 농장 모든 일이 단단한 그의 어깨 위에서 가뿐히 해결되는 듯 보이는 날도 제법 있었다. 아침부터 밤까지 그는 가장 힘든 노동 현장에서 쉴 새 없이 밀고 당기며 열심히 전력투구했다. 심지어 아침이면 누구보다 삼십 분씩 일찍 자기를 깨워 달라고 수탉에게 특별히 부탁을 해 두었다. 그렇게 매일 하루도 빠짐없이 아침 일과가 시작되기도 전에 게다가 자발적으로 가장 긴급해 보이는 현장으로 달려가서 일을 모두 떠맡았다. 어떤 문제가 닥치거나 차질이 빚어질 때면 그는 '앞으로 내가 더 힘껏 일하리라!'고 다짐했다. 그건 복서 자신의 좌우명이기도 했다.

물론 나머지 동물도 모두 자기 능력껏 최선을 다했다. 예컨대 오리와 암탉들은 추수할 당시 이삭 한 톨도 허투루 않고 주워 모으니, 그렇게 모은 것만으로도 한 말은 족히 넘었다. 누구도 그걸 빼돌린다거나 자기 몫의 배급이 적다고 투정하지 않았다. 전에는 하루도 빠짐없이 벌어지던 시기와 질투, 싸움질까지 거의 다 사라졌다. 이제는 그 누구도, 아니 대부분은 더 이상 게으름을 피우지 않았다.

몰리의 경우는 아침에 일찍 일어나는 걸 너무나 힘들어했고, 발굽을 덧댄 자리에 돌멩이가 낀 것 같다고 핑계를 대며 조퇴하는 일도 다반사였다. 고양이도 태도가 조금 이상했다. 할 일이 생길 때마다 어디론가 사라진다는 사실이 점점 더 확실해졌다. 몇 시간씩 아예 모습을 보이지 않다가 식사 시간 혹은 일이 다 끝난 저녁이면 슬그머니 나타나서, 그냥 아무 일도 없던 것처럼 굴곤 했다. 그런데 언제나 아주 근사하게 핑계를 대고, 누구한테나 친한 척하며 말을 붙이니 설마 다른 꿍꿍이속이 있어 그럴 거라는 의심은 누구도 하지 않았다.

벤자민 영감, 그 당나귀도 반란을 통해 달라진 점이 전혀 없었다. 존스 시절과 똑같이 느릿느릿 강퍅한 성격을 고집했다. 더 게으름을 피우는 건 아니지만, 그렇다고 뭐가 자진해서 일을 더 하는 법도 전혀 없었다. 반란에 대해서나 그 결과에 대해서 그는 아무 의견도 말한 적이 없었다. 존스가 사라진 지금이 더 행복하지 않냐는 질문에 대해서는 '당나귀는 워낙 오래 살거든. 죽은 당나귀를 본 적이 없잖아'라는 답변을 한 적이 있어, 이 알쏭달쏭한 답변에 오히려 질문한 쪽이 더욱 머쓱해질 수밖에 없었다 한다.

일요일은 일을 쉬었다. 아침밥은 평소보다 한 시간 늦게 먹었고, 식사를 마친 후에는 예식을 행하는데, 일요일 행사는 매주 빼먹지 않고 치렀다. 먼저 깃발을 올리는 것으로 시작했다. 깃발은 마구간의 장비들을 두는 공구실에서 스노우볼이 찾아낸 것이었다. 원래는 존스 부인이 식탁보로 쓰던 초록빛 낡은 헝겊 조각이었다. 거기에 하얀 물감으로 말굽과 소뿔을 그려 넣은 것이다. 이 깃발이 매주 일요일 아침마다 농장 앞뜰의 높은 게양대 위에서 펄럭거렸다.

스노우볼의 설명에 따르자면, 깃발의 초록색은 영국의 푸른 들판을 가리키고 말굽과 소뿔은 인간의 종자들을 완전히 몰아낸 다음 건립될 미래의 동물 공화국을 상징한다. 깃발이 꼭대기에 오르면 모든 동물은 '만남'이라 불리는 의회에 참석하러 큰 헛간으로 행진을 하며 들어갔다. 이곳에서 다음한 주 동안의 작업 계획을 세우고, 여러 결의안을 제출한 후 토론을 진행했다. 그런데 결의안을 제출하는 건 항상 돼지들이었다. 다른 동물들은 투표를 하는 법은 간신히 이해했으나 그들 스스로 어떤 제안거리를 생각해 낼 수는 없었다.

토론이 시작되면 누구보다 나폴레옹과 스노우볼이 가장 활발하게 논쟁에 열을 올렸다. 하지만 이 둘은 의견이 일치했던 적이 한 번도 없었다. 둘 중 하나가 무슨 의견을 내놓으면, 다른 하나는 늘 그에 반대하는 의견을 내놓았다. 누가 봐도 시빗거리가 아닌 안건, 예컨대 과수원 건너 조그만 목초밭을 은퇴한 동물들을 위한 양로원으로 쓰자는 안건에 대해서도, 바로 열띤 토론이 벌어졌다. 동물에 따라서 은퇴 연령을 다르게 정해야 한다는 것이었다. 이들의 만남은 언제나 '영국 동물들'의 제창으로 마감되고, 나머지 오후 시간은 여흥을 위해 할애되었다.

돼지들은 마구간 공구실을 자신들의 중앙 본부로 삼았다. 저녁이면 그곳에 모여 원래 주인이던 존스의 사택에서 가져온 책들을 펼쳐 놓고, 대장간 일이며 목공 일, 그 밖의 생활에 필요한 여러 기술을 연구했다. 스노우볼은 여러 동물을 선발해 자신이 명명한 이른바 '동물 위원회'를 조직하는 일로 정말 눈코 뜰 새가 없었다. 이 일에 그는 혼신의 노력을 기울였다. 암탉들을 위해서는 '달걀 생산 위원회', 암소들을 위해서는 '꼬리 청결 연맹'을 꾸렸고, 들쥐와 산토끼를 염두에 두고 야생동물을 위한 '재교육 위원회'와 양들을 위한 '더 하얀 양모 운동'도 기획했다. 그 외에도 읽기와 쓰기 수업을 진행할 교실 등 다양한 조직을 편성했다. 그런데 이들 프로젝트는 전반적으로 실패였다.

야생동물을 길들여 보려 했던 계획은 거의 시작과 함께 어그러졌다. 그들은 늘 이전과 똑같이 행동했다. 조금 너그럽게 대하면 바로 상대를 이용하려 들었다. 고양이도 재교육 위원회에 들어와서 처음 며칠은 굉장히 열심히 했다. 어느 날은 지붕 위에 앉아, 좀체 가까이 다가가기가 힘든 참새들과도 말을 나누는 것 같았다. 이제 모든 동물은 동지가 되었으니, 그러고 싶으면 참새도 가까이 와서 자기 발등에 앉아 보라고 말을 걸었다. 하지만 참새들은 거리를 좁히려 하지 않았다.

반면 읽기와 쓰기 수업은 굉장한 성공을 거두었다. 가을에 접어들면서 이제 농장의 거의 모든 동물은 어느 정도 글을 깨친 셈이었다. 특히 돼지들은 확실하게 읽고 쓰기를 끝마쳤다. 개들도 제법 잘 읽을 수 있게 되었다. 하지만 칠계명 말고 다른 글자에는 도통 관심이 없는 모양이었다. 염소 뮤리엘은 개들보다 읽기 실력이 좀 나아, 이따금 저녁이면 다른 동물들에게 쓰레기 더미에서 찾아낸 신문 쪼가리들을 읽어 주곤 했다. 당나귀 벤자민도 여느 돼지만큼은 읽을 수 있을 텐데, 그런 실력을 전혀 드러내 보이지 않았다. 그의 말에 따르면, 자신이 아는 한, 도무지 읽을 만한 뭐가 없다고 했다.

클로버는 알파벳 글자는 배웠으나, 그걸 연결해서 낱말을 만들 줄은 몰랐다. 복서는 알파벳의 D자 다음으로 넘어가지를 못했다. 그는 커다란 발굽으로 흙바닥에 A, B, C, D까지 쓴 다음에, 계속 뚫어져라 그걸 바라보며 귀를 뒤로 축 늘어뜨렸다. 이따금 머리까지 흔들며 죽을힘을 다해서 다음 글자를 생각해 내려 애써 보지만 한 번도 성공하지 못했다. 그래도 몇 차례 E, F, G, H까지 진도가 나간 적도 있기는 했다. 하지만 그럴 때는 먼저 배웠던 A, B, C, D가 완전히 기억에서 지워진 채 도무지 생각이 나지 않았다. 결국 그는 처음 네 글자만 아는 걸로 만족하기로 했다. 그거라도 잊지 않으려 매일 한두 차례씩 글씨 쓰는 연습을 했다.

몰리는 자기 이름 알파벳 여섯 글자만 딱 배우고는 더 이상 배울 생각이 없었다. 예쁜 나뭇가지로 이름 모양을 만든 다음 꽃송이 몇 개를 따다 장식을 하고 스스로 너무 예쁘다고 감탄을 연발하며 주변을 빙빙 돌아보곤 했다. 농장의 나머지 다른 동물은 A자 하나만 간신히 배운 것으로 감지덕지하는 수준이었다. 뿐만 아니라 양이며 암탉, 오리처럼 더 둔한 애들은 글자는 언감생심이고 칠계명도 외우지 못했다.

오랜 고심 끝에 스노우볼은 칠계명을 확 줄여서 입에 착 붙는 격언으로 바꿔 줄 수 있는 다음과 같은 묘안을 찾아냈다.

"발 네 개는 좋고, 발 두 개는 나쁘다."

이 짧은 격언 안에 동물중심주의 사상의 기본 원리가 다 들어 있다고 그는 말했다. 이 말만 완벽히 이해하면, 누구라도 인간의 간섭 따위에서 자유로울 수 있다는 것이다. 하지만 누구보다 새들이 이의를 제기했다. 자기네도 발이 두 개라는 것이다. 스노우볼은 그게 그런 게 아니라고 설명했다.

"새의 날개는 말이야, 동지들 잘 들어, 그게 인간 손처럼 이것저것 조작하는 기관이 아니고 몸을 움직이게 하는 동력 기관이잖아. 그러니까 날개는 발이나 마찬가진 거야. 인간의 손은 굉장히 이상한 물건이라, 그걸 가지고 온갖 못된 짓을 하는 수단을 삼거든."

새들은 스노우볼의 장황한 이야기는 알아듣기가 힘들었다. 하지만 그의 이야기는 곧이곧대로 믿어 주었다. 그리고 다른 대책이 없는 동물들은 이 새로운 격언을 무조건 외우는 쪽으로 방향을 틀어 버렸다. 헛간 벽 끝에는 이제 칠계명 위에다 그보다 더 큰 글자로 '발 네 개 좋고, 발 두 개 나빠'라는 글귀가 더 보태졌다.

일단 그 발음이 입에 찰싹 붙어 버리니, 양들은 이 격언이 점점 더 좋아졌다. 그래서 들판에 누워 뒹굴 때면 일제히 리듬에 맞춰 계속 이 말로 노래를 부를 지경이었다.

"발 네 개 좋고, 발 두 개 나빠! 발 네 개 좋고, 발 두 개 나빠!"

그렇게 몇 시간씩이나 같은 말을 되뇌어도 질리지 않는 모양이었다. 나폴레옹은 스노우볼의 위원회에는 아무 관심이 없었다. 다 자란 동물들은 새로 배우기가 힘드니, 중요한 건 새끼들 교육이라고 말했다.

제시와 블루벨은 둘 다 가을 추수 이후에 새끼를 낳았다. 둘이 낳은 튼실한 강아지가 모두 아홉이었다. 젖을 떼자마자 나폴레옹은 이들을 어미 품에서 떼어내더니 교육은 자기가 책임지겠다면서 데리고 갔다. 그는 강아지들을 높은 다락방에 가둬 두었다. 거기는 마구간 사다리를 타고서야 오를 수 있는 곳이었다. 그렇게 높은 곳에 따로 데려다 놓으니 농장의 다른 동물들은 강아지들이 있었단 사실조차 금세 잊어버렸다.

우유가 모두 어디로 사라지는지, 이 수수께끼는 얼마 안 있어 진상이 밝혀졌다. 그건 돼지들이 매일 먹는 꿀꿀이죽 재료로 섞여 나갔다. 과일 중에 가장 먼저 출하되는 사과가 한창 익어갈 무렵에 과수원 풀밭에는 바람에 떨어진 풋사과들이 뒹굴었다. 동물들은 이 사과들이 공평하게 배분될 것으로 여겼다. 그런데 어느 날, 바람에 떨어진 과일을 모아서 돼지들의 중앙 본부인 마구간 공구실로 가져오라는 지시가 내려졌다. 이에 대해 몇몇 동물이 투덜댔으나 소용이 없었다. 이 점에 있어서는 모든 돼지가 한마음으로 일치단결하여, 심지어 스노우볼과 나폴레옹도 이견이 없었다.

이와 관련해 다른 동물들에게 해명이 필요한 듯 꼬마 돼지 스퀼러가 파견되었다. 혓바닥 하나로 검은 것을 희게 만든다는 그가 말을 시작했다.

"동지들! 혹시라도 우리 돼지들이 이기주의나 특권 의식이 있어 이런 일을 했으리라고는 생각하지 않을 거라고 믿어요. 솔직히 말해 우리들 중 많은 경우는 우유와 사과를 좋아하지 않아요. 나도 실은 그걸 굉장히 싫어하거든요. 그런데도 굳이 우리가 이런 사료를 섭취하는 건 오로지 우리의 건강을 유지하기 위해서랍니다. 동지들, 이건 과학에서 입증된 건데, 우유와 사과는 돼지의 건강에는 절대적으로 필요한 성분이 들어 있어요. 우리 돼지는 모두 두뇌 노동자거든요. 이 농장의 운영과 조직이 전적으로 우리들 손에 달려 있어요. 밤낮으로 우리는 동지들의 안녕과 복지를 관리하고 지켜 냅니다. 그러니까 우리가 우유를 마시고 사과를 섭취하는 건, 모두 우리 동지들을 위한 거예요."

스퀼러는 청산유수로 이어지던 말을 잠시 끊더니 금세 다른 주제로 이야기를 살짝 바꿨다.

"만약 우리 돼지들이 임무를 소홀히 하면 무슨 일이 생길지 동지들은 혹시 알고 있나요? 네, 존스가 돌아옵니다. 존스가 돌아올 거예요, 틀림없어요, 동지 여러분!"

스퀼러는 이리 펄쩍 저리 펄쩍 서성거리며 정신 사납게 가느다란 꼬리를 흔들어 대다 갑자기 동물들을 부추기며 애원하는 투로 물었다.

"동지들 중 설마 그 누구도 존스가 돌아오는 걸 보고 싶어 하는 건 아니겠지요?"

이제 동물들이 모두 일치단결, 확실한 소망으로 내세울 수 있는 건 존스가 돌아오는 걸 누구도 원하지 않는다는 것이었다. 이 사실을 짚어 주고 강조하니, 더 이상 아무도 할 말이 없었다. 돼지들 건강을 지키는 일, 그게 얼마나 중요한 건지도 너무나 명확했다. 그래서 우유와 떨어진 사과들은 (그리고 다 익은 후 수확한 사과 역시도) 오직 돼지들 몫으로 보관해야 한다는 안건에 대해 어떤 토를 달 필요 없이 모두 동의하였다.

제4장

여름 끝물 무렵에는 그동안 동물 농장에서 벌어진 일에 대한 소문이 그 일대에 좌악 퍼져 나갔다. 절반이 넘는 지역에서 이미 그 소식을 알고 있었다. 스노우볼과 나폴레옹은 이웃 농장들로 매일같이 비둘기를 날려 소식을 전하도록 했다. 다른 농장 동물들에게도 자신들이 일으킨 반란에 대해 알려 주고 '영국 동물들' 노래를 가르쳐 주려는 것이었다.

그 무렵 미스터 존스는 윌링던의 단골술집 붉은 사자에 퍼질러 앉아 대부분의 시간을 보냈다. 만나는 사람마다 붙들고는 자기 농장에서 키우던 한 무리 배은망덕한 동물들에게 재산을 전부 빼앗겼다며, 억울한 사정을 떠들곤 했다. 이렇게 부당한 일이 있었다고 푸념을 늘어놓았다. 이웃한 농장주들은 이에 공감하고 동정하는 티를 냈지만 처음에는 별로 도움을 주지 않았다. 솔직히 그들은 존스의 불행이 자신들에게는 오히려 득이 될 수 있지 않을까 마음속으로 곰곰 따져 보는 식이었다.

동물 농장에 인접한 두 곳의 농장 주인들이 그렇게 오래도록 앙숙인 건 천만다행이었다. 그중 하나는 '여우숲'이라는 이름의 농장이었다. 규모는 크지만 오래된 시설에다 별로 돌보지 않아서 잡초가 우거지고 목초지도 황량

하며 울타리도 곳곳이 허물어진 상태였다. 그 주인 미스터 필킹턴은 마냥 태평천하, 계절 따라서 낚시도 다니고 사냥도 다니며 시간을 죽이는 한량이었다. 다른 농장 이름은 '수전노야'였다. 규모는 훨씬 작지만 관리는 한결 잘된 곳이었다. 이 농장 주인 미스터 프레데릭은 끈질기면서도 약삭빠른 인물로 쉴 새 없이 소송을 걸어 기를 쓰고 이익을 챙기는 편이었다.

두 사람은 워낙 견원지간이었다. 그래서 서로의 이익을 지키는 일조차도 뜻을 맞추기가 쉽지 않았다. 하지만 동물 농장의 반란 소식은 두 사람 모두에게 충격이었다. 혹시라도 자기네 농장 동물들도 그런 걸 따라 할까 봐 우려했다. 처음에는 둘 다 똑같이, 동물들이 자기들 스스로 농장을 꾸려 간다는 얘기에 우스워 죽겠다는 식 반응을 했다. 아마 보름 정도 지나면 사태는 정리될 거라고, 두 사람은 똑같이 이야기했다.

그들은 나으리 농장 (절대로 '동물 농장'이라고 부르지 않고 그들은 끝끝내 나으리 농장이라고 불렀다.) 동물들이 자기들끼리 싸우다 결국 떼죽음을 당하고 말 거라는 얘기를 지어내서 소문을 퍼뜨렸다. 하지만 시간이 흘러도 동물들은 전혀 굶어 죽지 않았다. 프레데릭과 필킹턴은 이제 다른 식으로 얘기를 바꿔 버렸다. 동물 농장에 지금 아주 끔찍한 일이 벌어지고 있다는 것이었다. 동물들이 서로 고기를 뜯어먹고, 불에 달궈진 뻘건 편자로 서로 고문하고, 또 암컷을 서로 공유한다는 터무니없는 얘기도 떠들기 시작했다. 프레데릭과 필킹턴이 떠드는 대로라면, 이는 모두 자연 법칙을 거스른 반란 탓에 빚어진 결과였다.

하지만 이런 얘기들은 누구도 곧이곧대로 믿지 않았다. 인간을 쫓아내고 동물들이 스스로 자신의 일을 운용한다는 놀라운 농장이라니, 이 멋진 곳에 대한 소문은 조금 모호하고 변형된 형식으로 꼬리에 꼬리를 물고 자꾸 퍼져 나갔다. 결국 그 한 해 동안 온 나라를 강타한 반역의 물결은 전국으로 널리 퍼져 나갔다.

그 탓에 늘 온순하고 말 잘 듣던 황소들이 갑자기 난폭해졌다. 양들도 울타리를 부수고 튀어 나가서 닥치는 대로 토끼풀을 먹어 치웠다. 암소들은 우유 양동이를 걷어찼고, 사냥용 말들은 담장을 뛰어넘지 않겠다고 뻗대다 등 위에 탄 사람들을 바닥에 내동댕이치기까지 했다. 무엇보다 '영국 동물들' 곡조뿐만 아니라 가사까지 도처에 알려졌다. 그 노래가 동물들 사이에서 놀라운 속도로 퍼져 나갔다.

이 노래를 처음 접한 사람들은 정말로 우습기 짝이 없다고 그냥 들어 넘기는 척했지만, 끓어오르는 부아에 실은 열불이 났다. 동물들이라고 하지만 어쩌면 그렇게 염치없는 소리를 멋대로 지껄일 수 있는지 당최 이해할 수 없다고들 분개했다. 일단 그 노래를 흥얼대다가 걸린 동물은 그 자리에서 피멍이 들도록 얻어터졌다. 하지만 노래는 거침없이 퍼져 나갔다. 지빠귀들은 울타리에 쪼그리고 앉아 그 노래를 지저귀고, 비둘기도 느릅나무에 깃들여 구구거리며 그 노래를 읊조렸다. 그들 소리는 대장장이의 망치소리와 조응하고, 교회의 종소리에도 스며들었다. 귀를 쫑긋하고 잘 들어 보면, 그건 사실 미래의 운명을 알려 주는 예언을 듣는 셈이었다. 그래서 자기도 모르게 자꾸만 몸이 떨리곤 했다.

10월 초순경 곡식이 무르익어 추수한 낟가리가 잔뜩 쌓이고, 그중 일부는 벌써 타작도 마친 상태였다. 그런데 한 떼의 비둘기들이 몹시 흥분한 채 가을 하늘을 가로질러 다들 동물 농장 안마당에 들어와 내려앉았다. 존스와 일꾼들이 여우숲 농장과 수전노야 농장에서 지원받은 일꾼 여섯 명과 함께 쳐들어오고 있다는 전갈이었다. 그들은 다섯 개의 판자로 된 빗장 문을 밀어붙이고 들어와, 벌써 마차 길을 지나 농장으로 올라오고 있다고 했다. 앞장선 존스의 손에는 총이 들려 있고, 나머지는 모두 각목 하나씩을 들고 온다는 것이었다.

그들은 지금 농장을 탈환하러 오고 있는 게 분명했다. 이건 진즉부터 예상한 일이었다. 그래서 만반의 준비가 되어 있었다. 스노우볼은 그동안 로마의 장군 율리우스 시저의 전술에 대한 오래된 책 한 권을 탐독해 둔 바 있었다. 그 책도 존스의 살림 더미 어디에선가 찾아낸 것이었다. 그래서 이번 방어 작전은 스노우볼이 주도적으로 설계했다. 그는 서둘러 필요한 지령을 내렸다. 모든 동물은 각자 지정된 자리에 배치되었다.

사람들이 농장의 축사 쪽으로 접근하자, 스노우볼은 첫 번째 공격 명령을 내렸다. 모두 서른다섯 마리의 비둘기가 출동했다. 그들은 사람들 머리 위로 어지럽게 날아다니다 공중에서 머리를 향해 새똥을 분사했다. 이를 맞은 사람들이 쩔쩔매는 사이, 울타리 사이에 숨어 있던 거위들이 우르르 몰려들어 그들에게로 돌격했다. 그리고 맹렬히 종아리를 쪼아 댔다. 사람들은 각목을 휘두르며 거위를 쫓아냈다. 하지만 이는 사람들의 정신줄을 살짝 흔들어 놓으려 마련해 둔 전초 작전이었을 뿐이다.

스노우볼은 이제 두 번째 공격을 감행했다. 뮤리엘과 벤자민 그리고 모든 양들이 지휘관 스노우볼을 따라 거세게 돌진했다. 사방에서 사람들을 향해 달려들어 여기저기 치고 받고, 찔러 대고 물어뜯었다. 특히 벤자민은 휘돌아 발길질을 날리며 사람들 뒤쪽에서 거칠게 가격했다. 하지만 사람들은 징 박은 장화로 발길질을 하며 다시 각목을 휘두르며 이들을 물리쳤다. 정말 감당하기 힘든 공격이었다. 스노우볼은 비명을 지르며 퇴각 명령을 했다. 동물들은 일시에 뒤로 돌아 허겁지겁 가운데 문을 지나서 안마당으로 달아났다.

사람들은 승리의 함성을 질렀다. 예상대로 동물들이 허겁지겁 도망치자 신이 난 듯 뒤를 따랐다. 스노우볼의 계략이 고스란히 들어맞았다. 헐레벌떡 동물들을 따라 그들이 안마당에 들어서자 외양간에 매복하고 있던 말 세 마리와 암소 세 마리, 그리고 나머지 돼지들이 뒤에서 갑자기 나타나 퇴로를 차단했다. 이때를 기다린 스노우볼이 공격 신호를 했다. 그리고 자신은 존스를 향해 돌진했다.

달려오는 스노우볼을 보고 존스는 얼른 총을 꺼내 발사했다. 총알은 그만 스노우볼의 등에 핏자국을 남기고 스쳐 지나가 양 한 마리를 쓰러뜨렸다. 그 순간 스노우볼은 죽을힘을 다해서 100킬로그램에 육박하는 덩치로 존스의 다리를 사납게 들이받았다. 존스의 몸은 그대로 날아가 똥거름 더미에 떨어지며 손에 들었던 총을 놓쳤다.

가장 무시무시한 광경은 힘센 종마 같은 복서가 연출했다. 뒷다리로 우뚝 서 무지막지한 쇠발굽을 휘두르니, 여우숲에서 온 마구간 소년은 머리통을 한 대 맞고는 진흙 바닥에 그대로 나가 떨어졌다. 이 광경에 아연실색한 사람들은 그 자리에서 장대를 집어던지고 달아나느라 우왕좌왕 정신을 차리지 못했다. 혼비백산한 틈을 타 동물들이 공동전선을 펼치며 안마당 곳곳에서 공격을 감행했다. 닥치는 대로 사람을 치받고, 할퀴고, 물어 대고, 짓밟았다.

농장의 동물들은 모두 자신의 방식으로 사람들을 응징했다. 심지어 고양이조차 가만히 있지 않았다. 지붕에서 갑자기 소몰이꾼 어깨 위로 뛰어내리며 발톱으로 사납게 그의 목을 긁어 버리니까 당사자는 숨이 넘어갈 듯 비명을 지르며 몹시 괴로워했다. 간신히 출구가 드러난 순간 사람들은 살 길을 찾아낸 듯 기뻐하며 안마당에서 큰길 방향으로 모두 꽁무니를 빼고 말았다. 살벌한 걸음으로 몰려들어 겨우 5분이 지났을까 싶을 뿐인데, 아주 만신창이가 되어 왔던 길을 그대로 뒤돌아 쫓겨나는 신세가 되고 말았다. 게다가 거위 떼가 몰려와 쉿쉿 사람들의 종아리를 쪼아 대니 이런 망신이 다시없었다.

한 사람만 빼고 모두 퇴각했다. 그런데 안마당에 돌아와 보니, 복서가 진흙밭에 얼굴을 처박고 있는 마구간 소년의 몸을 뒤집어 보려고 굽이 박힌 앞발로 애를 쓰고 있었다. 소년은 꿈쩍도 하지 않았다.

"죽었나 봐."

마음이 좋지 않은 듯 복서가 말을 이었다.

"죽일 마음은 없었는데. 내 발에 쇠 말굽이 끼워져 있는 걸 깜박했어. 고의로 살인을 한 건 아니란 걸 누가 믿어 줄까?"

"감상주의는 필요 없다, 동지!"

상처에서 아직 피를 흘리며 스노우볼이 크게 외쳤다.

"전쟁은 전쟁이다. 오직 죽은 인간만이 선량한 인간임을 기억하라."

"난 어떤 생명도 죽이고 싶지 않아. 인간도 생명이잖아."

복서는 넋두리하듯 같은 말을 여러 차례 되뇌었다. 그의 눈에 눈물이 그렁거렸다.

"그런데 몰리는 어디 있지?"

누군가 문득 소리쳤다. 몰리가 보이지 않았다. 동물들이 술렁거렸다. 사람들이 어떤 방식으로든 몰리에게 부상을 입히거나, 아니면 어딘가로 끌고 갔을 수도 있다고 다들 걱정했다. 하지만 그녀는 종내 별 탈 없이 나타났다. 그냥 여물통 건초 더미에 머리를 처박고 마구간에 숨어 있다 빠져 나온 모양이었다. 총소리가 나자 순식간에 도망친 것이었다. 그런데 다들 몰리를 찾으러 나갔다가 돌아왔더니, 마구간 소년이 사라지고 없었다. 사실 그는 잠시 기절했을 뿐이었다. 다시 정신이 돌아오자 얼른 자리를 박차고 일어나 잽싸게 도망쳤다는 게 뒤늦게 확인되었다.

동물들은 이제 걷잡기 힘든 흥분에 들떠 다시 모여들었다. 너도나도 전투에서 감행했던 각자의 무공에 대해 떠들며 목청을 한껏 높였다. 승리를 기리는 잔치가 즉석에서 마련되었다. 먼저 깃발을 높이 올리고 농장이 떠나가도 좋을 만큼 '영국 동물들'을 신나게 불러 젖혔다. 그런 다음 전투에서 목숨을 잃은 양의 명복을 빌면서 엄숙히 장례를 치렀다. 그리고 시신을 안장한 무덤 위에 산사나무 한 그루를 식수했다.

묘지 곁에서 스노우볼은 짧은 연설을 했다. 앞으로도 필요하면 동물 농장을 위해 우리 중 누구라도 목숨을 바칠 각오가 되어 있어야 한다고 역설했다. 동물들은 만장일치로 '제1등 동물 영웅' 무공훈장을 제정할 것을 결의했다. 그 자리에서 무공훈장의 수령자로 스노우볼과 복서를 지명했다. 훈장은 (마침 마구간의 공구실에 오래된 청동 말굽이 몇 개 있어서) 청동을 녹여 만들 것이니 일요일과 공휴일마다 이를 착용토록 한다고 공지했다. '제2등 동물 영웅' 훈장도 있었다. 이는 이번 전투에 전사한 양에게 추서될 것이었다.

　이번 전투의 이름을 뭐라고 할 것이냐에 대해 열띤 토론이 벌어졌다. 결국 복병이 뛰쳐나온 장소를 기념해 '외양간 전투'라 부르기로 했다. 미스터 존스의 총은 진흙 더미에 묻혀 있었다. 이를 발견 후, 그가 살던 농장 사택에 들어가 탄약통이며 탄알도 찾아낼 수 있었다. 동물들은 그 엽총이 대포라도 되는 듯, 깃발 게양대 아래에 세워 두기로 결의했다. 그리고 1년에 두 번, 즉 반란 기념일인 6월 24일 '세례자 요한 축일'과 10월 12일 '외양간 전투'를 기려 축포를 쏘기로 했다.

제5장

　겨울이 다가올수록 몰리는 하루하루 더 골칫거리가 되어 갔다. 아침마다 일터에는 매일 늦게 나타나면서 늦잠을 자서 어쩔 수 없었노라고 변명했다. 온몸 곳곳이 쑤시고 아프다며 정체 모를 통증을 호소하기도 했다. 하지만 입맛은 언제나 최상이었다. 온갖 핑계를 대면서 일터에서 빠져나갔고, 물 마시러 가서는 멍청히 서서 물에 비친 제 모습을 들여다보느라 여념이 없기도 했다. 그런 탓인지 훨씬 심각한 소문도 떠돌았다.

　어느 날은 몰리가 질경질경 건초를 씹으며, 그리고 그 기다란 꼬리를 간드러지게 흔들면서 안마당으로 들어오니 클로버가 한쪽으로 데리고 가서 말을 꺼냈다.

　"몰리, 이건 심각한 사안이라 그냥 넘어갈 수 없을 것 같아. 오늘 아침에 동물 농장 울타리 너머 여우숲 쪽으로 네가 눈길을 주고 있는 걸 봤어. 미스터 필킹턴의 일꾼 하나가 거기 담 너머에 서 있었잖아. 그런데 좀 멀리 떨어져서긴 하지만 내 눈으로 똑똑히 봤는데 너한테 그 남자가 대체 무슨 말을 했는지, 네 코를 그냥 만지게 대 주더구나. 그게 어떻게 된 거니, 몰리?"

　"그 아저씨가 안 그랬어! 그거 나 아냐! 그거 거짓말이야!"

몰리는 길길이 날뛰며 앞발로 땅바닥을 벅벅 긁다 마구 소리 질렀다.

"몰리, 내 얼굴을 똑바로 봐라! 그 남자가 네 코를 쓰다듬지 않았다고 네 명예를 걸고 말할 수 있겠니?"

"사실이 아니라니까!"

몰리는 아니라고 되풀이했으나, 클로버의 얼굴을 똑바로 보지 못했다. 그러더니만 눈 깜빡할 사이에 목초지를 향해 발을 구르며 줄행랑을 치고 말았다.

클로버는 문득 한 가지 생각이 났다. 다른 친구들에게는 아무 말도 하지 않았다. 그녀는 몰리의 마구간으로 가서 몰리의 발굽으로 짚 더미를 여기저기 헤집어 보았다. 아닌 게 아니라 짚 더미 아래에는 각설탕 하나랑 여러 빛깔의 리본 몇 개가 감춰져 있었다. 그리고 사흘 후 몰리가 아예 사라졌다.

몇 주 동안이나 그녀가 대체 어디 있는지 아무도 아는 바가 없었다. 그런데 비둘기들이 월링던 저쪽 편에서 그녀를 보았다고 전했다. 어느 술집 앞에 대기하고 서 있는 이륜마차를 끄는 것 같다고 했다. 빨간색과 검정색 페인트를 칠한 멋진 마차였다고 했다. 그 술집 주인인 듯 뚱뚱하고 얼굴이 붉은 남자는 체크무늬 반바지에 종아리에는 각반을 두른 차림이었으며, 몰리의 코를 쓰다듬으며 설탕을 먹이고 있었다고 했다. 몰리는 털을 새로 깎았고 앞머리에는 다홍색 리본을 매고 있었다는데, 아주 좋아 보이더라고 비둘기들은 전했다. 이후로 그 어떤 동물도 몰리에 대한 이야기는 하지 않았다.

새해 1월이 되자 혹독한 추위가 몰아쳤다. 흙이 쇳덩이처럼 딱딱해지니 밭에 나가 봤자 할 수 있는 일이 없었다. 대신 큰 헛간에서는 수없이 많은 회의가 열렸다. 돼지들은 앞으로 봄에 할 일을 계획하는 일로 눈코 뜰 새가 없어 보였다. 돼지들은 역시 다른 동물보다 머리가 훨씬 좋았다. 물론 다수결로 인준을 받아야 하는 거지만, 농장의 모든 정책은 돼지들이 알아서 정한다는 일방적인 동의안이 채택되었다.

스노우볼과 나폴레옹 사이에 분란만 없었더라면 그 동의안은 그대로 굴러갔을 것이다. 하지만 둘은 분란이 가능한 모든 사안에서 사사건건 의견이 갈렸다. 둘 중 한쪽에서 보리를 더 많이 심자고 제안하면 다른 쪽에서는 어김없이 귀리를 더 심어야 한다며 다른 요구를 했다. 한쪽에서 이러저러한 밭에는 양배추를 심었으면 좋겠다고 말하면, 다른 쪽에서는 거기는 뿌리채소 말고는 어떤 작물도 심어서는 안 된다고 주장했다. 양쪽이 모두 나름대로 추종자들이 있어 때로는 거친 시시비비가 이어지기도 했다.

회의가 시작되면 스노우볼이 탁월한 연설로 과반수를 획득하는 일이 많았던 반면, 나폴레옹은 시시때때로 개별적인 접촉을 통해 자기 쪽으로 지지표를 끌어오는 재주가 놀라웠다. 나폴레옹은 특히 양들을 다루는 솜씨가 빼어났다. 얼마 전부터 양들은 시도 때도 없이 '발 네 개 좋고, 발 두 개 나빠!'를 읊조리면서 훼방을 놓기 일쑤였다. 특히 스노우볼의 연설에서 가장 핵심적인 대목에 이를 때면 느닷없이 '발 네 개 좋고, 발 두 개 나빠!'를 남발하며 난장판을 벌이는 게 눈에 띄었다.

스노우볼은 또 농장 사택에서 찾은 『농업과 목축』이란 제목의 잡지 과월호 몇 권을 놓고 면밀하게 연구한 바 있었다. 이를 토대로 농장의 혁신 및 개선 방안을 잔뜩 마련해 두었다. 전문가다운 식견으로 그는 농장의 관개 및 하수처리를 재정비하고 여기서 부산물 퇴비를 얻는 법까지 설명했다. 그리고 분뇨 거름 운반에 필요한 노동력 절감을 위해 모든 동물이 밭에 나가되 매일 다른 장소에서 배설하도록 일정을 조정하는 굉장히 복잡한 설계도를 작성했다는 이야기도 빼놓지 않았다.

나폴레옹은 자신은 그렇게 고유한 방식의 설계도를 그리지 않았으나, 스노우볼의 계획은 결국 무용지물이 될 것이라며 목소리를 잔뜩 내리깔았다. 그러면서 자신의 때가 오기를 기다리는 눈치였다. 그러나 그들이 벌인 논쟁을 통틀어 풍차 때문에 일어난 논쟁만큼 격렬한 것은 일찍이 없었다. 농장 축사로부터 그리 멀지 않은 기다란 모양의 목초지 안에 이 농장에서 가장 높은 곳에 나지막한 동산이 하나 있었다. 스노우볼은 이 지형을 면밀하게 조사한 다음 그곳은 풍차를 세울 최적의 장소라고 주장했다. 여기에 풍차를 세우면 발전기를 돌려 농장에 필요한 전기를 공급할 수 있다는 것이었다. 그렇게 되면 축사에 불을 밝히고 겨울에는 난방까지 할 수 있다고 했다. 그뿐만 아니라 원형 톱이나 절단기, 여물용 절단기, 전기로 우유 짜는 기계까지 가동할 수 있을 거라 했다.

동물들은 이런 이야기는 들어 본 적이 없었다. 이 농장은 워낙 오래된 시설뿐이라 아주 구닥다리 기계들만 있었다. 기계가 일을 대신 해 주는 동안, 자기들은 편히 쉬면서 그저 들판을 바라보거나 책을 읽고 이야기를 나누면서 식견을 넓힐 수 있다는 것이었다. 그들은 넋을 놓고 스노우볼이 그려 보이는 기계 이야기에 빠져들었다. 풍차와 관련한 스노우볼의 계획은 불과 몇 주 만에 완벽하게 꼴을 갖췄다. 환상적인 기계에 대한 세부 지식은 『주택 수리에 도움 되는 1,000가지 요령』, 『누구나 할 수 있는 벽돌 쌓기』, 『초보자를 위한 전기 설비』, 이 세 권의 책에서 얻은 것으로, 이 또한 미스터 존스가 갖고 있던 것들이었다.

스노우볼은 전에 인공 부화장으로 쓰던 헛간을 작업실로 사용했다. 마룻바닥이 매끈해서 설계도를 그리기가 퍽 좋았다. 그는 거기 들어가 앉으면 몇 시간씩이나 틀어박혀 나오지 않았다. 돌멩이로 자기가 보는 책들의 필요한 면을 꽉 눌러 놓은 채 돼지 족발의 갈라진 발굽 틈에다 분필 조각을 꼭 끼우고 이리저리 분주하게 몸을 움직였다. 흥분에 겨운 모습으로 스노우볼은 이따금 꿀꿀 환호성을 지르며 열심히 선을 그었다. 그 선이 늘어남에 따라 설계 도면에는 동그란 회전반과 톱니바퀴로 연결되는 복잡한 몸체가 드러나면서 마룻바닥의 절반 이상을 차지하게 되었다.

다른 동물은 대체 그게 무언지 열심히 들여다봐도 이해를 할 수 없었다. 하지만 굉장히 인상적이고 아주 감동적이었다. 모든 동물이 하루에 한 차례씩은 스노우볼의 설계도를 보고 싶어 그 방에 들르곤 했다. 암탉과 오리들도 놀러 왔는데, 행여 분필로 그어 놓은 선들을 밟지 않도록 아주 조심하며 돌아다녔다. 오직 나폴레옹만이 내내 냉담한 태도를 보였다. 그는 애초부터 풍차에 대해 반대한다고 선을 그었다.

그러던 어느 날 뜻밖에도 그가 도면을 검사하겠다며 나타났다. 나폴레옹은 그 움막을 한 바퀴 무거운 걸음으로 돌아보았다. 설계의 모든 세부 사항을 일일이 훔쳐보며 한두 차례 킁킁 콧방귀를 뀌기도 했다. 그러다 문득 가만히 서서 곁눈으로 노려보더니, 갑자기 다리를 쳐들고는 설계도에 냅다 오줌을 갈겨 댔다. 그리곤 한마디 말도 없이 그냥 나가 버렸다. 농장 전체가 풍차의 건립 문제를 놓고 심각하게 분열되었다.

스노우볼도 풍차를 짓는 일이 무척 어려운 사업이라는 걸 부인하지는 않았다. 돌을 날라다 벽을 높이 쌓아야만 하고, 그 다음에는 풍차의 날개도 만들어야 했다. 그리고 이를 돌려 줄 발전기를 설치하고 전선도 많이 있어야 했다. (이걸 모두 어떻게 조달할 수 있을지에 대해 스노우볼은 제대로 말하지 않았다.) 그저 1년만 모두 함께 고생하면 완성할 수 있다는 얘기만 계속했다. 그리고 풍차를 완성하기만 하면, 이후로는 할 일이 훨씬 줄어든다고 했다. 결과적으로 일주일에 사흘 정도만 일하면 된다는 주장이었다.

반면 나폴레옹은 지금 더 시급한 건 식량 증산이라고 주장했다. 만약 풍차를 짓느라 시간을 허비하면 모두 굶어 죽고 말 거라는 설명이었다. 그리하여 동물들은 완전히 둘로 나뉘었다. 한쪽은 '주 3일 노동을 위해 스노우볼'을 지지하고 다른 한쪽은 '넘치는 여물통을 위해 나폴레옹'을 지지하면서, 두 파벌이 대립하는 구호를 만들었다.

어느 파에도 속하지 않는 건 당나귀 벤자민이 유일했다. 그는 여물통이 넘치게 되리라는 구호도, 풍차 덕에 노동 시간이 줄어든다는 구호도 믿을 수 없다고 했다. 풍차를 세우든 말든 동물의 삶은 여태껏 굴러온 것과 크게 달라지지 않을 것이다, 즉 앞으로도 계속 힘들 거라고 중얼거렸다.

풍차에 대한 논란 말고 농장의 방위에 대한 문제가 또 남아 있었다. 외양간 전투에서 대패했으니, 그들이 언제라도 다시 도발하고 말 거라는 건 자명한 일이었다. 그들은 더욱더 단단히 준비하고 쳐들어와 농장을 다시 빼앗고 미스터 존스를 주인으로 앉히려 할 것이다. 그들이 망신을 당하고 퇴각했다는 소식은 온 나라에 널리 퍼졌다. 그 바람에 이웃 농장들의 동물들이 전에 비해 더 예민해져 있다는 것도 그들이 기습 출격할 중요한 이유였다.

이에 대한 대책 마련도 스노우볼과 나폴레옹은 역시 의견이 달랐다. 나폴레옹의 입장은, 동물들에게 시급한 일은 서둘러 총기를 입수해서 능숙하게 다룰 수 있도록 철저하게 훈련을 시켜야만 한다는 것이었다. 반면 스노우볼의 입장은 그보다는 더 많은 비둘기들을 자꾸 날려 보내, 다른 농장 동물들에게서도 반란이 일어나도록 계속 선동을 해야 한다는 쪽이었다. 한쪽은 스스로를 방어하지 못하면 정복당할 수밖에 없다고 주장하지만, 반대편에서는 사방 곳곳에서 반란이 일어난다면 스스로를 방어할 필요도 없어진다는 주장이었다. 동물들은 처음에는 나폴레옹의 주장에 귀를 기울이다 다시 스노우볼의 연설에 현혹되면서 대체 어느 편이 옳은지 도무지 마음을 정할 수가 없었다. 그들은 언제나 그 당시 이야기하는 쪽 주장에 동의하는 식이었다.

마침내 스노우볼의 설계도가 완성되었다. 다음 일요일 모임에서 풍차 건립 사업을 시작할 것인지 아닌지 안건을 놓고 투표를 할 예정이었다. 스노우볼은 동물들이 큰 헛간에 모두 모이자 벌떡 일어나 풍차를 건립해야 하는 이유를 설명했다. 이번에도 양들은 소음을 내며 계속 연설을 방해했다. 다음은 나폴레옹이 일어나 응수했다. 그는 차분히 가라앉은 목소리로 풍차는 완전히 사기라고 말했다. 누구도 찬성표를 던져서는 안 된다는 말만 내뱉고 바로 자리에 앉아 버렸다. 말을 모두 마치는 데 30초도 걸리지 않았는데, 자기 이야기를 누가 듣든 말든 상관 않겠다는 말투였다.

스노우볼은 이 기회를 놓치지 않고 다시 일어나, 계속해 음매거리는 양들에게 조용히 하라고 소리를 지른 다음에 풍차 건립에 부디 동의해 달라고 열렬히 호소했다. 여태까지는 동물들의 표심이 비슷하게 나뉘어 있었으나 스노우볼의 웅변이 금세 힘을 발휘하기 시작했다. 끝없는 허드렛일에서 동물들이 드디어 해방된 다음, 동물 농장이 어떻게 변하게 되는지를 수려한 문장으로 그려 보였다. 스노우볼의 그림은 원형 톱과 절단기, 전기로 우유 짜는 기계 이상으로 확장되었다. 탈곡기와 쟁기, 써레, 곰방메, 따비 같은 농기구뿐만 아니라 그들이 묵는 축사의 조명과 난방도 전기로 돌리고, 냉수와 온수까지 모든 문제가 해결된다고 했다. 스노우볼이 설명을 마치자 표심의 향방은 의심의 여지없이 확실해졌다.

이때 나폴레옹이 일어서더니 스노우볼을 야릇한 눈빛으로 노려보는 것 같았다. 그러고는 여태껏 누구도 들어 본 적 없는 아주 괴상망측한 멱따는 소리를 냈다. 이를 신호로 바깥에서 으르렁대며 개 짖는 소리가 들렸다. 그리고 구리로 징을 박은 목걸이를 두른 엄청난 몸집의 개 아홉 마리가 헛간으로 뛰어들어 스노우볼에게 달려갔다. 다행히 날렵하게 몸을 날린 덕에 스노우볼은 개들의 이빨은 피할 수 있었다. 순간적으로 그는 얼른 문밖으로 달아났고 개들은 그 뒤를 쫓았다.

놀라서 할 말을 잊은 동물들은 우르르 몰려가서 문밖에서 벌어지는 광경을 바라보았다. 스노우볼은 큰길로 이어지는 기다란 목초지를 가로질러 달려 나갔다. 그리고 젖 먹던 힘까지 다해서 도망쳤으나, 어느새 개들은 잽싸게 쫓아가서 금세 그의 뒤꿈치를 물 것 같았다. 갑자기 그가 미끄러졌고 개들은 당장 덮치려 했다. 하지만 벌떡 일어선 스노우볼은 더 빨리 도망을 쳤고 개들은 다시 추격을 시작했다. 그중 한 마리가 스노우볼의 짤막한 꼬리를 이빨로 물 뻔했으나 스노우볼은 얼른 궁둥이를 휘두르면서 다시 위기를 모면했다. 그리고 죽을힘을 다해 울타리에 난 작은 틈으로 빠져나갔다. 한 뼘 남짓 쫓아온 개들을 따돌린 스노우볼은 그대로 사라져 버렸다.

겁에 질려 할 말을 잊은 동물들은 슬금슬금 다시 헛간으로 기어들었다. 곧이어 개들도 헐떡거리며 돌아왔다. 처음에는 어디서 이런 것들이 나타났는지 도저히 알 수 없었으나, 곧 의문이 풀렸다. 그들은 나폴레옹이 어미들로부터 떼어내 따로 키웠던 그 새끼들이었다. 아직 다 자라지도 않았는데 덩치가 굉장히 크고 사나워 보이는 게 꼭 늑대 같았다. 그들은 나폴레옹 곁에 아주 바짝 붙어 다녔다. 옛날 미스터 존스를 따라다니던 개들처럼 이들도 나폴레옹만 보면 꼬리를 흔드는 게 눈에 띄었다.

나폴레옹은 이제 개들의 호위를 받으며 마룻바닥보다 높은 연단으로 올라갔다. 전에 메이저 영감이 말씀하실 때 앉던 그 자리였다. 그는 앞으로 일요일 아침 모임은 중단이라고 공지했다. 그런 건 무용지물이고 시간 낭비라고, 그는 말했다. 앞으로 농장 업무와 관련한 모든 문제는 자신이 의장으로 있는 돼지 특별위원회에서 해결할 거라고 덧붙였다. 위원회는 비공개로 개최될 것이며, 결정된 사항은 다른 동물에게 모두 통보하겠다는 것이었다. 동물들은 앞으로도 일요일 아침에 깃발에 대한 경례를 하고, '영국 동물들'을 제창할 것이었다. 그리고 한 주일 업무와 관련한 명령을 전달받지만, 그 이상의 토론은 허용되지 않는다고 했다.

스노우볼이 추방되는 광경에 충격을 먹은 동물들은, 이 통보에 다시 한번 경악하지 않을 수 없었다. 그들 중 몇몇이 이 상황을 어떻게 설명할지 마땅한 표현을 찾을 수 있다면 뭐라고 항의를 했을 것이다. 잘 모르겠지만 복서도 이건 아니라는 기분이었다. 귀를 쫑긋거리고 머리를 흔들면서 그는 자기 생각을 다듬으려 애를 썼다. 하지만 뭐라고 말해야 좋을지 도무지 생각이 나지 않았다.

그래도 돼지들 몇몇은 좀 명료하게 입장을 정리했다. 제일 앞자리에 앉았던 새끼 돼지 넷은 반대한다는 뜻으로 자꾸 꽥꽥거리다 함께 벌떡 일어나 동시에 말하기 시작했다. 그런데 갑자기 나폴레옹을 둘러싸고 앉아 있던 개들이 낮은 소리로 으르렁댔다. 그게 너무 위협적으로 들린 탓에 돼지들은 그만 말문이 막힌 채 그 자리에 주저앉았다. 그러자 문득 양들이 목청을 높여 '발 네 개 좋고, 발 두 개 나빠!'를 다시 읊조리기 시작하더니 한 십오 분가량을 계속 그렇게 했다. 그러느라 결국 뭔가를 논의할 기회가 다 날아가고 말았다.

얼마 후 스퀼러는 농장 곳곳을 누비며 나머지 동물들에게 새로운 조치에 대해 설명하는 임무를 수행했다. 그는 이렇게 떠들었다.

"남은 과제를 이제 나폴레옹 동지께서 떠맡기로 하신 희생적 행위에 대해, 여기 계신 동물 동지들은 모두 함께 감사하리라 믿어요. 이렇게 지도자가 되는 일이 뭐 그렇게 좋아서 하는 거라 생각하면 안 됩니다, 동지들! 그건 오히려 무거운 책임을 뜻해요. 모든 동물이 평등하다는 걸 나폴레옹 동지보다 굳게 믿는 이는 없어요. 동지들의 결정을 모두가 스스로 알아서 한다면, 나폴레옹은 그 이상 기쁠 일이 없을 거예요. 하지만 동지들은 가끔 잘못된 결정을 할 수도 있어요. 동지 여러분, 그럼 우리는 대체 어떻게 되겠어요? 동지들이 만약 스노우볼이 떠드는 대로, 풍차라는 그 허황된 약속에 모두 속아 넘어가면 대체 어쩔 뻔했어요? 동지들, 스노우볼이 아주 나쁜 놈이란 걸 이제 모두 알았지요?"

누군가가 반론을 제기했다.

"스노우볼은 외양간 전투에서 용감하게 싸웠잖아요."

스퀼러가 다시 설명을 시작했다.

"용감한 게 다인가요? 더 중요한 건, 충성과 복종이에요. 그리고 조만간, 외양간 전투를 할 때 스노우볼의 활약이 심하게 부풀려져 있었다는 걸 깨닫게 될 거예요. 동지들 잘 들어요! 규율, 철통같은 규율! 오늘의 구호는 이거예요. 까딱 잘못하면 우리 적들이 당장 우릴 덮칠 거예요. 동지들은 맹세코 존스가 다시 오는 걸 원치 않지요?"

이 논조가 시작되자 다시 아무도 답을 못했다. 그건 확실했다. 존스가 다시 오다니, 그건 어떤 동물도 원치 않는다. 일요일 아침 토론을 고집하느라 존스가 돌아온다면, 그런 따위 토론은 멈추는 게 마땅하다. 그동안 충분한 시간을 갖고 생각에 생각을 거듭한 복서는 대략 그 일반적 느낌을 이렇게 표현했다.

"나폴레옹 동지가 그렇게 말하면, 그게 맞는 거야."

그래서 이제 복서 입에 붙어 있던 '내가 더 힘껏 일하리라!'는 좌우명에 '나폴레옹은 항상 옳다'는 구호가 하나 더 늘었다.

이 무렵에는 날씨도 많이 풀려서 밭에 봄갈이가 시작되었다. 스노우볼이 풍차 설계도를 잔뜩 그려 놓았던 오두막은 폐쇄되었다. 마룻바닥에 그려 둔 설계도들도 마땅히 사라졌을 것이었다. 동물들은 매주 일요일 아침 열 시 큰 헛간에 모여서 한 주일 동안 작업할 내용을 지시받았다. 과수원 한쪽에 묻혔던 메이저 어른의 시신은 뼈만 남아서, 그 두개골을 무덤에서 파내어 게양대 아래 세워 둔 엽총 곁에다 나란히 놓아두었다. 동물들은 이제 헛간에 드나들 때는 먼저 깃발 게양식이 끝나면 두개골에 경의를 표한 후 들어가라는 지시가 내려졌다.

이제 그들은 더 이상 예전처럼 모두 함께 둘러앉지 않았다. 나폴레옹은 언제나 스퀼러를 데리고 다녔다. 시와 노래를 짓는 재주가 뛰어나다는 소저(小猪)라는 이름의 돼지도 함께 다녔다. 불쑥 올라온 연단 위에 이 셋이 함께 앉으면 반원형으로 아홉 마리 개가 이들을 둘러쌌다. 그리고 다른 돼지들은 그 뒤에 자리 잡았다. 나머지 동물은 그들을 향해 헛간 중앙에 앉았다. 나폴레옹은 진짜 군인 같은 목소리로 한 주간의 명령 사항을 읽어 내렸고, 동물들은 다 함께 '영국 동물들'을 한 차례 제창한 후 모두 해산했다.

스노우볼이 그렇게 쫓겨나고 세 번째 맞는 일요일이었다. 나폴레옹이 갑자기 풍차 건립이 다시 진행된다고 발표해 동물들은 무척 놀랐다. 왜 그렇게 마음을 바꾸었는지 아무 설명도 하지 않았다. 이 특수 과제가 굉장히 힘든 일이라는 얘기만 하고, 따라서 식량 배급이 좀 줄어들 수도 있다고 했다. 그런데 풍차 설계는 마지막 세부 사항까지 모두 준비되어 있다고 했다. 돼지 특별위원회에서 지난 3주 동안 그에 필요한 작업에 매진했다는 것이다. 풍차 건립은, 여러 가지 부수 작업을 포함해 2년의 기간이 예상된다고 했다.

그날 저녁 스퀼러는 다른 동물들을 만나 따로 설명을 하고 다녔다. 나폴레옹이 사실은 풍차 건립을 반대한 적이 없었다고 말이다. 풍차를 처음 생각했던 건 오히려 나폴레옹이었다는 얘기였다. 부화장이 있던 움막 마룻바닥에 그려진 설계도는 원래 나폴레옹의 문서에 있던 건데, 그걸 스노우볼이 훔쳐 갔다는 것이었다. 사실 풍차는 원래 나폴레옹이 생각해 낸 그의 창작물이었다는 것이다.

그렇다면 대체 왜, 나폴레옹은 그토록 강력하게 그걸 반대했냐고, 누군가가 질문을 했다. 스퀼러는 여기서 문득 교활한 표정을 지었다.

"그게 바로 나폴레옹 동지의 책략이었답니다."

스퀼러의 대답이었다. 나폴레옹이 일부러 풍차에 반대하는 척했다는 것이다. 아주 고약한 영향을 끼치는 위험한 인물이라 어떻게든 스노우볼을 제거하려는 작전에 불과했다는 것이다. 이제 스노우볼이 사라졌으니 그의 간섭 없이 순조롭게 진행될 거라며, 스퀼러는 같은 말을 몇 번이나 되풀이했다.

"책략이에요, 책략! 알겠어요, 동지들? 책략이란 말이에요!"

스퀼러는 가느다란 꼬리를 흔들고 이리저리 껑충껑충 뛰어다니며 신바람이 난 듯 낄낄거렸다. 도대체 그게 무슨 말인지 동물들은 알아들을 수가 없었다. 하지만 스퀼러가 워낙 확신에 차서 말을 하니까, 게다가 그 옆에 있는 세 마리 개가 너무 무섭게 으르렁거리니까, 더 이상은 뭐라고 물어볼 수가 없었다. 그래서 그냥 그러려니 받아들였다.

제6장

동물들은 그해 내내 노예처럼 혹사당했다. 하지만 일을 그렇게 해도 한편 행복했다. 노고와 희생에 불만이 없었다. 자신들의 노동이 모두 본인을 위한 것이고, 다음 세대를 위한 것임을 잘 알기 때문이었다. 게으른 인간들에게 착취당하는 게 아니라는 걸 충분히 아는 까닭이었다.

봄과 여름 내내 그들은 주당 60시간씩 일했다. 그런데 8월에 접어들면서 이제 일요일 오후에도 일해야 한다는 나폴레옹의 발표가 있었다. 이 작업은 전적으로 자발적인 것이지만, 여기 빠질 경우는 식량 배급이 절반으로 줄어든다고 했다. 그토록 열심히 일을 했지만 아직 시작조차 못한 작업이 너무 많았다. 수확은 작년보다 오히려 조금 줄어들었고, 초여름에 뿌리채소를 심기로 했던 밭 두 마지기는 때 맞추어 밭갈이를 못해 아직 파종조차 못한 형편이었다. 그러니 이제 곧 겨울이 닥치면 그만큼 힘들 거라는 건 불 보듯 뻔한 일이었다.

풍차는 예상치 못한 난관에 부딪혔다. 농장에는 양질의 석회암 채석장이 있었다. 그리고 부속 창고에 모래와 시멘트까지 잔뜩 비축되어 있어서, 건축에 필요한 자재는 대략 확보된 셈이었다. 그러나 문제는 석회암을 적당한 크기로 잘라야만 한다는 것이었다. 동물들이 이를 해결할 길이 없었다. 곡괭이와 쇠막대를 사용해야 하는 일들인데, 동물들은 뒷발로 설 수가 없기 때문에 이런 도구를 가져와도 아무 소용이 없었다. 몇 주 동안 헛수고만 실컷하고 난 다음 누군가에게 묘안이 떠올랐다. 중력을 활용해 보자는 것이었다.

채석장에는 지금 상태로는 쓸 수 없는 큰 바위가 잔뜩 깔려 있었다. 이를 끌어내기 위해 동물들은 먼저 밧줄을 가져왔다. 밧줄로 바위를 묶은 다음, 말과 소, 양과 다른 동물도 모두 달려들어 잡아당겼다. 꼼짝도 안 할 때는 종종 돼지들도 합심해서 세게 잡아당겼다. 채석장 꼭대기까지 동산 언덕을 타고 느릿느릿 이들을 끌어올렸다. 제일 꼭대기에 이른 다음에는 석회암이 완전히 박살이 나게 저 아래로 떨어뜨렸다.

일단 부서지기만 하면, 조각난 바위를 옮기는 일은 비교적 수월했다. 말들은 짐수레에 실어 나르고, 양들은 한 조각씩 잡아끌었다. 뮤리엘과 벤자민까지 낡은 마차에 몸을 묶은 채 각자의 몫으로 일을 나누었다. 늦여름 무렵에는 충분한 양의 석재가 마련되어, 돼지들의 감독 아래 이제 본격적으로 공사가 시작되었다. 그 공정은 무척 더디고 수고스러웠다. 채석장 꼭대기로 바위를 끌어올리는 일이 너무 힘들었다. 바위 하나를 옮기는 데 꼬박 하루가 걸린 경우도 잦았고, 그렇게 힘을 다 쏟고 나면 완전히 녹초가 되어 버리곤 했다. 그렇게 고생해서 꼭대기로 올라가서 바위를 밀어도, 제대로 부서지지 않는 경우도 종종 있었다.

복서가 없었으면 아무 일도 해낼 수 없었을 것이다. 복서 혼자 힘이 다른 동물들 힘을 모두 합한 것과 비슷해 보였다. 이따금 바위가 미끄러지려 할 때는 정말로 난감했다. 밧줄을 붙들고 동산을 오르던 동물들이 갑자기 딸려 가곤 했다. 겁에 질려서 비명을 지르는데, 그럴 때마다 밧줄을 꽉 붙든 채 꼭대기에 오를 때까지 단단히 버텨 주는 게 복서였다. 복서는 발굽 끝으로 땅을 벅벅 긁으며 한 발 한 발 가쁜 숨을 몰아쉬며 힘들게 동산을 오르곤 했다. 넓은 옆구리에 땀이 흠뻑 젖은 채 그렇게 수고하는 모습을 보면 감탄 이 절로 나왔다.

너무 무리하면 안 되니까 몸을 좀 아끼라고 클로버가 이따금 충고했지만 복서는 그녀의 말도 도무지 듣지 않았다. 어떤 문제에 대해서도 그는 '내가 더 힘껏 일하리라!'는 좌우명과 '나폴레옹은 항상 옳다'는 구호로 대처하는 것 같았다. 그래서 매일 아침 남보다 30분 일찍 일어나던 걸 45분 더 일찍 일어나게 깨워 달라고 젊은 수탉에게 다시 부탁했다. 요즘은 그런 여유가 별로 없지만, 어쨌든 적은 시간이 나도 그는 채석장으로 달려갔다. 거기서 깨진 돌을 한 무더기씩 모아, 풍차가 들어설 자리까지 누구의 도움도 없이 그걸 혼자서 끌어오곤 했다.

그해 여름 내내 일은 정말 힘들었으나, 동물들의 생활이 그렇게 나쁜 건 아니었다. 존스 시절보다 식량이 늘어나진 않았어도, 최소한 그보다 줄어들 진 않았다. 자기들끼리만 먹으면 되는 거였다. 흥청망청 써 대는 다섯 사람 몫이 나가지 않으니 어지간한 손실은 보충이 되는 셈이었다. 농장 일도 동물 들이 다들 알아서 하니까 여러 면에서 능률적이고 일도 오히려 줄어들었다. 예컨대 김을 매는 일은 사람들이 도저히 따라 할 수 없을 만큼 꼼꼼하게 처리되었다. 게다가 이제는 아무도 도둑질을 하지 않으니, 목초지와 풀밭 사이에 따로 울타리도 필요 없었다. 결과적으로 일거리가 상당히 절감되었다.

하지만 여름이 깊어가며 예상 밖으로 여러 가지가 많이 부족했다. 전등용 기름을 비롯해 못과 노끈, 말발굽에 박는 징이며 견공용 과자까지 농장에서 생산하지 않는 물건은 바닥나기 시작했다. 나중에는 농사에 필요한 종자며 인공 비료도 떨어지고, 각종 농기구와 연장들, 풍차 제작에 필요한 기계 등 당장 구입해야 할 게 많았다. 이걸 다 어떻게 마련해야 할지 누구도 알지 못했다.

어느 일요일 아침 동물들이 일감을 배정받으러 모여들었다. 그런데 나폴레옹은 새로운 정책을 하나 결정했다고 발표했다. 이제부터 동물 농장은 이웃 농장들과 거래를 트겠다는 것이었다. 사업적인 목적은 물론 아니고 그저 시급한 원자재를 조달하기 위해서라고 했다. 무엇보다 풍차 제작에 필요한 물품 구입이 시급하다고 그는 말했다. 따라서 목초 및 이번 해 수확한 밀의 일부를 판매하기 위해서 협상 중인데, 나중에 돈이 더 필요한 경우는 윌링던 상설 시장에다 달걀을 팔아 그 부분을 충당해야 한다고도 했다. 그러니까 암탉들은 이런 희생은 기꺼이 감수해 달라는 얘기였다. 풍차 건립을 위해 그건 특별한 공헌이 될 것이라고 했다.

왜 그런지 잘 모르겠으나 동물들은 다시 불안감이 엄습했다. 절대로 사람들과는 어떤 거래도 하지 않는다, 절대로 장사를 하지 않는다, 돈을 만드는 짓을 절대 하지 않는다, 이는 존스를 내쫓은 후 승리를 기리는 첫 번째 만남에서 제일 먼저 통과시킨 결의 사항이 아니었던가? 모든 동물이 이런 결의를 통과시킨 사실을 기억하고 있다. 아니 적어도 그걸 기억하고 있다고 믿고 있었다.

나폴레옹이 일요일 아침 총회를 중단했을 때 반대 뜻을 밝혔던 새끼 돼지 넷이 조금 머뭇거리다가 자기들의 목소리를 내려고 했다. 하지만 이번에도 개들이 으르렁대며 겁을 주니까 다시 그 자리에서 입을 다물 수밖에 없었다. 그리고 예전처럼 이번에도 양들은 한껏 목청을 높여 '발 네 개 좋고, 발 두 개 나빠!'를 읊조려 대니 잠시 난감하고 불편했던 분위기가 그럭저럭 무마되었다.

나폴레옹은 이윽고 조용히 하라는 신호로 앞발을 들어 올렸다. 이미 모든 절차는 마무리되었다고 그는 말했다. 어떤 동물도 사람들을 직접 만날 필요는 없다. 그건 명백히 바람직하지 못한 일이니까 말이다. 그는 모든 무거운 짐을 자신의 어깨 위에 올려놓는다는 각오를 확실히 했다. 그래서 윌링던에 사는 변호사 미스터 와임퍼를 고용했다고 했다. 그는 동물 농장과 외부 세계를 중개하는 역할을 맡기로 계약을 해서, 월요일 아침마다 이제 자신의 지시를 받으러 농장에 올 것이라고 했다. 평소와 마찬가지로 나폴레옹은 '동물 농장 만세!'를 외치면서 연설을 끝냈다. 동물들은 다시 '영국 동물들'을 부르고 해산했다.

조금 후 스퀼러가 다시 농장을 한 바퀴 돌며 동물들 마음을 가라앉혔다. 그는 장사를 하지 않겠다는 것과 돈 버는 짓을 하지 않겠다는 결의는 통과된 적이 없다고, 아니 그런 식의 안건은 발의된 적도 없었다고 못을 박았다.

그건 순전히 상상에 불과하며, 아마도 처음부터 스노우볼이 퍼뜨린 거짓말 탓에 그런 얘기가 떠돈 거라고 했다. 그런데도 아직 미심쩍어 하는 동물이 몇몇 있었다. 스퀼러는 그들에게 기습적인 질문으로 공격을 했다.

"동지들은 이게 꿈에서 본 게 아니라는 확신이 있어요? 그런 결의에 대한 기록이 어디 남아 있어요? 어디에 그런 게 확실히 쓰여 있나요?"

아닌 게 아니라 어디에도 그에 대한 문서는 남아 있지 않은 게 확실했다. 동물들도 자신들이 헷갈린 거라고 확신하게 되었다. 약속대로 미스터 와임 퍼는 월요일마다 농장에 들렀다. 구레나룻을 기른 그 변호사는 좀 체구가 작고 음흉한 인상이었다. 변변찮은 변호사 사무실을 꾸려 가던 중 누구보다 잽싸게 이 일을 맡게 되었다. 눈치가 끝내주는 인간이라, 분명히 동물 농장에 중개인이 필요할 것이고 보수도 괜찮을 거라는 걸 간파했던 것이다.

그가 들락거리는 걸 볼 때마다 동물들은 웬지 모를 우려를 삼가기가 힘들어, 가능한 한 그와 마주치는 걸 피하곤 했다. 그럼에도 불구하고, 네 발 달린 나폴레옹이 두 발 달린 와임퍼에게 명령을 내리고 지시를 한다는 사실에 괜히 어깨가 으쓱해지는 느낌도 좀 들었다. 그래서 뭔가 새로운 방향을 잡아 계약을 처리하는 게 그나마 다행이다 싶은 마음이 어느 정도 드는 것도 사실이었다. 이제 그들이 사람 종자와 맺는 관계는 이전과 사뭇 달라진 점이 있었다. 그렇다고 동물 농장을 향한 사람들의 증오심이 줄어든 것은 물론 아니었다. 동물 농장이 지금 대단히 풍요를 누린다는 점에서 그들은 이전보다 더 동물 농장을 혐오했다.

사람들은 모두 그 농장이 조만간 파탄이 날 거라는 전망을 신앙처럼 받들었다. 특히 그 풍차는 실패할 수밖에 없다고들 믿었다. 술집에 둘러앉아 그들은 풍차가 무너질 수밖에 없는 여러 정황을 도표를 그려가며 증명했다. 아니 그게 행여 벽돌은 그럭저럭 올라갈 수 있을지 모르지만 절대로 작동은 안 될 거라고들 장담했다. 하지만 이런 반응은 본인들의 견해와 달리, 동물들이 결국 자신들 일을 제법 효과적으로 꾸려 간다는 사실을 어느 정도 인정한다는 뜻이었다. 이걸 반증하는 증거 중 하나는 그들도 이제 굳이 '나으리 농장'이라 불러야 한다는 소신을 접고 '동물 농장'이라는 정식 명칭으로 부르기 시작한 것이다. 그들은 존스에 대한 지지 역시 거두었다. 그가 자기 농장을 되찾겠다는 희망을 버리고 아예 다른 지역으로 이주해 버린 탓이었다.

아직은 와임퍼를 통해 모든 게 진행되고, 동물 농장과 외부 세계와의 접촉은 전혀 없었다. 그런데 나폴레옹이 앞으로는 여우숲의 미스터 필킹턴 아니면 수전노야의 미스터 프레데릭과도 일정한 통상협정을 맺게 될 거라는 소문이 꾸준하게 나돌았다. 하지만 이들 둘과 절대로 동시에 협정을 맺게 되지는 않을 거라고 했다.

이 무렵이었다. 돼지들이 농장 사택으로 짐을 옮기고 그곳을 거처로 삼은 것이다. 하지만 동물들은 아직 기억하고 있는 것 같았다. 존스의 집에는 어떤 동물도 거주하지 않기로 일찌감치 결의하고 통과시켰던 걸 말이다. 이번에도 스퀼러는 그게 아니었다며 동물들을 다시 설득할 수 있었다. 그는 농장의 두뇌에 해당하는 돼지들에게는 조용한 작업실이 반드시 필요하다고 역설했다. 게다가 '영도자'의 품격을 생각해서 그냥 돼지 축사보다는 아무래도 자택에 거주하시는 게 훨씬 더 적절하다는 설명이었다. 얼마 전부터 그는 나폴레옹을 일컬을 경우는 '영도자'라는 호칭으로 바꿔 불렀다.

그런 설명에도 어떤 동물들은 여전히 석연치 않았다. 돼지들은 사택 식당에서 밥을 먹고 그 집 거실을 휴게실로 이용할 뿐만 아니라, 잠도 침대에서 잔다니 기분이 야릇했다. 복서는 언제나 그렇듯 '나폴레옹은 항상 옳다'는 말로 그냥 넘겼다. 하지만 클로버는 침대와 관련한 금지 계명이 분명히 있었던 게 기억났다. 그래서 헛간 끝으로 가서 거기 벽에 써 있는 칠계명의 수수께끼를 풀어 보고자 했다. 하지만 아무리 들여다봐도 알파벳은 알지만 그걸 이어 붙인 글자는 도저히 읽을 수가 없었다. 그녀는 뮤리엘에게 도와 달라고 부탁을 했다.

"뮤리엘, 네 번째 계명이 뭔지 좀 읽어 줘. 침대에서 자면 안 된다는 뭐 그런 얘기가 적혀 있지 않아?"

뮤리엘은 끙끙거리며 글자를 맞춰 보았다. 그리고 드디어 끝까지 다 읽었다.

"어떤 동물도 침대에서 이불보를 깔고 잠을 자서는 안 된다······ 라고 쓰여 있는데."

진짜 이상했다. 클로버는 아무리 생각을 더듬어도 계명에서 이불보 얘기는 들었던 기억이 정말로 나지 않았다. 하지만 저 벽 위에 그렇게 쓰여 있다니, 그럼 그게 맞는 게 틀림없었다. 마침 그때 근처를 지나던 스퀼러가 개 몇 마리와 함께 끼어들었다. 그는 이번에도 사태의 전말을 확실히 설명해 줄 수 있었다. 그가 말했다.

"동지들, 우리 돼지들이 요사이 농장 사택에 있는 침대에서 잔다는 소식을 들었나 보네요? 그런데 그게 대체 왜 이상한가요? 침대에 대한 무슨 규제 같은 게 있단 뜻은 아니겠죠? 침대라는 건 그냥 잠자리라는 뜻이에요. 외양간에 짚 더미도 일종의 침대로 볼 수 있잖아요. 규제가 있다면 사람들이 만들어 쓰는 이불보를 말하는 거예요. 농장 사택의 침대에서 그런 이불보는 몽땅 걷어 냈어요. 깔고 덮고 모두 담요로 해요. 그리고 침대는 엄청 폭신해요. 그런데 사실 그 정도 편안함도 아직은 부족해요. 동지들은 아마 잘 모르겠지만, 우리가 요즘 하는 일은 전부 두뇌를 쓰는 일이라 그래요. 우리가 정말 잘 쉬어야 두뇌를 잘 쓸 수 있는데, 동지들 설마 우리의 충분한 휴식을 빼앗을 생각은 아니지요? 너무 피곤하면 우리 임무를 다 할 수 없는데, 동지들이 설마 그런 걸 원하는 건 아니겠지요? 그리고 설마 그 누군가라도 존스가 다시 오는 걸 원하지는 않겠지요?"

이 얘기가 나오자 동물들은 곧 그렇지 않다고 소리지르며 스퀼러를 안심시켰다. 농장 사택 침대에서 돼지들이 잠을 자는 것에 대해 그 누구도 더는 입도 뻥긋하지 않게 되었다. 그러고 며칠 후, 앞으로 돼지들은 아침에 다른 동물보다 한 시간씩 늦게 기상한다는 발표가 있었다. 이에 대해서도 아무 불만이 제기되지 않았다.

가을에 접어들 무렵 동물들은 체력적으로 많이 힘들었지만, 그래도 아직 괜찮았다. 아주 고된 한 해를 보냈고, 건초와 옥수수 일부를 내다 팔아 겨울 동안 먹을 식량도 전혀 풍족하지 않았다. 하지만 풍차 생각만 하면 그 정도는 이겨 낼 수 있었다. 그리고 드디어 거의 절반이 완성되었다. 농사가 끝난 후에도 날씨는 계속 쾌청했다. 덕분에 동물들은 전보다 더 열심히 일할 수 있었다. 풍차 몸체를 한 뼘이라도 더 높이 쌓을 생각에 온종일 돌을 나르는 일도 마냥 즐거웠다.

복서는 밤에도 나와서 풍성한 가을 달빛을 받으며 혼자 한두 시간씩 더 일을 했다. 틈만 나면 동물들은 이제 절반쯤 공사가 끝난 풍차 주변을 걷고 또 걸었다. 하늘을 향해 우뚝 선 그 벽의 강인함에 감탄이 절로 나왔다. 이토록 위풍당당한 어떤 걸 자신들의 힘을 모아 세울 수 있다는 사실이 새삼스레 놀라울 따름이었다. 올라가는 풍차를 보며 그런 열광에 동참하지 않는 건 벤자민 영감밖에는 없었다. 그는 여전히 당나귀는 오래 사는 동물이라는 알쏭달쏭한 말씀만 던질 따름이었다.

혹독한 남서풍과 함께 11월이 시작되었다. 공기가 너무 눅눅해지니 시멘트를 섞을 수가 없어서 공사를 잠시 멈춰야 했다. 급기야 어느 날 밤은 농장 축사들 기둥이 모두 뽑혀 나갈 듯 크게 흔들렸다. 헛간 지붕 기왓장도 몇 개 날려 보낼 만큼 무서운 태풍이었다. 암탉들이 잠에서 깨어나 꼬꼬댁 꼬꼬 하며 울부짖었다. 잠결에 어디 멀리서 총알을 퍼붓는 소리가 나는 걸 들었다며 공포로 몸을 떨었다.

아침이 되었다. 우리 밖으로 나온 동물들은 참담한 광경 앞에 억장이 무너졌다. 게양대는 꺾인 채 늘어져 있고, 과수원 발치 느릅나무는 마치 밭에서 뽑힌 무처럼 뿌리가 드러났다. 절망의 비명 소리가 온갖 동물의 목구멍에서 터져 나왔다. 그들의 시선이 모두 한곳으로 쏠렸다. 참혹한 광경이 그들의 눈에 들어 왔다. 풍차가 주저앉은 것이다. 한마음으로 그들은 사고 현장으로 몰려갔다.

좀처럼 바깥 걸음을 하지 않던 나폴레옹도 밖으로 쫓아 나오더니 선두에 서서 달려갔다. 풍차는 그대로 자빠진 채 누워 있었다. 그들의 땀과 노고로 만든 결실이 뿌리째 뽑혀 있었다. 그토록 공들여서 쪼개고 날라 온 돌멩이들이 온 사방에 흩어져 있었다. 처음엔 모두 할 말을 잃고 침통스런 얼굴로 온 사방에 흩어진 돌멩이만 바라보았다. 나폴레옹도 아무 말을 못한 채 왔다 갔다 이리저리 걸음을 옮기다 이따금 땅바닥에 코를 대고 킁킁거렸다.

그의 꼬리가 빳빳해지다가 이리저리 씰룩댔다. 그건 골똘히 생각에 빠졌다는 표시였다. 나폴레옹은 뭔가 중대한 걸 작심한 듯 갑자기 걸음을 멈추어 섰다. 그리고 나직한 목소리로 말문을 열었다.

"동지들, 이게 누구 짓인지 알겠습니까? 밤중에 들어와 우리 풍차를 작살 낸 우리 원수 놈이 누군지 알겠습니까? 스노우볼, 이놈이에요!"

그는 문득 천둥이라도 치는 듯 목소리를 크게 높였다.

"스노우볼 짓이야! 완전히 앙심을 품고, 우리 계획을 망칠 생각으로, 자기가 쫓겨난 걸 복수할 생각으로 이 따위 짓을 한 거야. 이 배반자는 밤의 어둠을 뚫고 들어와서 우리가 1년 동안 쌓아 올린 걸 부숴 버렸어. 동지들, 이 자리에서 그놈에게 사형을 선고한다. 스노우볼을 심판대로 보내는 동물에게는 '제2등 동물 영웅' 훈장을 수여하겠다. 또 부상으로 사과 반 상자를 줄 것이다. 만약 생포하면 사과 한 상자를 줄 것이다!"

동물들의 충격은 이만저만이 아니었다. 어떻게 스노우볼이 이렇게까지 못된 짓을 할 수 있는지 정말 믿기 힘들었다. 너무 화가 나서 함께 소리를 질렀다. 그리고 만약 그가 돌아온다면 이놈의 스노우볼을 어떻게 포획할지, 모두들 그 생각을 하기 시작했다.

조금 후 동산에서 좀 떨어진 풀밭에서 어떤 돼지 발자국이 발견되었다. 겨우 몇 미터 이어지다 끊겼지만, 그 방향은 울타리 어느 구멍으로 이어져 보였다. 나폴레옹은 거기 코를 들이박고는 열심히 킁킁댔다. 그리고 그게 스노우볼의 흔적이라고 선언했다. 스노우볼이 여우숲 농장 쪽에서 침입한 것 같다고 견해를 밝혔다. 발자국들을 더 조사하는가 싶더니 나폴레옹은 다음과 같이 소리쳤다.

"동지들, 더 이상 미루지 않겠습니다! 우리에겐 할 일이 있어요. 오늘 아침부터 당장 풍차를 새로 짓기 시작합니다. 겨울 내내 진행합니다. 비가 오나 해가 뜨나 계속합니다. 이 더러운 반역자에게 가르쳐 줄 겁니다. 우리는 그렇게 쉽사리 무너지지 않습니다. 잊지 않습니다. 우리 계획은 어떤 변경도 없습니다. 동지들! 우리의 계획은 아무 차질이 없습니다. 완성하는 날까지 우리는 그냥 앞으로 전진입니다. 동지들, 풍차 만세! 동물 농장 만세!"

제7장

혹독한 겨울이었다. 줄곧 폭풍이 몰아치더니만 이어서 눈과 진눈깨비가 섞인 한파로 변했다. 그리고 2월이 시작되고 한참이 지나도 단단하게 얼어붙은 땅은 좀체 녹지 않았다. 풍차의 재건에 동물들은 최선을 다해 총력을 기울였다. 외부 세계가 자신들을 주시하고 있다는 걸 동물들은 잘 알고 있었다. 만약에 풍차를 완성하지 못한다면, 자신들을 질투하는 사람들이 좋아하며 마구 날뛸 것이라는 것을 잘 알기 때문이었다.

억하심정인지 외부 세계 사람들은, 스노우볼이 나타나 풍차를 부숴 버렸다는 걸 도통 믿지 않는 모양이었다. 벽이 너무 얇아서 무너진 거라고들 얘기한다는 것이다. 절대로 그게 아니라는 걸 동물들은 알고 있었다. 하지만 이번에는 벽의 두께를 45센티가 아니라 90센티로 늘려서 쌓기로 했다. 그러니까 지난번보다 돌멩이를 훨씬 더 많이 실어 와야만 했다. 하지만 채석장에 나부끼는 눈보라 탓에 오래도록 아무것도 가져올 수가 없었다. 얼마 후 눈이 조금 그친 덕에 아직 모든 게 얼어붙은 상태이지만 그나마 일을 시작할 수 있었다.

일을 계속하기엔 너무 지독한 상황이었다. 동물들은 풍차에 대해 이전처럼 희망을 품을 수는 없었다. 그들은 너무 추웠고 배가 고팠다. 오직 복서와 클로버만이 기운을 잃지 않았다. 스퀄러는 여전히 봉사의 즐거움과 노동의 가치에 대해 멋진 연설을 늘어놓고 다녔다. 하지만 다른 동물에게 그나마 위안이 되고 기운을 북돋워 주는 건 복서였다. 끈질긴 그의 강인함과 끊임없이 '내가 더 힘껏 일하리라!'고 내지르는 그의 좌우명이었다.

1월에 벌써 식량은 바닥나기 시작했다. 알곡 배급이 형편없이 줄었다. 대신에 부족 부분은 감자로 채우겠다는 발표가 있었다. 그런데 수확한 감자 대부분이 이미 얼어 있다는 사실이 밝혀졌다. 쌓아 둔 감자 더미에 충분히 흙을 덮어 놓지 않은 탓이었다. 감자들이 물컹거리고 여기저기 멍이 든 상태여서 먹을 수 있는 게 얼마 없었다. 온종일 동물들이 먹은 거라곤, 왕겨 껍질과 순무 이파리 몇 조각이 전부인 적도 많았다. 배를 너무 곯아서 얼굴은 저승사자를 본 것처럼 창백했다.

외부 세계에는 이런 사실이 새나가지 않게 감춰야 했다. 풍차가 좀 넘어졌기로서니, 사람들은 동물 농장에 대해 새로운 거짓말들을 함부로 날조해 댔다. 기아와 질병 탓에 동물들이 죽어 나간다는 소문이 돈다고 했다. 자기들끼리 치고받고 싸우다 서로 잡아먹기도 하고 새끼들까지 떼로 죽여 버린다는 거짓 소문도 다시 돌았다.

나폴레옹은 충분히 의식하고 있었다. 식량 관련해 이런 사정이 밖에 알려지면 굉장히 좋지 않을 것이다. 그는 미스터 와임퍼를 이용하기로 마음먹었다. 그에게 진실과는 반대 인상을 심어 주면 다른 소문이 퍼질 것이다. 여태까지 동물들은 동물 농장에 매주 들르는 와임퍼와는 거의 접촉이 없었다. 그런데 이제 양들을 중심으로 동물들을 선발해 교육에 들어갔다. 식량 배급이 꾸준히 늘고 있다는 이야기를 와임퍼가 엿들을 수 있게 시킨 것이다. 뿐만 아니라 식량 창고의 상자들도 모래로 대충 채워 두라고 나폴레옹은 명했다. 그 다음 밀과 곡식으로 그 위를 덮어 놓게 했다. 적당한 핑계로 와임퍼를 식량 창고로 데려간 다음 상자들을 슬쩍 보게 하는 것이다. 깜빡 속은 와임퍼는 바깥세상에다 대고 이제 동물 농장에는 식량이 부족하지 않다고 계속 떠들어 댔다.

하지만 1월 말이 되자 상황은 더욱 악화되었다. 어디서라도 곡식을 조달받지 않고는 더 이상 견딜 수가 없게 된 것이다. 이 무렵 나폴레옹은 공개석상에는 거의 나타나지 않았고, 온종일 농장 사택에서 시간을 보냈다. 사택 모든 출입구에는 사납게 생긴 개들이 배치되어 경비를 섰다. 바깥으로 그가 모습을 드러내는 건, 지극히 제의적인 효과를 위해서였다. 더욱이 여섯 마리 개가 바짝 붙어 그를 경호했다. 누구든 가까이 가기만 하면 개들이 으르렁댔다. 그는 이제 일요일 아침에도 모습을 드러내지 않는 일이 종종 있었다. 명령은 다른 돼지들을 통해 전달되는데, 보통 스퀼러가 그 역할을 대신했다.

어느 일요일 아침, 이제 막 다시 산란을 시작한 암탉들에게 스퀼러는 그 달걀을 바쳐야 한다고 통보했다. 나폴레옹이 와임퍼의 중개로 매주 400개씩의 달걀을 판매한다는 계약을 체결했다는 것이었다. 여기서 생긴 비용은 곡물을 비롯한 식재 구입에 쓸 거라고 했다. 그러면 여름까지 식량 사정이 나아져 농장을 유지할 수 있다고 했다. 이런 통보를 받은 암탉들이 소스라치며 마구 비명을 질러 댔다. 희생이 불가피할 거란 얘기를 들은 적은 물론 있었다. 하지만 이런 일이 실제로 벌어지리라고는 생각지 않았다. 봄이 오면 병아리를 까려고 지금 한 배 가득 알을 품고 있었다. 그런데 그 알들을 가져

가겠다니, 그건 살육 행위나 다름없다고 대들었다. 존스가 추방된 이후 처음으로 반란 비슷한 사태가 벌어진 것이다.

미노르카 종 검은 암탉 세 마리가 먼저 행동에 나섰다. 그들은 처마 위로 날아올라가 거기에 알을 낳았다. 다음은 그것들을 바닥으로 떨어뜨려 박살 내는 것이다. 나폴레옹은 신속히 그리고 살벌하게 대응했다. 그는 암탉들의 식량 공급을 중단시켰다. 그리고 암탉에게 단 한 톨의 알곡이라도 제공하는 동물은 가차 없이 사형에 처한다고 공표했다. 이 명령을 준수하는지 감시하는 역할은 개들이 맡았다. 암탉들은 닷새 동안 버티다 결국 닭장으로 복귀했다. 그동안 아홉 마리의 암탉이 죽어 나갔다. 그들 시신은 과수원에 매장되었다. 사망 원인은 구포자충균의 감염으로 인한 것이라고 발표되었다. 와임퍼는 이 사건에 대해서 전혀 듣지 못했다. 달걀은 매주 한 차례 농장에 들르는 식품점 짐마차에 실려 꼬박꼬박 출하되었다.

이런 소란이 이어지는 가운데 스노우볼은 어디서도 목격되지 않았다. 이웃한 여우숲이나 수전노야 농장 중 한곳에 잠복 중이라는 소문만 떠돌았다. 이 무렵 나폴레옹은 농장주들과의 관계가 전보다는 살짝 나아졌다. 마침 동물 농장 마당에는 목재 더미가 잔뜩 쌓여 있었다. 그건 벌써 10년 전에 너도 밤나무 숲을 개발하면서 벌채된 것들이었다. 상태가 아주 좋다며, 와임퍼는 그걸 처분하라고 나폴레옹에게 권했다. 미스터 필킹턴과 미스터 프레데릭 양쪽 모두 그걸 사고 싶어 한다는 것이었다. 나폴레옹은 둘 중에 어느 쪽에다 팔아야 좋을지 결정이 어려워 한참을 망설였다. 그런데 이상한 노릇이었다. 프레데릭과 계약할 낌새가 있을 때면 스노우볼이 여우숲에 숨어 있다는 소문이 돌았다. 반면 필킹턴 쪽으로 마음이 기우는가 싶으면 이번에는 수전 노야에 숨어 있다는 말이 들렸다.

봄기운이 완연해진 즈음 갑자기 경천동지할 소식이 들렸다. 스노우볼이 밤마다 농장에 몰래 드나든다는 것이다. 동물들은 너무 불안해, 자기들 축사 안에서도 거의 눈을 붙일 수 없었다. 들리는 바에 의하면, 그는 밤마다 어둠을 틈타 살며시 잠입한다고 했다. 그리고 온갖 만행을 일삼는다는 것이다. 알곡을 훔치고, 우유 양동이를 엎어 버리고, 달걀도 깨뜨려 버렸다 한다. 모판을 마구 밟고 다니며, 과일 나무 껍질도 죄다 갉아 놓았다는 것이다.

이제는 뭐라도 잘못되면 스노우볼 탓이 되었다. 창문이 깨져도, 수챗구멍이 막혀도 밤새 스노우볼이 다녀가면서 벌인 짓이 틀림없다고 누군가 예단했다. 식량 창고 열쇠가 분실되었을 때도 스노우볼이 그걸 우물에다 던져 버렸다고 농장 전체가 확신했다. 정말 어처구니가 없었다. 그 열쇠를 결국 식료품 봉지 아래서 찾았는데, 그 또한 스노우볼의 소행이라고 믿어 버렸다. 암소들 주장도 한결 같았다. 그들이 잠든 사이에 살금살금 스노우볼이 외양간으로 들어와서 우유를 짜 갔다는 것이다. 겨울 내내 골치를 썩인 야생 쥐들도 실은 스노우볼과 한통속이라고들 했다.

나폴레옹은 스노우볼의 행적을 낱낱이 조사하겠다고 포고했다. 호위병을 이끌고 농장 내 동물 축사를 전수 조사한다며 면밀한 시찰에 들어가자, 다른 동물들은 경의를 표하며 약간 거리를 두고 뒤를 따랐다. 몇 발자국 옮길 때마다 나폴레옹은 걸음을 멈추고 스노우볼의 흔적을 찾아내려 킁킁 바닥 냄새를 맡았다. 냄새를 통해서 그의 흔적을 찾을 수 있다고 그는 말했다. 헛간, 외양간, 닭장, 채소밭 모든 구석마다 그는 킁킁 냄새를 맡으며 거의 모든 구석에서 스노우볼의 자취를 찾아냈다. 돼지코를 땅바닥에 처박으며 그는 몇 차례 깊은 숨을 들이키더니 드디어 섬뜩한 음성으로 선언했다.

"스노우볼! 그놈이 여기 왔었다! 그놈의 냄새가 분명히 난다!"

나폴레옹이 '스노우볼'라는 이름을 발음할 때면, 호위견들은 송곳니를 드러내면서 머리가 쭈뼛 설 것 같은 소리로 으르렁거리며 짖어 댔다.

동물들은 완전히 겁에 질렸다. 스노우볼은 마치 보이지 않는 유령 같았다. 대기 중에 마구 떠돌면서, 보이지는 않지만 자신들을 온갖 위험한 상황으로 유인하고 협박도 하는 존재였다. 저녁 때 스퀄러는 모두를 불러 모았다. 그의 얼굴에 수심이 가득했다. 안절부절못하며 수선을 피워 분위기가 더욱 살벌해졌다.

"동지들! 아주 경악할 일이 벌어졌어요."

모두에게 알려야 할 심각한 소식이라며, 그는 말을 이었다.

"스노우볼은 수전노야 농장의 프레데릭에게 자신을 팔아 치웠다네요. 프레데릭은 호시탐탐 우리 농장을 노리면서 지금이라도 우리를 삼키려는 놈인데, 공격이 시작되면 스노우볼이 앞잡이가 돼 그를 끌고 올 거래요. 그런데 더 기막힌 일이 있어요. 우리는 허영심과 야망 탓에 스노우볼이 반란을 일으킨 거라 생각했잖아요. 그런데 그게 아니었어요. 동지들 혹시 정답이 뭔지 알 거 같아요? 스노우볼은 애당초 존스와 한패였어요! 그는 줄곧 존스의 첩자였어요. 그가 남겨 둔 문서를 찾아냈는데, 전말이 드러났어요. 그게 문서에 모두 적혀 있어요. 동지들! 스노우볼이 외양간 전투에서 우리를 궁지로 몰아 농장에서 쫓아내려 한 걸, 우리 두 눈으로 똑똑히 보았잖아요? 그놈 뜻대로 되지 않아 그나마 다행이었지요."

동물들은 뒤통수를 맞은 듯 정신이 멍해졌다. 만약 이게 사실이라면 풍차를 박살 낸 것과는 비교할 수 없을 정도의 악행이었다. 하지만 이걸 모두 사실로 받아들이는 건 시간이 걸렸다. 그들은 스노우볼이 어떻게 외양간 전투를 이끌었는지 다들 보았다. 어려운 고비마다 스노우볼이 어떻게 자신들을 일으켜 세우고 격려했는지 그들은 빠짐없이 기억했다. 아니 기억한다고 생각했다. 존스의 총알에 맞아 등에 피를 흘리면서도 스노우볼은 잠시도 머뭇대지 않고 그에게 용감히 덤벼들었다.

그토록 용감무쌍하게 싸웠던 그가 존스와 한편이었다니, 처음에는 납득하기가 힘들었다. 질문이라곤 할 줄 모르는 복서 입장에서도 이건 좀 당혹스러웠다. 그는 앞다리를 꿇고 앉아 눈을 감았다. 침착하게 생각을 정리하려 무던히 애를 쓰는 모양이었다.

"나는 믿을 수가 없어."

드디어 복서가 입을 열었다.

"스노우볼은 외양간 전투에서 용감하게 싸웠어. 내가 그걸 똑똑히 봤거든. 그래서 우리가 이긴 거야. 스노우볼에게 바로 '제1등 동물 영웅' 훈장도 주지 않았어?"

"그게 우리 실수였어요, 동지들. 이제 알게 되었거든요. 방금 발견한 비밀 문서에 적혀 있어요. 스노우볼은 우리를 망하게 할 계획이었어요."

복서가 다시 대꾸했다.

"근데 스노우볼은 부상을 입었단 말야. 그가 피를 흘리는 걸 우리가 전부 봤잖아."

"그것도 미리 다 짜고 한 거였어요."

스퀼러가 악다구리를 썼다.

"존스의 총알은 살짝 스치기만 했어요. 글자 좀 읽을 줄 알면 이거, 보여 드릴 수도 있어요. 스노우볼의 계획은 이랬어요. 위험한 순간이 오면 도망 신호를 해서, 적에게 농장을 넘기는 거였어요. 동지들, 내 말씀드리지만, 스노우볼의 계획이 진짜로 성공할 뻔했다고요. 우리의 영도자 나폴레옹이 아니었으면 아마 성공했을 거예요.

존스와 그 일꾼들이 우리 농장에 쳐들어 왔을 때, 혹시 기억 안 나요? 스노우볼이 갑자기 돌아서서 도망쳤어요. 몇몇 동지가 따라갔잖아요? 이것도 기억 안 나요? 그러니까 전부들 당황해서 어쩔 줄 몰랐잖아요. 나폴레옹 동지가 '사람이면 죽어라!' 소리를 지르며 뛰어들어 존스의 다리를 물어뜯었잖아요? 그렇죠? 기억나죠, 동지들!"

스퀼러는 쉴 새 없이 촐싹이면서 목소리를 높였다. 이토록 생생하게 장면을 묘사하니 동물들은 진짜 그게 기억나는 것만 같았다. 전투에서 아주 위급한 순간이었는데 아무튼 스노우볼이 도망가려고 몸을 돌린 건 기억이 났다. 하지만 복서는 여전히 조금 미심쩍었다.

"나는 스노우볼이 처음부터 반역자였다는 건 안 믿어."

복서는 생각을 간추려 다시 말했다.

"나중에 한 건 다른 거야. 하지만 외양간 전투에서 스노우볼은 좋은 동지였어. 나는 그렇게 믿어."

스퀄러는 이제 천천히, 그러나 단호한 어조로 복서의 말을 반박했다.

"우리의 영도자 나폴레옹 동지는 시대별로 나눠 얘기했어요, 시대에 따라서, 그러니까, 스노우볼은 처음부터 존스의 첩자였다, 음 그러니까 반란을 생각하기 훨씬 전부터 첩자였다고 확실히 말했어요."

"아, 그러면 달라지는데!"

복서가 다시 말을 바꿨다

"나폴레옹 동지가 말하는 건 옳아야 하니까. 나폴레옹은 항상 옳다!"

"그게 진짜 맞다니까요, 동지!"

스퀄러가 크게 소리 질렀다. 하지만 말은 그렇게 해도, 복서를 쳐다보는 스퀄러의 번득이는 눈에 심술보가 가득했다. 돌아서 나가려다 그는 잠시 멈춰 서더니, 아주 이상한 말을 툭 던졌다.

"우리 농장 모든 동물에게 내가 경고해요. 부디 눈을 크게 뜨고들 있으세요. 괜한 소리가 아니에요. 스노우볼의 첩자들이 지금 이 순간에도 우리들 중에 있을지 몰라요!"

나흘 후 늦은 오후였다. 나폴레옹이 동물들 전부 안마당에 집합하라고 지시했다. 모두 모이자 나폴레옹은 농장 사택에서 모습을 드러냈다. 훈장을 두 개 달고 있었다. 그는 얼마 전 자신에게 '제1등 동물 영웅' 훈장과 '제2등 동물 영웅' 훈장을 수여했다. 덩치가 엄청난 아홉 마리 개가 그의 주변을 돌면서 괜히 으르렁거렸다. 그 바람에 다른 동물들은 등골이 서늘했다. 모두 겁에 질린 채 가만히 자리에 앉아 있었다. 이제 곧 뭔가 무시무시한 일이 벌어질 것 같은 조짐이 역력했다.

나폴레옹은 근엄한 눈빛으로 찬찬히 청중을 둘러보았다. 그러고는 돼지 멱따는 소리로 악을 썼다. 그 순간 개들이 달려들어 돼지 네 마리의 귀를 물어 버렸다. 귀를 물린 돼지들은 공포와 고통으로 울부짖으며 버둥거리다 나폴레옹의 발치까지 질질 끌려 나갔다. 돼지들 귀에서 피가 뚝뚝 흘렀다. 피 맛을 본 개들은 한동안 정말 미쳐 날뛰었다.

그런데 모두 기겁할 일이 벌어졌다. 그들 중 세 놈이 이번에는 복서에게 달려든 것이다. 그들이 덤비는 모습을 보고 복서는 커다란 발굽을 내밀어 그중 한 놈을 공중에서 낚아챘다. 그리고 바닥에 짓누르기 시작했다. 개는 살려 달라고 애걸을 했고, 다른 두 놈은 뒷다리 사이에 꼬리를 바짝 감추고는 뒷걸음질을 쳤다. 복서는 그 개를 뭉개 버릴까 살려 줄까 물어보는 뜻에서 나폴레옹을 쳐다봤다. 나폴레옹의 낯빛이 변하는 것 같더니 복서에게 개를 놓아 주라고 날카롭게 명령했다. 명령에 따라 복서가 발굽을 들어올렸다. 만신창이가 된 개는 아파죽겠다고 울부짖으며 슬금슬금 꽁무니를 뺐다.

이윽고 소란이 가라앉았다. 네 마리 돼지가 벌벌 떨면서 서 있는데, 그 얼굴의 주름마다 자신들의 죄상을 낱낱이 써놓은 듯한 모양새였다. 나폴레옹은 범행 일체를 고하라고 그들에게 명했다. 나폴레옹이 일요일 총회는 중단한다고 지난번에 공지했을 때 벌떡 일어나 반대한다고 꽥꽥거렸던 그 돼지들이었다. 아무 재촉도 하지 않았는데도 그들은 순순히 자백했다. 자기네는 스노우볼이 쫓겨난 이후 꾸준히 그와 접촉했다고 술술 불었다. 풍차를 부순 일도 그와의 공모였고, 동물 농장을 미스터 프레데릭에게 넘겨주는 계약에도 관여했다고 자백했다. 그리고 스노우볼은 지난 몇 년 동안 존스의 첩자였다고, 자기들에게는 비밀리에 실토했다는 이야기도 덧붙였다.

그들의 자백이 끝나기도 전에 개들이 달려들어 그들의 모가지를 물어뜯었다. 나폴레옹은 다시 무시무시한 목소리로 다그쳤다. 뭐라도 자백할 게 있는 동물은 더 없느냐고 추궁했다. 이번에는 암탉 셋이 앞으로 나왔다. 얼마 전 달걀 문제로 반란을 주도한 닭들이었다. 그들은 꿈에 스노우볼이 나타나 나폴레옹의 명령에 복종하지 말라고 선동했다고 진술했다. 그들 역시 바로 처형되었다. 이번엔 거위 한 마리가 앞으로 나와 자백했다. 지난 가을 추수 때 곡식 낱알 여섯 개를 숨겨 두었다가 밤중에 몰래 일어나 먹었다고 말했다. 다음은 양의 자백이었다. 약수터에 오줌을 누었다고 했다. 스노우볼이 시켜서 어쩔 수 없었다는 것이다. 다른 양 두 마리도 늙은 염소를 살해한 적이 있다고 했다. 나폴레옹의 열렬한 추종자였던 염소가 감기로 고생할 때, 모닥불 주위를 뱅뱅 돌며 그를 쫓아다녔다고 실토했다. 그들 모두 그 자리에서 처형되었다. 그렇게 자백이 이어지고 처형이 계속되었다. 나폴레옹의 발치에는 산더미처럼 시신이 쌓였다. 존스를 쫓아낸 이후에는 맡아 보지 못한 피비린내가 진동을 하니, 주변 공기가 한껏 무거워졌다.

한바탕 회오리가 가라앉자 돼지와 개를 제외한 나머지 동물은 모두 한 몸이 되어 슬금슬금 물러들 갔다. 온몸이 부들부들 떨리고 참혹했다. 스노우볼과 공모한 동물들의 반역도 충격이었으나, 방금 목격한 잔혹한 처벌도 그에 못지않았다. 어느 쪽이 더 끔찍한지 알 수 없었다. 옛날에도 이따금 이에 못지않게 유혈 사태가 벌어진 적은 있었다. 하지만 그건 사람들이나 벌이는 짓이었다. 그런 탓인지 지금 일어난 이번 사태는 더 섬뜩하고 무서워 보였다.

존스가 농장에서 쫓겨난 이후 오늘날까지 어떤 동물도 다른 동물을 살해한 적은 없었다. 심지어 들쥐 한 마리도 죽이지 않았다. 클로버와 뮤리엘, 벤자민과 암소들, 양 떼와 거위와 암탉, 그들은 작은 동산으로 올라가 같은 심정으로 둘러앉았다. 서로 몸을 비비니 온기가 돌아 훨씬 따뜻했다. 고양이는 나폴레옹의 집합 명령이 있기 직전 갑자기 종적을 감췄다. 절반가량 완성된 풍차가 그들 가까이에 있었다.

한동안 아무도 입을 열지 않았다. 다들 앉아 있는데, 복서 혼자 안절부절 못하며 자리에 앉지 못했다. 검정색 긴 꼬리를 양옆으로 내두르며 이리저리 발길을 돌리다가, 이따금 어이가 없다는 듯 신음 소리를 내곤 했다. 마침내 그가 입을 열었다.

"난 정말 이해할 수가 없어. 우리 농장에서 이런 일이 벌어질 수 있다는 게 믿기지 않아. 우리가 크게 잘못한 게 있을 거야. 내가 보기에 우리는 더 열심히 노력해야 돼. 이제부터 나는 아침에 한 시간씩 더 일찍 일어날 거야."

답을 찾았다는 듯 그는 육중한 걸음을 옮기며 뚜벅뚜벅 채석장으로 향했다. 거기 도착한 후 돌짐을 잔뜩 모아 두 차례나 풍차 건설 현장으로 끌고 내려왔다. 그렇게 밤이 되니 그제야 비로소 일에서 손을 뗐다.

동물들은 클로버 주변에 하나둘 몰려와, 아무 말도 하지 않고 서로 몸을 비볐다. 그들이 모여 앉은 동산에서는 마을 저 멀리까지 한눈에 들어왔다.

큰길을 향해 멀리 뻗은 기다란 풀밭이며 목초지, 작은 숲, 약수터까지 동물 농장 거의 전체가 조망되었다. 어린싹이 푸른빛으로 빼곡하게 올라오는 호밀밭의 이랑들, 축사의 붉은 기와지붕들, 거기서 모락모락 연기가 피어오르는 굴뚝들도 그렇게 정겨울 수가 없었다. 쾌청한 봄날 저녁이었다. 꽃망울이 움튼 덤불 울타리와 넓은 풀밭에 막 내려앉은 저녁 햇살이 황금빛으로 눈부셨다. 동물들은 이 농장이 이토록 황홀한 곳으로 보였던 적이 없다고 생각했다. 더군다나 이 아름다운 땅, 한 뼘 한 뼘이 모두 자신들 소유였다. 여기에 생각이 미치자 더 큰 감동이 일었다. 언덕 아래를 내려다보는 클로버의 눈에 눈물이 그렁거렸다.

클로버는 자기 생각을 솔직하게 말할 수도 없었다. 그럴 수 있다면, 인간 종자를 몰아내던 당시 자신들이 품었던 소망은 이게 아니었다고 말했을 것이다. 메이저 어른이 처음 그들을 불러서 반란을 일으키도록 선동했던 날 밤, 그들이 설레며 기대한 바는 이런 폭력과 살육의 장면은 아니었다. 그녀도 나름대로 미래에 대한 꿈이 있었다. 배고픔과 채찍에서 풀려나 모두 평등하고 각자의 능력에 맞는 일을 하는 동물들 사회, 강자가 약자를 지켜 주는 그런 곳이었다. 메이저 어른의 강연을 들으러 간 그날 밤처럼, 어미를 잃은 새끼 오리 떼에게 어른들은 기꺼이 앞발을 뻗어 지켜 주고 길을 만들어 주는 그런 세상이었다.

그런데 이건 도무지 왜 이렇게 되었는지 모르겠으나, 아무도 감히 자기 생각조차 말할 수 없는 세상이 되어 버렸다. 곳곳에서 살벌하게 으르렁대는 개새끼들이 우글대고, 섬뜩한 범죄 행각을 우리 동지들이 고백한 다음 갈기

갈기 찢겨 죽는 참상을 두 눈으로 지켜봐야 하는 것이다.

사실 그녀는 반란이며 불복종 같은 건 상상조차 해 본 적이 없었다. 비록 지금 이 지경이 되긴 했으나, 그래도 존스 시절보다는 훨씬 낫고 무엇보다 사람들이 들어오는 것은 막아야 한다고 클로버는 생각했다. 무슨 일이 벌어져도 그녀는 충성을 다해 열심히 일할 것이다. 그녀에게 주어진 일을 최선을 다해 수행하고 나폴레옹의 영도력을 따를 것이다. 하지만 그녀와 다른 동물들이 애써 일해 온 것은 결코 이런 결과를 위한 것이 아니었다. 그들이 힘을 모아 풍차를 높이 짓고 존스의 총탄에 맞서 싸움을 벌였던 건 이런 결과를 위한 것이 아니었다. 다만 어휘가 부족해 제대로 표현할 수는 없지만 그녀의 생각은 이 정도였다. 말로는 어떻게 자신의 마음을 드러낼 수가 없었다. 그래서 클로버는 결국 이런 느낌을 담은 노래 '영국 동물들'을 읊조리기 시작했다.

클로버 주위에 둘러앉은 다른 동물들도 이걸 따라 불렀다. 같은 노래를 세 차례나 계속 부르니 음조도 잘 맞아떨어졌다. 전에는 이런 느낌이 들었던 적이 없는데, 느리고 구슬픈 노랫가락이 근사하게 울려 퍼졌다. 그런데 세 번째 부른 노래가 끝나기가 무섭게 스퀼러가 나타나 노래를 멈춰야 했다. 두 마리 개를 데리고서 뭔가 중요한 얘기가 있다는 투로 다가왔다. 그는 나폴레옹 동지의 특별 칙령에 따라서 '영국 동물들'이 금지곡이 되었다고 했다.

이제부터 그 노래를 부르는 건 불법이라는 얘기였다. 동물들은 정말로 어이가 없었다. 뮤리엘이 소스라치며 물었다.

"아니 그게 무슨 얘기니?"

"동지들, 이 노래는 더 이상 필요가 없잖아요."

스퀼러는 좀 거드름을 피우며 새침하게 대답했다.

"'영국 동물들'이 실은 반란가예요. 그런데 반란이 완성이 됐거든요. 오늘 오후 배신자들을 처형한 게 그 마지막 행동이었어요. 외부의 적과 내부의 적을 모두 물리쳐 버린 거예요. '영국 동물들'에서 우리는 이제 곧 다가올 더 나은 사회에 대한 소망을 표현했어요. 그런데 어느 사이 그런 사회가 이루어졌어. 그래서 더 이상 의미가 없다는 거예요."

겁이 났으나 몇몇 동물은 도저히 더는 듣고 있을 수가 없어 좀 뭐라 하면서 덤벼들 태세였다. 그런데 이때 양들에게 다시 발동이 걸렸다. 그놈의 '발 네 개 좋고, 발 두 개 나빼!'를 다시 되뇌기 시작했다. 한번 시작하면 좀체 멈추지를 않고 계속 이 말만 외쳐 대니, 모든 논의는 그 자리에서 끝장이 났다.

그래서 더 이상 '영국 동물들'은 어디서도 들을 수 없게 되었다. 그 대신 다른 노래를 새로 작곡했는데, 그건 시인 소저(小猪)의 작품이었다. 가사는 이렇게 시작이 된다.

동물 농장, 동물 농장
나를 따르면 네게 화가 닿지 않으리라!

그리고 이 노래는 매주 일요일 아침 깃발 게양 후 제창되었다. 하지만 어쩐지 가사도 그렇고 곡조도 그렇고 동물들에게 '영국 동물들'처럼 바로 스며들지 않았다.

제8장

처참했던 유혈 사태 이후 그 끔찍했던 공포가 가라앉기까지 며칠이 걸렸다. 그런데 '어떤 동물도 다른 동물을 죽여서는 안 된다'는 여섯 번째 계명을 떠올리는 동지들이 있었다. 아니 그런 걸 기억했던 것 같은 생각이 났다. 돼지나 개들이 듣고 있어서 그 얘기를 꺼내지는 못했다. 하지만 얼마 전 벌어졌던 살육은 이걸 어긴 거라는 느낌이 확실했다.

클로버는 벤자민에게 부탁했다. 여섯 번째 계명을 좀 읽어 달라고 얘기했지만, 언제나 그렇듯 벤자민은 그런 일에 끼는 걸 여전히 꺼려했다. 그래서 이번에도 뮤리엘을 데려왔다. 뮤리엘은 클로버에게 그 계명을 읽어 주었다. 거기 이렇게 쓰여 있었다.

"어떤 동물도 이유 없이 다른 동물을 죽여서는 안 된다."

어찌된 영문인지 '이유 없이'라는 두 낱말이 동물들의 기억에서 씻겨 나간 모양이었다. 그런데 이제 보니까, 그 계명을 어긴 게 아니라는 걸 확실히 알 수 있었다. 배반자 스노우볼과 손을 잡았다니, 그건 분명히 죽일 수 있는 이유가 되는 거였다.

그해 내내 동물들은 지난해보다 더 지독한 노역을 했다. 풍차 건립을 위해, 그것도 이전보다 두 배 튼튼한 벽을 쌓느라, 게다가 예정된 날짜에 공사를 마치려니 감당할 일이 엄청났다. 농사짓는 일도 게을리 할 수 없는 노릇이라 정말 많은 일손이 필요했다. 어떤 날은 존스 시대보다도 일은 더 많이 하면서 먹는 건 나아진 게 없는 것 같았다. 하지만 일요일 오전이면 어김없이 스퀼러가 나타나 두루마리 종이를 족발에 끼고 거기 기록된 내용을 읽어 주는데, 수치로 나열된 식자재 생산량이 경우에 따라선 200퍼센트 혹은 300퍼센트, 500퍼센트 증가했다고 일러 주었다. 스퀼러의 말을 믿지 않을 이유는 사실 없었다. 그들은 반란 이전 상태가 어떠했는지 기억할 수가 없었다. 하지만 숫자는 줄어들어도 좋으니 부디 식량은 좀 더 많이 주었으면 좋겠다는 생각이 드는 날이 아주 많아졌다.

이제 모든 지시 사항은 스퀼러나 다른 돼지가 공지했다. 나폴레옹이 몸소 공개 석상에 나오는 날은 보름에 한 번꼴이었다. 그가 나타날 때는 이제 개들만 호위하는 게 아니었다. 먼저 검은 수탉들이 우쭐거리면서 앞장서는데, 행사의 팡파레를 울리는 듯 '꼬끼요오' 목청을 뽑아 대곤 했다. 그런 다음에야 나폴레옹은 연설을 시작했다. 농장 사택에서조차 나폴레옹은 별도 공간을 독점해서 쓰고 있다는 소문이었다. 그는 밥도 혼자 먹는데, 개 두 마리가 늘 곁에서 시중을 든다고 했다. 언제나 영국 왕실 전용 그릇에 음식을 담아 먹는데, 평소에는 그릇들을 거실 유리 찬장에 세워 둔다고 했다. 그리고 앞으로는 나폴레옹 생일에도 다른 두 기념일과 마찬가지로 축포를 쏜다고 발표했다.

이제 나폴레옹은 더 이상 그냥 '나폴레옹'으로 불리지 않게 되었다. 공식적으로 못을 박아 '우리의 영도자, 나폴레옹 동지'로 호칭되었다. 이보다 한술 더

떠서 '모든 동물의 아버지'라든가, '인류의 공포' 혹은 '양치기의 수호자'나 '오리들의 친구' 등등 훨씬 더 다채로운 이름으로 희한한 작명 놀이가 벌어졌다.

동물들 앞에서 떠벌릴 때면 스퀄러는 '나폴레옹의 지혜'라든가 '그의 따뜻한 마음씨' 그리고 '세상 모든 곳의 동물들, 다른 농장에서 아직도 무지와 노예의 굴레를 못 벗고 살아가는 불행한 동물들에도 미치시는 깊은 사랑' 같은 수식어를 보태며, 그 통통한 뺨에 쏟아지는 벅찬 눈물을 닦아 내느라 쩔쩔매곤 했다. 성공적 결과라든가 각종 행운과 관련되는 일이면 으레 나폴레옹 덕이라고 말하곤 했다. 예컨대 어떤 암탉이 다른 암탉에게 말을 한다면 이런 식이었다.

"우리의 영도자 나폴레옹 동지의 가르침을 따라서 나는 엿새 동안 다섯 개의 달걀을 낳을 수 있었어."

또한 암소 두 마리가 샘터에서 만나 물을 마실 때는 이런 대화가 이루어질 것이었다.

"나폴레옹 동지의 영도력 덕분에 이 물맛이 아주 끝내주네!"

동물 농장에서 맛보는 그 충성 가득한 느낌은 소저가 작성했던 '나폴레옹 동지'라는 제목의 다음 시에도 잘 드러나 있었다.

애비 없는 것들의 친구!
행복의 샘이시여!
여물통의 주님!
오, 불타는 내 마음

그윽하고 당당하신
그대 눈을 바라보면
하늘의 태양이신
오, 나폴레옹 동지시여!

그대의 창조물이 사랑하는
세상 모든 걸 주시는 이!
하루 두 번 배가 빵빵
깨끗한 밀짚 위에 뒹굴게 하셔
크고 작은 모든 동물
우리 안에 고이 잠이 들도다.
그대 모든 것을 보살피시는
오, 나폴레옹 동지시여!

내 새끼가 태어나면
눈도 뜨기 전부터 가르쳐서
고구마나 호박만큼만 자라도
진실로 그대를 사모하는
착하고 충직한 돼지로 키워
옹알이부터 이렇게 하리.
오, 나폴레옹 동지시여!

나폴레옹은 이 시를 통과시켰다. 그리고 큰 헛간에서 칠계명이 적힌 맞은 편 벽에 게시할 것을 승인했다. 그 위에다 스퀼러는 하얀 빛깔로 나폴레옹의 옆모습을 그려 넣었다.

이러는 동안 나폴레옹은 와임퍼를 대리인으로 프레데릭과 필킹턴을 상대로 복잡한 협상을 벌이고 있었다. 목재 더미는 팔리지 않고 있었다. 프레데릭 쪽에서 물건에 더 욕심을 내면서도 가격을 자꾸 깎으려 했다. 그런데 이상한 소문이 시작되었다. 프레데릭과 일꾼들이 동물 농장을 습격해서 풍차를 부수려 한다는 것이었다. 풍차 건물이 그토록 엄청난 질투와 분노를 불러일으켰다고들 했다. 스노우볼은 여전히 수전노야 농장에 은신 중이라 했다. 한여름에 접어들자 동물들은 또 다른 소식에 기겁을 했다. 암탉 세 마리가 나와서 실토했는데, 자신들이 스노우볼의 사주로 나폴레옹 살해 음모에 가담했다는 것이다. 그 자리에서 사형이 집행되었다. 그리고 나폴레옹의 안전을 위해 새로운 조치가 취해졌다. 밤이면 개 네 마리가 그의 침대 모퉁이를 하나씩 지켰다. '분홍눈이'란 이름의 어린 돼지에게는 나폴레옹이 먹을 음식을 먼저 시식하며 독이 들었는지 확인하는 임무가 주어졌다.

그 무렵 나폴레옹이 미스터 필킹턴에게 목재 더미를 팔기로 합의했다는 소문이 파다하게 퍼졌다. 동물 농장과 여우숲 농장 사이에 몇몇 생산품을 교환한다는 내용의 통상적인 계약도 체결될 거라고 했다. 비록 와임퍼를 통해 이어진 것이라 해도, 나폴레옹과 필킹턴의 관계는 상당히 우호적으로 발전했다. 동물들은 필킹턴에 대해서, 그도 사람이므로 역시 신뢰하지는 않았으나 그래도 프레데릭보다는 그를 선호하는 편이었다. 프레데릭에 대해서는 워낙 분노와 공포가 컸다.

여름이 깊어가고 풍차가 완성될 무렵 반역자들의 공격이 임박했다는 소문이 더 무성했다. 떠도는 말로는 프레데릭이 총으로 무장한 장정을 스무 명이나 이끌고 쳐들어올 태세라고 했다. 벌써 치안판사와 경찰을 매수해 두었다는 것이다. 동물 농장의 소유권 서류만 그들 손에 넣으면 나머지는 봐주기로 얘기가 끝났다고 했다. 프레데릭이 그의 수전노야 농장에서 자기 동물들에게 저지른 가혹한 짓거리에 대해서도 끔찍한 이야기들이 새어 나왔다. 늙은 말 한 마리는 채찍으로 때려 죽였고, 암소들은 굶겨 죽였으며, 개 한 마리는 아궁이에 그대로 집어던져 태워 죽인 적도 있다고 했다. 저녁이면 닭싸움을 즐기는데, 수탉 발톱에다 면도날을 묶어 둔다고 했다.

수전노야 농장에서 동물들이 겪고 있는 이런 만행에 대한 이야기를 들을 때마다 동물들은 피가 끓었다. 너무도 화가 나 수전노야 농장으로 쳐들어가자고 큰소리를 내기도 했다. 힘을 다 합쳐 거기 있는 사람들을 쫓아내고 동물들을 해방시켜야 한다고 함께 아우성을 쳤다. 하지만 스퀼러는 섣부른 행동일랑 부디 삼가고 나폴레옹 동지의 전략을 무조건 믿고 따라야 한다고 젊잖게 충고를 했다.

하지만 프레데릭에 대한 동물들의 반감은 심각했다. 이를 달래려고 어느 일요일 아침 나폴레옹이 헛간에 나타나, 프레데릭에게 목재를 판매한다는 생각은 한 번도 해 본 적이 없노라고 해명했다. 그런 악당이랑 거래를 한다는 건, 명예를 더럽히는 일로 여긴다고 그는 주장했다. 동물 농장의 반란 소식을 퍼뜨리려 외부로 파견하는 비둘기들에게도 여우숲 농장에는 이제 얼씬도 하지 말라고 못 박아 두었다고 했다. 지난 전투 때 내세웠던 '사람이면 죽어라!' 대신 '프레데릭이면 죽어라!'로 저주 내용을 변경하라는 지시도 내렸다고 했다.

여름이 물러갈 즈음 스노우볼의 다른 악행 하나가 또 드러났다. 밀을 수확하고 보니 온통 잡초로 가득했다. 그게 밤마다 농장에 스노우볼이 숨어들어 잡초와 다른 곡식 씨앗을 여기저기 뿌린 탓이었다는 것이다. 이 따위 짓거리를 함께한 거위 하나가 스퀼러에게 모두 털어놓았다고 했다. 그러고는 독초 열매를 삼키고 자살해 버렸다는 것이다.

동물들은 스노우볼이 '제1등 동물 영웅' 훈장을 받은 적이 없었다는 사실도 알게 되었다. 여태 잘못 알고 있던 동물이 많았지만 그건 허황된 전설로, 외양간 전투 이후 스노우볼이 퍼뜨린 소문이었을 뿐이라는 것이었다. 훈장은커녕 전투에서 비겁한 짓을 범한 까닭에 오히려 문책을 받았다는 게 정설이었다. 이 말을 듣고 몇몇 동물은 다시 한번 상당히 당혹스러웠다. 하지만 바로 스퀼러가 나서서 그들의 기억이 아주 잘못되었음을 확실히 깨닫도록 도와주었다.

가을에 접어들며 드디어 풍차가 완성되었다. 시기가 가을걷이와 겹쳤음에도 동물들이 파김치가 되도록 허덕이며 일한 덕분이었다. 이제 기계를 설치할 일만 남았다. 기계 구입은 와임퍼가 교섭 중이지만 건축 공사는 모두 끝났다. 온갖 고난을 딛고, 경험도 전혀 없는데다가 연장은 원시 수준이고 스노우볼의 배신을 비롯해 잇따르는 불운에도 불구하고 이 작업은 완공 예정일을 정확하게 지킨 것이다!

동물들은 피곤에 찌들었으나 자신들이 쌓아 올린 명품 주위를 돌고 또 돌며 기뻐했다. 그들 눈에 비로소 이번 작품이 처음 쌓았던 것보다 훨씬 더 아름다워 보였다. 게다가 이번 작품의 벽은 지난번 풍차보다 두 배나 두꺼웠다. 이제는 폭탄이 터져도 무너지지 않을 것이다. 그동안 노동이 얼마나 고달프고 그 숱한 장애를 어찌 견뎌 냈던가! 하지만 풍차 날개가 돌고 발전기가 가동되면 그들 삶에 얼마나 엄청난 변화가 일어나게 될 것인가! 벅찬 생각에 산처럼 쌓였던 피로가 저절로 사라졌다. 승리의 함성을 내지르며 그들은 풍차 주위를 돌고 또 돌았다.

나폴레옹도 호위견들과 젊은 수탉을 대동하고 완성된 작업을 시찰하러 모습을 드러냈다. 그는 동물들의 노고를 치하하면서 이 작업에 나폴레옹 풍차라는 이름을 하사한다고 발표했다. 이틀 후 창고에서 특별 만남이 있다고 해서, 동물들이 모두 소집되었다. 그런데 나폴레옹이 목재 더미를 프레데릭에게 매각했다는 발표가 있었다.

이 소식에 동물들은 넋이 빠져나간 듯 아무 말도 못했다. 게다가 바로 내일, 프레데릭의 마차가 와서 목재를 모두 실어 내갈 거라고 했다. 오랜 기간 겉으로는 필킹턴과 우호적 관계를 이어 온 것처럼 보였지만, 사실상 나폴레옹은 프레데릭과 비밀 협상을 했다는 뜻이었다. 여우숲 농장과의 관계는 파탄에 이른 것이다. 이런 내용을 담고 있는 모욕적인 서신이 필킹턴에게 전달된 것이다. 이제 비둘기들에게는 수전노야 농장 근처에는 얼씬거리지 말라는 지시가 내려졌다. 그리고 '프레데릭이면 죽어라!' 대신 '필킹턴이면 죽어라!'로 저주의 주문도 바뀌어졌다.

아울러 동물 농장을 향한 습격이 임박했다는 소문은 사실이 아니며 프레데릭이 수전노야 동물들에게 잔혹한 짓을 한다는 소문도 과장된 것이라고 나폴레옹이 나서서 호언장담했다. 이런 소문은 아마 스노우볼과 그 부하들이 지어낸 것 같다고 추측했다. 스노우볼은 아무튼 수전노야 농장에는 숨어 있지 않았다는 게 확실해졌다. 실은 스노우볼은 잠깐도 다녀간 적조차 없다는 게 분명하다는 것이다. 그가 알기로 스노우볼은 현재 여우숲에 살고 있다고 했다. 전하는 바에 따르면, 사실 그는 요 몇 년 동안 필킹턴 밑에서 그의 일을 도우며 호사를 누리고 있다고 했다.

나폴레옹의 책략에 돼지들은 혀를 내두를 수밖에 없었다. 겉으로는 필킹턴과 좋은 관계를 유지하면서, 프레데릭과의 협상에서 12파운드 더 올려 받을 수 있었다는 것이다. 스퀼러는 나폴레옹이 얼마나 머리가 현명한 분인지 동물들에게 계속 떠들었다. 사실 나폴레옹은 아무도 믿지 않기 때문에, 프레데릭에 대해서도 경계를 늦추지 않았다는 것이다. 목재 값을 치를 때, 프레데릭은 지불을 약속하는 무슨 수표라나, 그런 종잇조각으로 때울 작정이었지만 나폴레옹은 그 따위 수작에 넘어가지 않았다. 그는 현찰을 요구했다. 5파운드 지폐들로 달라고 했다. 현금을 손에 쥔 후에야 목재를 내갈 수 있다고 호언한 것이다. 결국 프레데릭은 셈부터 먼저 치러야 했다. 그렇게 손에 쥔 금액은 이제 풍차를 돌리는 기계 구입 비용으로 충분한 액수였다. 그러는 동안 마차는 목재를 싣고 서둘러 길을 떠났다.

모든 거래를 마친 다음 다시 헛간에서 특별 총회가 열렸다. 동물들은 프레데릭이 지불한 지폐를 구경하러 헛간으로 몰려들었다. 나폴레옹은 마치 세상을 다 얻은 것 같은 흡족한 얼굴로 두 개의 훈장을 번쩍이며 연단 위 침대에 자리를 잡고 있었다. 그의 옆에 사택 부엌에서 가져온 하얀 접시 위에 돈더미가 얌전히 쌓여 있었다. 동물들은 줄을 지어 그 앞을 천천히 지나며 눈이 무르도록 돈 구경을 했다. 복서는 거기에 코를 디밀고 냄새를 음미했다. 거친 콧김에 하얀 빛깔의 조잡한 종잇장들이 팔랑거렸다.

그로부터 사흘 후 걷잡을 수 없는 소동이 일어났다. 자전거를 달려서 농장에 들이닥친 와임퍼의 얼굴이 사색이었다. 그는 자전거를 안마당에 내동댕이치고 농장 사택으로 곧장 뛰어 들어갔다. 다음 순간 포효하는 소리가 나폴레옹 방에서 터져 나왔다. 소식은 금세 농장 전체로 번졌다. 지폐는 가짜였다. 프레데릭이 목재 더미를 날로 먹은 것이다.

나폴레옹은 동물들을 소집했다. 그리고 프레데릭에게 사형 선고를 내려 버렸다. 프레데릭을 잡아 오면 당장 산 채로 끓는 물에 넣어 삶아 버리겠다며 나폴레옹은 펄펄 뛰었다. 이런 배신행위는 최악의 사태를 감당해야 할 것이라고 그는 경고했다. 프레데릭과 그의 일꾼들이 언제 공격을 감행할지 모르는데, 그럴 경우 아무래도 장기전이 될 것이었다. 농장으로 통하는 길목마다 보초를 세웠다. 비둘기 네 마리는 필킹턴과 우호 관계 회복을 희망한다는 편지를 물고 여우숲으로 파견되었다.

다음 날 아침, 곧 습격이 시작되었다. 동물들이 아침밥을 먹고 있는데 파수꾼들이 달려왔다. 프레데릭과 그의 일꾼들이 벌써 나무판 다섯 개 농장 문을 통과했다는 소식이었다. 동물들은 용감무쌍하게 출격했다. 하지만 이번은 외양간 전투처럼 그렇게 단박에 승리를 거두지 못했다. 상대는 열다섯 명의 남자였는데, 그중 여섯이 손에 총을 들고 나타났다. 그리고 50미터 반경에서 총질부터 시작했다. 무시무시한 폭발 소리에 쏟아지는 총탄들을 동물들은 감당할 수가 없었다. 나폴레옹과 복서가 함께 앞장서서 동물들을 규합하려 애썼으나 다들 흩어져 버렸다.

상당수가 부상을 입은 그들은 농장 축사로 피신해 벽 틈이나 나무 옹이구멍으로 살며시 바깥을 내다보았다. 풍차가 있는 커다란 목초지 전체는 이미 적의 수중이었다. 한동안 나폴레옹조차 정신을 못 차리는 모습이었다. 한마디 말도 없이 왔다 갔다 서성거렸다. 빳빳한 꼬리가 이리저리 덜렁거렸다. 간절한 그의 시선이 여우숲 쪽을 향했다. 필킹턴과 그의 일꾼들이 도와준다면, 이날 싸움에서 승리할 수 있을 것이다.

마침 그 순간 파견 나간 비둘기 네 마리가 돌아왔다. 그들 중 하나가 필킹턴이 보낸 쪽지를 전해 주었다. 그 위에 연필로 다음과 같이 적혀 있었다.

인과응보로다.

그동안 프레데릭과 일꾼들은 풍차에 접근했다. 그들을 지켜보자니 동물들은 절망의 탄식이 절로 나왔다. 일꾼 중 두 명이 커다란 망치며 쇳덩어리 지레를 꺼내 놓는 게 보였다. 그 장비들로 풍차를 두들겨 부술 모양이었다. 나폴레옹이 외쳤다.

"그 정도로는 어림없을걸! 우리가 벽을 좀 두껍게 쌓았지. 일주일이 걸려도 그걸 부술 순 없을 거라. 동지들, 힘을 냅시다!"

하지만 벤자민이 그들의 행동을 주의 깊게 살펴보니, 망치와 지레를 손에 든 사람들이 풍차 밑단에 구멍을 내고 있는 게 보였다. 벤자민은 기다란 콧등을 끄덕이면서 재미있다는 표정으로 바라보다 드디어 말을 뱉었다.

"그럴 줄 알았네. 저 사람들이 뭐하고 있는지 안 보여? 조금 있으면 저기 구멍에 폭약 가루를 채워 넣을 거야."

동물들은 겁에 질린 채, 그 자리에 뻣뻣하게 서 있었다. 지금 피신해 있는 축사 밖으로 나가는 건 불가능했다. 얼마 후 거기 있던 사람들이 사방팔방으로 달아나는 모습이 보였다. 그러더니 귀청이 떨어져 나갈 만큼 엄청난 폭음이 울렸다. 비둘기들이 푸두둑 공중으로 날아올랐다. 나폴레옹을 뺀 나머지 모든 동물은 모두 납작하게 배를 깔고 엎드리며 얼굴을 묻었다. 다시 고개를 쳐들었을 땐 풍차가 있던 자리에 시커먼 연기가 뭉게뭉게 구름처럼 일고 있었다. 바람을 따라서 연기도 서서히 흩어지니, 풍차는 온데간데없이 사라졌다!

이 광경을 보며 동물들은 문득 용기가 치솟았다. 이 상스럽고 천박한 짓거리를 대면하니, 자기들이 느낀 두려움과 절망이 오히려 민망했다. 이제 더이상 명령을 기다릴 필요도 없었다. 복수를 위해 함성을 터뜨리며 한 몸이되어 적을 향해 돌진해 갔다. 이번에는 우박처럼 쏟아지는 총알도 무섭지 않았다. 참혹하고 정말로 야만적인 전투였다. 사람들은 쉬지 않고 총질을 했다. 동물들은 아랑곳하지 않고 전진했고, 사람들은 이제 몽둥이를 휘두르고 구둣발로 걷어차기 시작했다.

암소 한 마리와 양 세 마리, 거위 두 마리가 장렬히 전사했다. 대부분 부상을 입었다. 뒤쪽에서 전투를 지휘하던 나폴레옹조차 스쳐 지나가는 탄환에 꼬리 끄트머리가 잘려 나갔다. 하지만 사람들도 별로 무사하지 못했다. 복서의 발굽에 걷어차인 남자 셋은 머리통이 깨져 피가 줄줄 흘렀다. 한 남자는 암소의 뿔에 받혀 배를 찔렸으며, 다른 남자 하나는 제시와 블루벨이 달려들어 바지가 짝짝 찢어졌다.

나폴레옹의 호위견 아홉 마리도 큰 활약을 했다. 그의 지시에 따라 울타리 주변에 진을 치고 있던 호위견들이 나타나 미친 듯이 짖어 대자 사람들은 공포에 질려 허둥대기 시작했다. 포위되어 갑자기 위험해진 상황을 파악한 비겁한 농장주인 프레데릭은 일꾼들에게 도망가라 악을 써 댔다. 그 따위를 명령이라 내뱉은 그 자신도 죽을힘을 다해 꽁무니를 뺐다. 동물들은 끝까지 추격하며 헐떡거렸다. 가시울타리를 헤집고 쫓아가 몇 차례씩 더 발길질을 하고서야 돌아섰다.

그들은 드디어 승리했다. 하지만 너무 지쳤고 모두 피를 흘렸다. 다들 절뚝거리며 하나둘 농장으로 돌아오기 시작했다. 전사한 동지들 시신이 풀밭에 널려 있는 광경을 보니 몇몇 동물은 눈물이 쏟아졌다. 그리고 한때 풍차가 있던 자리에 이르니 다들 슬픔으로 목이 멘 채 한참을 그렇게 서 있었다. 그랬다, 풍차가 사라진 것이다. 그토록 공 들여서 쌓아 올린 풍차였는데, 흔적도 남지 않은 것이다! 심지어 그 토대의 일부조차도 파괴되었다. 행여 마음을 다시 먹는다 해도 이제는 전처럼 무너진 돌을 주워서 새로 쌓을 수도 없을 지경이 되어 버렸다. 이번에는 돌멩이마저 죄다 날아갔다. 폭발력이 너무 엄청나서 십 리 바깥으로 모두 날려 버린 것이다. 마치 애초부터 거기 풍차 따위는 없었던 것처럼 보였다.

농장에서는 스퀼러가 반갑게 이들을 맞이했다. 무슨 이유인지 전투 중에는 그가 보이지 않았다. 꼬리를 흔들면서 깡충대며 달려오는 그의 얼굴은 뭐 좋은 일이 있어 보였다. 축사들이 있는 방향에서 근사한 축포 소리가 들렸다. 복서가 물었다.

"저기 총소리가 왜 또 들려?"

"승리를 축하하는 거예요."

스퀼러가 큰 소리로 대답했다.

"무슨 승리?"

복서가 물었다. 그의 무릎에서는 계속 피가 났다. 편자 한 짝이 달아나는 바람에 발굽이 갈기갈기 찢어졌다. 열 개도 넘는 탄환이 그의 뒷다리에 박혀 있었다.

"무슨 승리라니요? 동지, 왜 그러세요! 우리 땅에서 적들을 쫓아냈잖아요. 우리들의 신성한 땅을 지켜 냈잖아요."

"하지만 그놈들이 우리 풍차를 날려 버렸어. 우리가 2년 동안 땀 흘려서 쌓았던 건데!"

"뭘 그러세요? 풍차는 다시 지으면 돼요. 마음만 먹으면 풍차는 여섯 개라도 지을 수 있잖아요. 동지는 우리가 해낸 이 엄청난 일을 인정하지 않으시나 봐요. 우리가 지금 서 있는 이 땅을 적들이 점령했었잖아요. 그런데 지금, 나폴레옹 동지의 영도력 덕에, 우리가 이렇게 한 치도 안 뺏기고 도로 다 찾았잖아요!"

"그거야 원래 우리 땅을 다시 손에 넣은 거지."

복서의 말에 스퀄러가 정색을 하며 확실하게 가르치려 들었다.

"그게 바로 우리의 승리잖아요."

동물들은 절뚝거리며 안마당으로 들어섰다. 복서는 다리 쪽이, 살갗 아래 파고들어 간 파편 탓에 몹시 쑤시고 아팠다. 그는 엄청나게 고된 일이 벌써 코앞에 떨어지고 있다는 사실을 깨달았다. 풍차를 다시 세울 일을 생각하니 상상만으로도 어깨가 짓눌리는 느낌이었다. 하지만 어느새 그는 열한 살이 었고, 그래서 예전과 다르다는 생각이 퍼뜩 들었다. 근육부터 더 이상 그렇게 튼튼하지가 않았다.

하얀 물감으로 말굽과 소뿔을 그린 초록 깃발이 게양대 위에서 펄럭이고, 일곱 발의 총성이 동물 농장에 다시 울려 퍼졌다. 동물들은 이를 보고 들으며 나폴레옹의 연설에도 귀 기울였다. 그렇게 자신들의 공로를 칭찬해 주는 얘길 듣다 보니까, 새삼 위대한 승리를 거둔 것 같기도 했다. 전투에서 스러진 동물들 장례식도 엄숙하게 치러졌다. 복서와 클로버는 영구차 대신 짐마차를 끌었다. 나폴레옹은 장례 행렬 맨 앞에 서서 함께 걸었다.

승리를 자축하는 잔치가 꼬박 이틀 동안 계속되었다. 노래를 부르고 연설을 하며, 더 많은 축포를 쏘아 댔다. 특별 선물로 동물에게는 사과 한 알씩, 새들에게는 곡식 한 냥 반, 개들에게는 견공용 과자 세 개씩이 배급되었다. 이번 전투는 '풍차 전투'라 부르기로 했다. 나폴레옹은 또 새로운 훈장을 만들었다. 그건 '초록 깃발 훈장'이라는데, 나폴레옹은 그걸 자기 자신한테 먼저 수여한다고 발표했다. 이런저런 행사로 들뜬 가운데 불행했던 위조지폐 사건은 금세 묻혀 버렸다.

그로부터 며칠 후 돼지들은 농장 사택 지하실에서 위스키 한 상자를 발견했다. 처음 이 집을 차지했을 때는 미처 못 보고 지나친 물건이었다. 그날 밤 사택에서는 고래고래 돼지 멱따는 소리가 들렸는데, 처연한 '영국 동물들' 노랫가락까지 섞여 나오니 동물들 귀가 모두 쫑긋했다. 9시 반쯤 되었을 무렵인데 누군가 미스터 존스의 낡은 중산모를 쓰고 뒷문으로 나와 안마당 여기저기를 내달리다가 집 안으로 쏙 들어갔다. 그런데 사라지는 뒷모습이 영락없는 나폴레옹이었다.

아침이 되자 농장 사택에 깊은 침묵이 감돌았다. 돼지 한 마리 얼씬대지 않았다. 9시가 되어서야 스퀼러가 모습을 드러냈다. 그런데 느릿느릿 행동이 굼뜬 데다 도무지 맥이 없어 보였다. 눈빛이 흐리멍덩, 꼬리는 축 처진 꼴이 무슨 중병에 걸린 것 같았다. 아주 무서운 소식을 전할 게 있다면서, 그는 동물들을 소집했다. 나폴레옹 동지가 죽어 가고 있다는 소식이었다!

탄식이 터져 나왔다. 농장 사택 문밖에는 짚을 깔아 놓고 동물들은 발끝으로 살금살금 걸어 다녔다. 눈물이 그렁그렁한 채 그들은 만일 지도자가 떠나게 되면 뭘 어떻게 해야 좋을지를 물으며 서로 걱정을 했다. 이번에는 스노우볼이 나폴레옹의 음식에 독을 넣게 꾸몄다는 소문까지 나돌았다. 11시가 되자 스퀼러가 다시 나와 새로운 발표를 시작했다. 지상에서의 마지막 활동으로 나폴레옹 동지는 엄한 칙령을 내리셨으니, 앞으로 술을 마시면 사형에 처한다는 것이었다.

그런데 저녁 무렵 나폴레옹 병세에 차도가 있어 보였다. 그리고 다음 날 아침 스퀼러는 다시 입을 열었다. 많이 회복되셔서 이제 좀 괜찮다는 것이었다. 그날 저녁에 나폴레옹은 다시 업무에 복귀했다. 그리고 다음 날 와임퍼에게 윌링던에서 양조와 증류에 관한 책 몇 권을 구입하라는 지시를 했다는 사실도 알려졌다.

일주일 후 나폴레옹은 과수원 건너 조그만 목초밭에 새로 쟁기질을 해 두라고 명령했다. 여기는 진작부터 은퇴한 동물을 위한 양로원으로 쓰기로 정해 둔 곳이었다. 그 땅은 너무 혹사당한 상태여서 다시 씨를 뿌리기로 예정되어 있었다. 그런데 그 땅에 나폴레옹이 갑자기 보리를 심고자 한다는 소식이 전해졌다. 그리고 같은 무렵, 그 누구도 이해할 수 없는 아주 해괴한 사건이 하나 터졌다.

어느 날 밤 자정 무렵 안마당에서 뭔가 부서져 내리는 듯 큰 소리가 들렸다. 동물들이 다들 축사에서 뛰쳐나와 몰려들었다. 달빛이 환하게 쏟아진 밤이었다. 큰 헛간 저 끝 벽에, 칠계명이 적혀 있는 그 벽 바로 아래 사다리가 두 토막 난 채 널브러져 있었다. 스퀼러가 그 옆에 뻗어 있었는데, 잠시 기절한 모양이었다. 그의 손 가까이에는 엎어진 하얀 물감 통과 그림 붓 하나, 그리고 손전등이 뒹굴고 있었다.

개들이 달려와 스퀼러 주변을 에워쌌다. 얼마 후 그가 정신을 차리고 일어나서 간신히 걸음을 뗄 수 있게 되자 그를 호위해 사택으로 데리고 들어갔다. 이게 대체 무슨 일인지 동물들은 도저히 생각의 가닥을 잡을 수가 없었다. 이번에도 벤자민 영감 혼자 콧등을 끄덕이며 뭔가 알아챈 것 같았다. 하지만 아무 말도 하고 싶지 않은 눈치였다.

며칠 후 뮤리엘이 이곳에 다시 들렀다. 그런데 칠계명을 읽어 가다 동물들의 기억에 또 틀린 점이 있다는 걸 알게 되었다. 다섯째 계명이 '어떤 동물도 술을 마셔서는 안 된다'인 줄 알았는데, 거기 두 낱말이 더 끼여 있었던 걸 새까맣게 잊어버린 거였다. 다섯 번째 계명은 사실 다음과 같았다.

어떤 동물도 너무 많이 술을 마셔서는 안 된다.

제9장

복서의 찢어진 발굽은 쉽게 아물지 않아 오래도록 애를 먹었다. 승리의 축하연이 끝난 바로 다음 날부터 동물들은 풍차 재건에 돌입했다. 복서는 하루라도 더 쉬라는 걸 극구 사양했다. 자기가 아픈 걸 누구에게도 보이지 않는 걸 그는 자신의 명예로 여겼다. 하지만 저녁이 되면 너무 아파서 클로버에게만 살짝 발굽이 아프다고 털어놓곤 했다. 클로버는 그녀가 씹어 만든 약초들로 습포를 만들어 복서의 발굽을 덮어 가며 정성껏 돌보았다. 그녀와 벤자민은 복서에게 부디 더 이상 무리하지 말라고 신신당부를 했다. 클로버는 복서에게 이렇게 채근했다.

"말의 허파가 무슨 강철 허파냐고!"

하지만 복서는 못 들은 척하기 일쑤였다. 그는 자기 꿈은 하나밖에 없다고 했다. 그건 자신이 은퇴하기 전, 풍차가 돌아가는 걸 두 눈으로 직접 보는 거라고.

동물 농장이 기본법을 제정할 때 처음에는 은퇴 연령을 돼지와 말의 경우 열두 살로 정했다. 소는 열네 살, 개는 아홉 살, 양은 일곱 살, 암탉과 거위는 다섯 살이었다. 그리고 노령연금도 후하게 책정되었다. 하지만 아직 은퇴를

하고 실제 연금을 받는 동물은 하나도 없다. 게다가 최근에는 이 문제에 대한 논란이 더 커지고 있다. 그런데 과수원 건너 작은 목초밭에 보리를 심기로 정책이 바뀌면서, 넓은 들녘 한구석에다 울타리를 치고 거기를 초고령 동물의 목초지로 만들 것이라는 소문이 돌았다. 그러면 말에게는 하루에 곡물 2킬로그램, 겨울에는 건초 7킬로그램을 주고 공휴일에는 당근 하나 혹은 가능하면 사과 하나를 배급할 거라고들 했다.

복서는 다음 해 늦여름이면 열두 살이 된다. 하지만 그동안 하루하루가 정말 고달팠다. 이번 겨울은 작년 겨울만큼 추웠고, 식량은 오히려 더 줄어들었다. 돼지와 개들만 제외하고 다른 동물들에게 배급하는 식량은 또다시 줄어들었다. 스퀼러의 설명에 따르면, 식량 배급의 평등을 지나치게 강조하는 건 동물중심주의 원칙과 상충한다는 거다. 그가 떠드는 말이란 게 워낙 현실과는 거리가 멀다 보니, 그는 식량이 부족할 리 없다는 얘기조차 마치 진실인 양 거리낌 없이 떠들어 댔다. 그리고 당분간은 아무래도 식량 배급량을 '재조정'할 필요가 있다는 식으로 슬쩍 말을 돌렸다. 스퀼러는 그걸 '감축'이라 하지 않고 '재조정'이라는 표현을 썼다. 그러면서 존스 시대와는 비할 수 없을 만큼 상당히 개선되었다고 떠벌렸다.

악다구니를 쓰는 음성으로 그는 숨넘어갈 듯 다급하게 그 숫자들을 읽어 제치곤 했다. 귀리와 건초, 순무까지 동물들은 존스 시대에 비해 훨씬 많은 양을 배급받는다는 것이었다. 그리고 일일이 항목을 열거하며 노동시간은 더 단축됐고, 음용하는 물의 수질은 더 좋아졌고, 물론 수명도 길어졌으며, 새끼들의 유아사망률도 훨씬 낮아졌고, 동물 우리의 짚도 더 많이 주고, 벼

룩에게 당하는 괴로움도 대폭 줄어들었다고, 아주 꼼꼼하게 떠벌렸다.

동물들은 그런가 보다 했다. 사실을 말하자면, 동물들은 이미 존스와 관련된 이전 기억들이 거의 사라지고 없었다. 그들이 아는 거라곤, 이즈음의 삶이란 그저 힘들고 괴롭다는 것, 자주 허기지고 자주 춥다는 것, 잠이 쏟아지지 않으면 노역에 시달린다는 것뿐이었다. 하지만 예전에 더 나빴다는 건 의심의 여지가 없었다. 그렇게 믿는 게 훨씬 더 좋았다. 예전에는 노예였으나 지금은 해방된 자유의 몸이라는 근본적인 차이가 있었다. 스퀼러는 바로 이 점을 빼놓지 않고 강조했다.

이제는 부양할 식구도 훨씬 늘어났다. 가을에 암퇘지 네 마리가 한꺼번에 해산을 해서 모두 서른한 마리의 새끼를 낳았다. 모두 하얀 바탕에 검은 얼룩이 진 점박이였다. 농장에서 나폴레옹 혼자 수컷이었으므로, 애비가 누구인지는 쉽게 짐작할 수 있었다. 벽돌과 목재를 구입하는가 싶더니, 얼마 후 발표하기는 사택에 딸린 동산에 교실을 하나 지을 거라 했다. 처음 얼마 동안은 사택 부엌에서 나폴레옹이 그 새끼 돼지들에게 손수 수업을 진행했다. 체육 수업은 동산에서 이루어졌는데, 다른 동물 아이들과는 어울리지 말라는 지시가 내려졌다. 이 무렵 새로운 규칙 하나가 제정되었다. 길을 가다 돼지와 다른 동물이 마주치면, 다른 동물은 길에서 비껴 선 채 돼지가 지나갈 때까지 기다려야 한다는 것이다. 또한 돼지들은 신분의 고하와 상관없이 일요일에는 모두 꼬리에 초록 리본을 맬 수 있는 특권이 주어졌다.

올해 작황은 상당히 성공적이었으나 현금은 여전히 부족했다. 교실 짓는 데 필요한 벽돌과 모래, 석회며, 풍차에 설치될 기계들의 구입을 위해서도 더욱 허리띠를 졸라매야 했다. 농장 사택의 불을 밝힐 기름과 양초며 나폴레옹의 식탁에 오를 설탕도 사야 했다. (이는 사실 비만의 원인이라 다른 돼지들은 시식을 금한 품목이었다.) 온갖 연장이며 못과 노끈, 석탄과 철사, 고철, 견공용 과자들까지 돈 나갈 일은 끝이 없었다. 그래서 식량용으로 예정된 건초 일부와 감자도 일부 빼내어 판매용으로 돌려야 했다. 달걀도 한 주 600개로 판매량을 좀 늘려 책정했다. 그래 봤자 암탉이 품을 수 있는 달걀 수가 한정되어, 병아리들은 간신히 지난해 수준으로 알을 까고 나왔다. 12월에 한 차례 식량 배급을 줄이더니, 2월 들어 다시 축소시켰다. 기름 사용을 줄여야 한다는 이유로 축사 안에는 등도 밝히지 못하게 했다. 하지만 돼지들은 그럭저럭 편히 지내는 모양이었다. 어쩐 일인지는 모르겠으나 다들 몸집이 불어 보였다.

2월 말 어느 오후였다. 아주 따뜻하고 구수해 입맛이 절로 돋는 특이한 향이 어디선가 풍겨 왔다. 동물들은 한 번도 맡아 본 적 없는 향이었다. 존스 시절에 쓰다 멈춘 채 그대로 버려두었던 작은 양조장이 있었는데, 안마당 건너서 흘러나오는 향이었다. 누군가 그 향은 보리를 삶을 때 나는 냄새라고 했다. 동물들은 주린 배를 달래며 그 냄새에 코를 들이대고 킁킁거렸다. 이 구수한 냄새가 혹시 오늘 저녁 여물에서 나는 게 아닌가 싶어 매우 설렜다. 하지만 여물죽은 나오지 않았다. 심지어 다음 일요일 공지 사항에, 앞으로 보리죽은 모두 돼지 몫이라는 말까지 듣게 되었다.

과수원 건너 작은 목초지에는 이미 보리 씨앗을 파종했다. 거기서 얻은 결실로 맥주를 빚었는데, 돼지들은 매일 500리터씩 얻어 마신다는 소문이 파다했다. 나폴레옹은 하루에 4,000리터씩 들이켜는데, 왕실 백자 세트 중 국그릇에 따라 밥상에 올린다고 했다. 그러나 동물들은 이제 고난이 아무리 크다 해도, 오늘날은 이전과 비할 수 없을 만큼 훨씬 더 격조를 갖춰 산다는 자부심으로 버틸 수 있었다. 옛날에 비해 노래도 훨씬 많이 부르고, 연설도 자주할 뿐만 아니라 행진 놀이도 더 자주하는 것이다.

나폴레옹은 매주 한 차례 정도, 동물 농장의 투쟁과 승리를 자축하는 즉흥적 시위 같은 걸 벌이라고 명했다. 지정된 시간에 동물들은 일제히 하던 일을 멈추고 전용 구역으로 몰려가 군대 사열식으로 행진을 했다. 돼지들이 앞장을 서고 말과 소, 양이 뒤따르고 깃털 달린 조류들이 그 꽁무니를 쫓아가면 된다. 개들은 행렬의 양 옆에 서고, 나폴레옹의 검은 수탉은 시위대를 끌고 앞장을 섰다. 복서와 클로버는 그 사이에서 초록 깃발을 높이 들고 행진에 참여했다. 말굽과 소뿔이 그려진 초록 깃발에 '나폴레옹 만세!'라는 글귀도 적혀 있었다.

먼저 나폴레옹의 영광을 기리는 시들이 낭송되고, 다음은 스퀼러의 일장 연설이 이어졌다. 최근의 식량 생산 증가와 관련해 그 세부 내역을 줄줄이 읊어 댄 다음에는 예포를 쏘기도 했다. 즉흥적 시위 때 누구보다 신나는 건 양들이었다. (돼지나 개들이 곁에 없으면 가끔) 누군가 이런 쓸데없는 짓을 하느라고 이렇게 추운데 벌벌 떨면서 시간을 낭비한다고 투덜대곤 했다. 그럴 때면 양들은 다시 '발 네 개 좋고, 발 두 개 나빠'를 목청껏 외쳐 대며 그 말문을 막아 버렸다. 하지만 동물들 대부분은 이런 행사를 좋아했다. 새삼스레 자신들이 농장의 주인이란 생각에 기분이 아주 좋아졌다. 그리고 결국 자신들이 하는 일은 스스로의 이익을 위한 것이라는 생각에 더욱 즐거웠다. 함께하는 노래며 행진, 스퀼러의 숫자 놀이, 쏘아 대는 축포와 목청을 뽑는 수탉 소리, 펄럭이는 깃발을 보고 들으며 그들은 당장의 허기 정도는 잠시 잊을 수 있었다.

4월에 접어들며 동물 농장은 공화국임을 선포했다. 따라서 대통령 선거를 해야만 했다. 나폴레옹이 단일 후보로 나섰고 만장일치로 선출되었다. 그런데 선거 당일에 여태껏 몰랐던 사건이 터져 버렸다. 스노우볼에 대한 새로운 사실을 밝혀 주는 문서들이 추가로 발견되었다. 그에 따르면 스노우볼은 애초부터 존스와 공모한 것이었다. 여태껏 동물들이 생각했던 것과 전혀 다른 정황이 밝혀졌다는 것이다. 외양간 전투에서 스노우볼은 동물들이 패배하는 쪽으로 전략을 세운 정도가 아니고 아예 노골적으로 존스 편에 서서 싸웠다는 게 분명하다고 했다. 스노우볼은 사실상 침입한 사람들의 앞잡이였고, '사람들 만세!'라고 제 입으로 외치며 전투를 이끌었다는 것이다. 그리고 스노우볼 등에 났던 상처들도 실은 나폴레옹의 이빨 자국이었다고 한다. 이건 아마 동물 농장 전사들 몇이 아직 생생하게 기억하고 있을 거라고 했다.

몇 년 동안 종적을 감췄던 집까마귀 모세가 한여름에 불쑥 농장에 나타났다. 그는 옛날 그대로였다. 여전히 옛날처럼 뺀질대며 일에서는 족족 잘도 빠져나갔다. 그리고 옛날과 똑같이 사탕산이라 불리는 비밀 나라에 대해 늘 어놓았다. 누구라도 들어주기만 하면 나무 그루터기에 쪼그리고 앉아 몇 시간이라도 족히 그는 무슨 말이든 지껄일 것이었다. 검은 날개를 퍼덕이면서 말이다. 커다란 부리로 하늘을 가리키며 그는 엄숙하게 말을 이었다.

"동지들, 저 위에 말이야, 동지들 눈에 보이는 저기 컴컴한 구름들 너머에 사탕산이 있단 말이야. 우리 불쌍한 동물들이 노동에서 풀려나 영원토록 편안히 쉴 수 있는 행복의 나라가 있다니까!"

그는 자기가 가 본 적이 있다고 했다. 아주 높이 날아가니 들판에는 토끼풀이 우거졌고, 울타리에는 깻묵 과자와 각설탕이 주렁주렁 달린 게 보이더라는 얘기도 늘어놓았다. 그의 말을 믿는 동물이 제법 많았다. 현재 자신들 삶은 너무 허기지고 고달픈 것이라는 걸 깨달을 수 있었다. 어디 다른 곳에 더 나은 세상이 존재한다고 생각하는 건 옳은 정도가 아니라, 그럴 수밖에 없는 게 아니었을까? 그런데 정말 가슴이 힘든 건, 모세에 대한 돼지들의 태도였다. 모세가 말하는 사탕산은 터무니없는 얘기라고 콧방귀를 뀌는 반면, 그가 농장에서 하릴없이 빈둥거리는데도 그들은 내쫓지 않고 하루 한 홉씩 맥주도 마시라고 나눠 주었다.

복서는 발굽이 아물자 전보다도 더욱 열심히 일했다. 사실 그해에는 농장의 동물이 모두 노예처럼 일을 했다. 농장에서 원래 하는 농사는 물론 풍차를 다시 세우는 일에 더해서, 3월부터는 새끼 돼지들의 교실 공사까지 겹쳤다. 이따금 제대로 먹지도 못하고 장시간 일하며 버티는 게 너무 힘들었으나, 복서는 전혀 흔들리는 기색을 보이지 않았다. 말하는 거나 일을 하는 거나 예전에 비해 그가 힘이 빠졌다는 표시는 찾아볼 수 없었다.

달라진 점이 있다면, 외모가 좀 수척해진 정도였다. 피부에 예전처럼 윤기가 돌지 않고, 엄청났던 둔부 역시 좀 줄어든 것 같아 보였다. 다른 동물들은 봄이 오고 풀이 자라면 복서도 살이 오를 거라고 얘기했다. 하지만 봄이 왔어도 복서는 예전 모습을 찾지 못했다. 여전히 그는 채석장 꼭대기를 향해 돌덩이를 메고 비탈을 오르곤 했다. 하지만 그 일을 하는 근육을 보면 이제 남은 거라곤 끈질긴 의지밖에 없어 보였다. 그럴 때 그의 입술은 다시 이 말을 되뇌는 형상으로 드러나 보였다.

"내가 더 힘껏 일하리라!"

하지만 목소리는 나오지 않았다. 클로버와 벤자민은 제발 건강부터 보살 피라고 채근했지만 복서는 들은 척도 하지 않았다. 그의 열두 번째 생일이 다가오고 있었다. 정년으로 일을 그만두기 전에 풍차 지을 돌멩이라도 넉넉 하게 마련해야겠다는 생각에, 다른 건 상관없다는 투였다. 그해 여름 어느 늦은 저녁, 복서에게 무슨 일이 생겼다는 소문이 농장에 퍼졌다. 복서가 혼 자서 한 무더기 돌을 수레로 끌며 풍차 있는 데까지 내려갔다는 것이다. 소 문은 사실이었다. 몇 분 후에 비둘기 두 마리가 허겁지겁 날아와 소식을 전 했다.

"복서가 쓰러졌어요! 옆으로 고꾸라졌는데 일어나지 못해요."

농장 동물의 거의 절반이 풍차 공사를 하는 언덕으로 허겁지겁 달려갔다. 복서가 쓰러져 있었다. 수레 바퀴 사이에 몸이 끼인 채 밖으로 목을 내놓고 누워 있었다. 머리를 들어 올릴 힘조차 없어 보였다. 눈빛이 흐릿하고 옆구 리는 땀에 젖어 있었다. 입에서 한 줄기 피가 흘러내렸다. 클로버가 무릎을 꿇고 그 옆에 앉으며 소리쳤다.

"복서! 괜찮아?"

"폐가 안 좋아."

가는 목소리로 복서가 답했다. 그리고 당부했다.

"괜찮아. 나 없어도 풍차는 이제 너희들이 잘 마칠 수 있을 거야. 필요한 돌멩이는 충분히 가져다 놨어. 나는 어쨌든 한 달 후면 정년이야. 솔직히 말하면 정년퇴직만 기다려 왔어. 벤자민도 나이가 많아서 나랑 같이 은퇴할 수 있을 거야. 우리가 함께 퇴직하니까 앞으로 동지 하면서 서로 의지할 수 있을 거야."

클로버가 말을 막으며 끼어들었다.

"당장 치료를 받아야 해. 누가 좀 뛰어가서 스퀼러에게 알려 줘요."

동물들은 스퀼러에게 이 소식을 전하려고 농장 사택으로 달려갔다. 클로버와 벤자민, 단 둘만 복서 곁에 남게 되었다. 벤자민은 아무 말도 없이 복서 옆에 가만히 앉아서 기다란 자기 꼬리로 파리를 쫓아 주었다. 15분쯤 지났을 때 걱정과 자비심이 넘치는 얼굴로 스퀼러가 나타났다. 나폴레옹 동지가 농장에서 가장 충실한 일꾼 중 하나에게 닥친 불행한 소식을 듣고 지극한 유감의 뜻을 표하셨다며, 윌링던 병원에 가서 치료 받을 수 있도록 이미 필요한 조처를 밟고 계시다고 했다.

동물들은 이 말에 불안한 느낌이 들었다. 몰리와 스노우볼 말고 여태 어떤 동물도 농장을 떠난 적이 없었다. 그래서 이렇게 몸이 아픈 동지를 사람들 손에 맡긴다는 건 내키지 않았다. 하지만 스퀼러는 이번에도 말재간을 발휘하며 그들을 안심시켰다. 복서는 여기 농장에서 그냥 쉬는 것보다는 아무래도 윌링던에 계신 수의사가 훨씬 전문적으로 돌봐 주실 거라고 말이다.

30분쯤 지나 복서도 기력이 좀 돌아왔다. 간신히 숨을 돌리고 일어선 다음 좀 비틀거리며 힘겹게 축사로 돌아왔다. 클로버와 벤자민은 그가 잘 쉴 수 있게 밀짚으로 예쁘게 잠자리를 정리해 주었다.

복서는 이틀 동안 축사에 누워 있었다. 돼지들은 목욕탕의 약장에서 찾아낸 커다란 분홍색 약 한 병을 복서에게 보냈다. 클로버는 하루 두 차례 식사 후 약을 먹을 수 있게 복서를 돌봐 주었다. 저녁이면 곁에서 이야기를 나누고 벤자민은 파리를 쫓아 주었다. 병이 들도록 일하다가 쓰러진 게 복서는 하나도 억울하지 않다고 했다. 어서 자리 털고 일어나 한 3년 정도 더 살 수 있을 거라고, 그러면 넓은 들녘 한구석에서 평화롭게 여생을 보낼 거라고 남은 날들을 가늠했다. 복서는 난생처음 마음을 닦고 공부도 할 수 있는 여유를 가질 수 있을 거라며 사색에 잠겼다. 여태 끝내지 못한 알파벳의 나머지 스물두 자도 남은 날들 동안 죄다 익히겠노라고 다짐했다.

하지만 벤자민과 클로버는 작업 시간이 다 지난 후에야 복서와 있을 수 있었다. 그런데 한창 일할 시간에 화물 마차 한 대가 농장에 들어와 그를 데려가는 일이 벌어졌다. 돼지 한 마리의 감독 아래 동물들이 모두 순무 밭에서 김매기를 하고 있었는데, 축사 쪽에서 벤자민이 미친 듯 달려오는 걸 보고는 깜짝 놀랐다. 목이 찢어져 나갈 듯 악을 쓰고 있었다. 벤자민이 그렇게 흥분한 모습을 본 적은 한 번도 없어서 더욱 놀랐다. 벤자민이 그렇게 전력 질주하는 모습도 정말 처음이었다.

"빨리, 빨리! 어서들 좀 와!"

벤자민이 고래고래 악을 쓰며 서둘렀다.

"저놈들이 복서를 데려간다고!"

동물들은 돼지 감독의 지시도 상관없이 일을 내팽개치고 동물 축사 쪽으로 다들 함께 달렸다. 아닌 게 아니라 마당에 커다란 화물 마차가 하나 와 있었다. 바깥을 천으로 덮은 짐차였는데, 말 두 마리가 함께 끄는 것으로, 양쪽 옆면에는 뭐라고 광고 문구가 적혀 있었다. 마부석에는 납작한 중산모를 쓴 교활해 보이는 남자가 앉아 있었다. 복서 잠자리가 있는 축사는 텅 빈 채 아무도 없었다.

동물들이 마차 주변으로 몰려들었다. 그리고 입을 모아 큰 소리로 외쳤다

"안녕히 가세요, 복서! 안녕히 가세요!"

"이 멍청이! 바보들아!"

벤자민을 악을 쓰면서 작은 발굽으로 땅을 찍어 대다가 그들 주변을 껑충껑충 뛰어다녔다.

"아니, 저기 마차에 써진 글자가 보이지도 않니, 이 바보들아!"

이 말에 동물들은 갑자기 숨을 멈춘 듯 조용해졌다. 뮤리엘이 더듬더듬 글자들을 읽어 가기 시작했다. 벤자민이 그녀를 옆으로 밀치고 자기가 나서서 읽어 주었다. 죽음과도 같은 침묵을 깨고 그의 목소리가 울려 퍼졌다.

"알프레드 시몬즈 회사, 윌링던. 동물의 가죽과 뼛가루 매매, 사냥견 사료 공급. 말 도축 및 아교 제조업. 이게 뭔 뜻인지 모르겠어? 복서를 지금 말 도살업자에게 넘겨 버리는 거란 말이야."

기겁을 한 동물들 입에서 공포에 질린 비명이 터져 나왔다. 마부석에 앉은 남자가 문득 말들에게 채찍을 갈기니, 마차는 서둘러 마당 밖으로 빠져나

갔다. 동물들이 뒤쫓아 가며 목청이 터져라 외쳐 댔다. 클로버가 제일 앞에서서 추격했다. 마차는 속도를 내기 시작했다. 클로버는 그 굵직한 다리를 구르며 더 속도를 내려 했으나 마음대로 되지 않았다. 안타까운 목소리로 그녀는 계속 복서만 불러 댔다.

"복서! 복서! 복서! 복서!"

그 순간 바깥에서 크게 소동이 난 걸 들은 것처럼 짐마차의 뒤쪽 작은 창문에서 복서의 얼굴이 나타났다. 그의 콧잔등 하얀 줄무늬가 눈에 띄었다. 그걸 보고 클로버가 소스라치는 목소리로 복서를 다시 불러 댔다.

"복서! 복서! 도망쳐! 빨리 뛰어내려! 놈들이 너를 죽이려고 해!"

함께 있던 동물들도 목청을 높여 다 함께 소리쳤다.

"복서! 빨리 내려요! 도망쳐요!"

하지만 마차는 속도를 내며 저만치 멀어져 가고 있었다. 클로버가 한 얘기를 복서가 알아들었는지 아닌지는 분명치 않았다. 그러나 잠시 후 그의 얼굴이 창문에서 사라지고 마차 안에서 쿵쿵대는 소리가 요란하게 들렸다. 뛰쳐나오려고 그가 애를 쓰고 있던 것이다. 예전 같으면 발길질만으로도 그런 마차 따위는 성냥갑처럼 부숴져 버렸을 것이다. 하지만 어쩌겠나! 복서에게는 더 이상 그런 힘이 남아 있지 않은 모양이었다. 몇 차례 쿵쿵거리던 발굽 소리가 잦아들다 곧 사라졌다. 동물들은 이제 짐마차를 끄는 두 마리 말을 향해 애원하기 시작했다. 제발 좀 세워 달라고 부탁했으나 아무 소용없었다. 그들은 목이 터져라 소리쳤다.

"동지, 동지! 제발 당신의 형제를 죽음으로 끌고 가지 말아 주세요!"

그러나 마차를 끄는 놈들은 멍청해 무슨 일이 벌어지는지 알아채지 못했다. 그냥 귀를 뒤로 젖힌 채 마냥 속도 내는 일밖에 할 줄 몰랐다. 복서의 얼굴은 다시 볼 수 없었다. 누군가 달려가 나무판 다섯 개 농장 문을 잠그려 했으나 너무 늦었다. 다음 순간 짐마차는 거길 통과해서 큰길 쪽으로 급히 사라졌다. 그 후로 복서의 모습은 다시 볼 수 없었다.

사흘 후 복서의 사망 소식이 발표되었다. 윌링던 병원에서 말들에게 적용할 수 있는 모든 의료 처치를 다 했음에도 소용이 없었다고 했다. 이 소식도 스퀼러가 나타나 동물들에게 발표했다. 그는 복서의 임종 전 몇 시간을 곁에서 지켜봤다고 했다. 스퀼러는 그의 족발로 흘러내리는 눈물을 훔치며 이야기했다.

"그건 여태껏 보던 중 가장 마음 아픈 장면이었어요. 숨을 거둘 때까지 그의 침대 곁에서 나는 그를 지켰어요. 너무 힘이 없어서 말도 잘 못 했는데, 내 귀에다 대고 속삭이셨어요. 풍차가 완성되는 걸 못 보고 세상을 떠나서 그게 제일 슬프다고 했어요. '전진하라, 동지여! 반란의 이름으로 전진하라, 동물 농장 만세!' 이렇게 속삭였어요. 그리고 마지막으로 남긴 말이 있어요. '나폴레옹 동지 만세! 나폴레옹은 항상 옳다', 동지들, 이렇게 말했어요."

그런데 여기서 스퀼러가 갑자기 태도를 바꿨다. 잠시 말을 멈추더니 작고 매서운 눈초리로 이리저리 한참을 살피다가 말을 이었다. 복서가 실려 갈 무렵부터 고약하고 터무니없는 소문이 떠돌고 있다는 정보가 자기 귀에 들어왔다고 했다. 그날 복서를 싣고 간 화물 마차에 '말 도축'이란 광고문이 적혀 있는 걸 보고서, 그걸 무슨 말 도살업자에게 복서를 넘겨준다는 엉터리 결론으로 비약한 동물들이 있는 것 같다고 으름장을 놓기 시작했다. 도대체 어떤 동물이 그렇게 어리석은지 스퀼러는 믿을 수가 없다고 투덜거렸다. 몹시 분개한 그는 꼬리를 빳빳이 세워 이리저리 흔들며 친애하는 지도자 나폴레옹 동지를 그 정도로밖에 생각할 수 없느냐고 분통을 터뜨렸다. 스퀼러의 설명은 정말 간단했다. 그 마차는 아닌 게 아니라 원래 말 도축자의 것이었다. 그런데 수의사가 구입해서 쓰고 있지만, 옛 광고문을 아직 고치지 않았다는 것이다. 그런 가당찮은 오해가 생기게 된 것은 이런 사연 때문이라는 것이다.

이 말을 듣고 동물들은 가슴을 크게 쓸어 내렸다. 스퀼러는 복서의 임종을 지켜보는 동안 극진한 간호를 받고 고가의 약품이 소요되었다며 상세한 수치와 도표들로 경비 내역에 대해 설명해 댔다. 이토록 막대한 비용이 드는 일에 나폴레옹은 눈곱만큼도 아까워하지 않으셨다고 했다. 동물들은 모든 의혹이 해소되는 느낌이었다. 최소한 복서가 눈을 감을 때만큼은 행복했으리라고 생각하니 동지의 죽음에 미안하고 무거웠던 마음도 이제는 모두 진정되었다.

나폴레옹은 다음 일요일 아침 집회에 몸소 참석하여 복서의 죽음을 애도하고 그의 공적을 찬양하는 짤막한 연설을 했다. 애통하게도 그는 죽은 동지의 유해를 모셔다 농장 묘소를 만드는 일은 가능하지 않다고 했다. 하지만 농장 사택 정원에 있는 월계수로 커다란 화환을 만들어서 그의 무덤 위에 두도록 윌링던에 보내게 했다고 설명했다. 그리고 며칠 후 돼지들은 복서의 이름을 기리는 추모연을 열기로 했다고 보충했다. 나폴레옹은 복서의 오랜 좌우명이던 '내가 더 힘껏 일하리라!'와 '나폴레옹은 항상 옳다'는 두 개의 구호를 외쳤다. 그리고 이 구호는 앞으로 모든 동물의 좌우명이 되었으면 좋겠다는 말로 연설을 마무리했다.

추모연이 예정된 날에는 윌링던에 있는 식품점 짐마차가 농장으로 와서 커다란 나무 상자를 배달해 사택으로 들여갔다. 그날 밤 사택에는 돼지 멱따는 소리가 울려 퍼졌다. 이어서 난폭한 싸움 소리도 들리는가 싶더니, 열한 시경에는 유리가 깨지는 것 같은 시끄러운 소리가 났다. 다음 날 정오까지 농장 사택에서는 아무런 소리도 들리지 않았다. 대신 돼지들이 어디선가 돈이 생겨, 위스키 한 상자를 또 사들였다는 소문이 떠돌기 시작했다.

제10장

　여러 해가 흘렀다. 계절이 몇 번이나 바뀌었고 수명이 짧은 동물들은 하나둘 세상을 떴다. 클로버와 벤자민, 까마귀 모세와 몇몇 돼지들 말고 이제 아무도 반란 이전 시절은 기억할 수가 없었다.

　뮤리엘도 죽었다. 블루벨과 제시, 핀쳐도 죽었다. 존스 역시 세상을 떴다. 같은 지역이긴 하지만 다른 마을에 있는 알코올 중독자 보호소에서 존스는 생을 마감했다. 스노우볼은 이제 모두의 기억에서 지워졌다. 복서의 경우도 그를 알았던 몇 명을 제외하면, 그의 행적은 거의 흔적이 남지 않았다. 클로버는 어느덧 관절이 굳고 눈곱도 자주 끼는 늙고 뚱뚱한 암말이 되었다. 정년을 벌써 두 해나 넘겼으나 계속 일했다. 정년이 되었다고 실제 퇴직하고 쉴 수 있는 동물의 사례가 아직 없었다. 퇴직한 동물들이 평화롭게 여생을 보낼 수 있게 넓은 들녘 한구석을 내주겠다던 얘기는 이미 오래 전부터 없던 일이 되어 버렸다.

　나폴레옹은 몸무게가 140킬로그램에 육박하는 장년의 수퇘지가 되었다. 스퀼러는 너무 살이 쪄서 제대로 눈을 뜨기도 힘들 지경이었다. 오로지 벤자민 영감만이 크게 달라진 점이 없어 보였다. 다만 콧등의 빛깔이 약간 더

잿빛을 띠게 되고, 복서가 세상을 뜬 후에는 더 침울하고 말수도 더 줄어들었다.

오래 전에 기대했던 만큼은 아니지만 농장에는 동물 숫자도 많이 늘었다. 여기서 태어난 동물들에게 '반란'은 그저 입에서 입으로 전해지는 흐릿한 전설에 불과했다. 다른 곳에서 태어나 이곳으로 팔려 온 동물도 있었는데, 그들은 여기 오기 전에는 그런 얘기를 들어 본 적이 없다고들 했다. 농장에 이제 클로버 말고 세 마리 말이 더 있는데, 몸매가 아주 근사하고 일도 잘하는 선량한 동지들이었으나 머리는 퍽 둔했다. 그들 누구도 알파벳에서 B를 넘어가면 힘들어서 더 이상 배우지 못했다. 그들은 동물중심주의 원칙이며 반란에 대한 이야기를, 특히 클로버가 해 주면 엄마 말을 잘 듣는 아이들처럼 연신 고개를 끄덕였지만 얼마나 제대로 이해를 하고 그러는지는 알 수 없었다.

농장은 살림도 더 늘고, 짜임새 있게 굴러갔다. 미스터 필킹톤에게서 두 마지기 밭을 더 구입해 면적도 늘어났다. 드디어 풍차도 성공적으로 완공되었다. 농장에는 탈곡기와 건초 운송 장비 등이 구비되고 다양한 건축물도 증축되었다. 와임퍼는 자가용 마차도 하나 소유하게 되었다. 하지만 풍차는 기대처럼 전기를 생산하는 용도로는 활용되지 못했다. 그냥 곡식 빻는 용도로만 사용되었지만 상당한 이윤을 남길 수 있었다.

또 다른 풍차를 세운다며 동물들은 아직도 열심히 일했다. 이번 것이 완공되면 거기에는 발전기를 가동시킬 것이라 했다. 하지만 전등 조명이 설치되고 냉온수가 나오는 축사, 언젠가 스노우볼이 동물들에게 설명한 그런 꿈

같은 호사에 대해서는 아무도 더는 이야기하지 않았다. 나폴레옹은 그런 사치스러운 생각은 동물중심주의 정신에 위반되는 것이라며 배척했다. 가장 진실한 행복은 열심히 일하며 검소하게 살아가는 거라고 그는 말했다.

겉으로만 보면 농장은 꾸준히 부유해졌다. 반면, 동물들의 생활은 더 부유해지면 안 되는 것 같았다. 물론 돼지와 개들은 예외였다. 아마도 그건 돼지와 개들이 너무 많은 탓도 있을 것이었다. 물론 이들이 전혀 일을 하지 않는 건 아니었다. 자기 나름의 방식으로 일을 하기는 했다. 스퀄러의 경우는 끊임없이 설명을 하고 다녔다. 농장을 모두 감시하고 조직하는 건 워낙 쉴 틈이 없는 일이었다. 그런 일 중 어떤 것은 다른 동물은 무지해서 도저히 이해할 수 없는 것들이었다.

스퀄러에 따르면, 예컨대 돼지들은 '문서'를 다루며 '보고서'를 만들고 '회의록'을 작성해 '비망록'이란 걸 만드는 등 수수께끼 같은 일을 하느라 매일 막중한 노동에 시달린다고 했다. 이들은 모두 글씨로 빽빽하게 채워진 어마어마한 분량의 종이 뭉치들이었다. 이 엄청난 양의 종이를 글씨로 채운 다음 바로 아궁이로 보내어 활활 태워 버렸다. 스퀄러의 설명에 따르면 이는 농장 복지와 관련해서 가장 막중한 작업이었다. 하지만 개와 돼지들은 스스로의 노동으로 자신들 식량을 생산하는 일은 하지 않았다. 그런데 그들 수가 워낙 많았고 언제나 식욕이 왕성했다.

반면 다른 동물들은 조금 달랐다. 아니 그들이 기억하는 한 그들의 생활은 늘 같았다. 항상 배 고팠고 짚 더미 위에서 잠을 잤으며, 웅덩이 물을 마셨고 밭에서 노동을 했다. 겨울이면 추위로 몸이 곱고, 여름이면 파리 떼에 시달렸다. 그들 중에 나이 든 동물 몇은 때로 흐릿한 기억을 더듬어 보기도 했다. 존스를 쫓아냈던 반란 이후 며칠 동안은 그래도 좀 사정이 나았던가, 지금보다는 더 좋았던가, 아니 더 나빴던가를 비교해 보려 애를 쓰기도 했다. 하지만 기억이 나지 않았다. 현재 생활과 서로 비교할 수 있는 게 없었다. 스퀄러가의 수치 목록 말고는 남아 있는 게 전혀 없는데, 그에 따르면 뭐든 점점 좋아지고 있다는 게 확실했다.

이 문제는 도저히 해결될 것 같지 않았다. 무엇보다 이런 문제들에 대해 곰곰 생각해 볼 시간이 나지 않았다. 모든 일을 세세히 알고 있는 건 워낙 오래 살아 경험이 풍부한 벤자민 영감이 유일했다. 그런데 이 양반 말씀에 따르면 동물의 삶은 더 좋았던 적도 나빴던 적도 없고 더 좋아질 일도 나빠질 일도 없었다. 굶주림과 고난, 절망의 연속이었다. 그건 옛날이나 지금이나 마찬가지라 그냥 불변의 법칙이라고 했다.

그렇지만 동물들은 결코 희망을 포기하지 않았다. 더욱이 그들은 단 한순간도 자기들이 동물 농장의 구성원이라는 자긍심과 명예심을 잃지 않았다. 자신들 농장은 이 지역, 아니 영국 전체에서 여전히 동물들이 소유하고 운영하는 유일한 곳이었다. 이 사실에 감동하지 않는 동물은 없었다. 그건 새끼들도 그렇고, 십 리 혹은 이십 리 멀리 떨어진 곳에서 팔려 온 경우도 모두 그랬다. 축포 소리를 듣고, 게양대에 초록 깃발이 올라가는 광경을 볼 때마다 그들은 벅찬 감격과 자긍심에 설레곤 했다.

그럴 때면 얘기는 다시 저 옛날 영웅시대로 돌아가곤 했다. 존스의 추방과 칠계명 선포, 외양간 전투와 난입한 사람들을 전멸시켰던 이야기까지 이어졌다. 오래된 그들의 꿈 중 어느 하나도 버려진 것은 없었다. 메이저 어른이 예언한 진정한 '동물 공화국'에 대한 신앙은 여전히 계속되었다. 그에 따르면 언젠가는 영국의 푸른 벌판에 더는 사람 발길이 닿지 않게 될 것이었다. 언제고 그날이 꼭 올 것이었다. 그리 빨리 오지는 않을 것이라 지금 살고 있는 동물이 살아생전 그걸 볼 수 없을지도 모르지만, 그래도 그날은 반드시 오고야 말 것이었다.

금지곡인 '영국 동물들'도 여기저기서 은밀히 불리곤 했다. 그걸 감히 큰 소리로 불러 댈 수는 없는 형편이었지만 농장에서 그 노래를 모르는 동물은 하나도 없었다. 그들 삶은 내내 고달프고 그들의 소망 중 이루어진 건 아무것도 없지만 그들은 최소한 자신들이 다른 동물과 다르다는 생각은 품고 있었다. 비록 자신들은 배가 고파도, 최소한 그게 사람들을 먹여 살리느라 그러는 것은 아니라는 믿음은 확고했다. 자신의 일이 아무리 고되고 힘들어도 그건 스스로를 위해 일하느라고 그런 거였다. 그들 중 누구도 두 발로 걷지 않았다. 그들 중 누구도 다른 동물을 '나으리'라고 부르지 않았다. 모든 동물은 평등했다.

초여름 어느 날 스퀼러는 양들에게 따라오라고 했다. 그리고 농장의 다른 쪽, 어린 자작나무가 무성한, 아직은 개발에 들어가지 않은 땅으로 데리고 갔다. 양들은 온종일 스퀼러의 감독 아래 나뭇잎을 뜯어먹었다. 저녁이 되자 그는 혼자서 농장 사택으로 돌아갔다. 그런데 양들에게는 날씨가 따뜻하니 그냥 거기 있으라 했다. 꼬박 일주일 동안 양들은 거기 그대로 있게 했는데,

그동안 다른 동물들은 양들을 전혀 보지 못했다. 스퀼러는 매일같이 거의 온종일 그들과 함께 지냈다. 그의 말에 따르면 양들에게 새 노래를 가르치는데 그게 보안이 요구되는 노래라 했다.

양들이 돌아온 다음이었다. 동물들이 작업을 마치고 여러 축사로 향하던 때였는데, 날씨도 아주 상쾌했다. 그런데 안마당에서 공포에 질려 비명을 토하는 말 울음소리가 들려왔다. 동물들이 깜짝 놀라 오던 길에 멈추어 섰다. 클로버의 비명이었다. 그녀가 쏟아 내는 괴성이 다시 들려 동물들은 우르르 안마당으로 몰려갔다. 거기서 클로버가 해괴한 소리로 기함하던 그 광경을 모두가 보게 되었다.

돼지 한 마리가 뒷다리로 걷고 있었다.

스퀼러였다. 거대한 몸집을 지탱하기가 쉽지 않은지 좀 뒤뚱대기는 해도 그는 완벽한 균형미를 자랑하며 안마당을 가로지르며 돌아다녔다. 잠시 후 농장 사택 현관으로부터 돼지 행렬이 줄지어 나타났다. 그렇게 다들 뒷다리로 뒤뚱뒤뚱 걸어 나왔다. 몇몇은 다른 돼지보다는 제법 잘 걸었다. 한둘은 너무 불안해 얼른 지팡이라도 좀 갖다 줘야 할 것처럼 뒤뚱거렸다. 그런데도 모두 성공적으로 안마당을 두 발로 걸어 다녔다. 개들이 요란스레 짖어 대고 검은 수탉이 한바탕 목청을 자랑하고 나니 이번에는 나폴레옹이 등장했다. 위풍당당 허리를 곧추세우고 그 주변을 맴도는 수행견들을 동반한 채 거만한 시선으로 좌우 양쪽을 쏘아보며 드디어 나폴레옹이 행차를 시작하셨다. 자신의 족발에 채찍을 끼운 채 그렇게 걷고 계셨다.

순간 죽음과도 같은 침묵에 얼얼했다. 다들 어안이 벙벙했다. 공포에 짓눌린 동물들은 한쪽에 몰려선 채, 안마당을 돌며 행진하는 돼지들의 행렬을 바라보았다. 세상이 뒤집힌 것 같았다. 처음 맞닥뜨린 충격에서 벗어나자 이제 발광하는 개 떼에 대한 공포, 어떤 일이 벌어져도 못 본 척했던 나태함, 벌써 여러 해를 어떤 불평도 어떤 비판도 하지 않았던 악습에도 불구하고 이번에는 몇 마디 항의의 뜻을 보여야 할 것 같았다. 바로 그 순간, 무슨 신호라도 보내는 듯 음매음매 양들이 떼 지어 몰려나와 여기저기서 기가 막힌 소리로 아우성을 쳤다.

"발 네 개 좋고, 발 두 개 더 좋아! 발 네 개 좋고, 발 두 개 더 좋아! 발 네 개 좋고, 발 두 개 더 좋아!"

이 읊조림이 쉬지 않고 5분 넘게 계속되었다. 양들의 외침이 잦아들 무렵, 뭐라고 항의할 틈을 노리며 기회를 기다렸으나 또 놓쳐 버렸다. 어느새 돼지들이 줄지어 농장 사택으로 들어가 버린 탓이었다. 누군가 자기 어깨에다 코를 부비는 느낌에 벤자민이 돌아보았다. 클로버였다. 그녀의 노쇠한 눈빛이 전보다도 더 흐릿해 보였다. 클로버는 아무 말도 하지 않고 벤자민의 갈기를 다독이며 큰 헛간으로 그를 끌고 갔다.

저 끝에 글씨들이 남아 있었다. 그들은 잠시 타르로 검게 칠한 벽을 바라보며 가만히 서 있었다. 거기 하얀 글자가 선명했다. 클로버가 입을 열었다.

"눈이 어두워서요. 하긴 젊었을 때도 저기 글자들을 읽을 수는 없었네요. 하지만 저 벽의 글자들이 아무래도 많이 달라진 것 같아요. 저기 칠계명이 옛날 그대로인지, 옛날이랑 정말 똑같은지 좀 봐 주세요, 벤자민."

벤자민도 이번에는 자신의 원칙을 깨기로 했다. 그는 벽에 쓰여 있는 그대로 그녀에게 읽어 주었다. 벽에는 단 하나의 계명밖에 없었다. 그건 다음과 같았다.

모든 동물은 평등하다. 하지만 어떤 동물은 더 평등하다.

그 소동이 있은 다음 날, 농장 일을 감독하는 돼지들은 족발 가운데에 다들 채찍을 끼우고 나왔다. 그런데 이게 이상해 보이지 않았다. 그리고 라디오를 하나씩 갖고 있는데도 낯설어 보이지 않았다. 이제 전화기도 설치하고, 『데일리 미러』 신문에다 『주간 특보』나 『영국 남자』 같은 주간지를 정기 구독 신청했다는 소식에도 그런가 싶은 정도였다. 나폴레옹은 파이프 담배를 입에 물고 농장 사택의 동산을 거니는 모습, 아니 그 정도가 아니었다, 돼지들이 미스터 존스의 옷장에서 이것저것 그의 옷을 꺼내 걸쳐 입고 돌아다니는데도 그저 어디서 많이 본 것 같을 뿐 별로 이상스럽지 않았다. 나폴레옹은 검정 코트와 노란 밤색 승마 바지를 입고, 가죽 각반을 찼다. 반면 그가 요즘 아끼는 암돼지는 물결무늬 비단옷을 걸쳐 입었다. 그 옷은 존스 부인이 아껴 두고 일요일에나 입던 옷이었다.

일주일 후 어느 오후, 이륜마차 몇 대가 농장으로 들이닥쳤다. 이웃 농장들 대표단이 농장을 시찰해 달라는 초대를 받았던 것이다. 그들은 농장 곳곳을 휘젓고 다니며 눈에 띄는 것마다, 특히 풍차에 대해 극진한 찬사를 보냈다. 동물들은 순무 밭에서 잡초를 뽑고 있었다. 부지런히 일하느라 땅에서 얼굴을 쳐들 일도 거의 없었다. 그리고 농장의 시찰단과 돼지들 중 누가 더 끔찍한 존재인지도 그들은 알지 못했다.

그날 저녁 농장 사택에서는 웃음소리와 떠들썩한 노랫소리가 났다. 돼지와 사람들의 음색이 뒤섞인 소리가 나니 동물들은 문득 걷잡을 수 없는 호기심이 발동했다. 동물이랑 사람들이 역사상 처음 진정 평등한 관계로 만난다니, 대체 무슨 일이 벌어지고 있을까? 그들은 한마음이 된 것 같았다. 가능한 한 기척이 나지 않게 조심하며 다 함께 사택으로 기어들기 시작했다. 그런데 대문 입구에 이르니 살짝 겁이 나서 걸음을 멈추고 망설이는데, 클로버가 앞장을 섰다. 발끝걸음으로 사택 건물을 향해 더 가까이 갔다. 키 큰 동물들은 벌써 식당 창문으로 실내를 들여다볼 수 있었다.

거기 기다란 식탁에 여섯 명의 농장주와 여섯 마리 최고위 돼지들이 앉아 있었다. 나폴레옹은 식탁 머리 쪽 주인장 자리에 착석해 있었다. 돼지들은 의자에 앉아서도 매우 편해 보였다. 카드놀이를 즐기다 멈춘 상태였다. 잠시 숨을 돌리고 건배라도 한차례 하려는 게 분명했다. 마침 주전자 하나가 돌면서, 술잔에 맥주를 채우고 있었다. 창문 밖에서 빤히 들여다보고 있는데, 놀란 얼굴을 한 동물들이 지금 다 함께 보고 있다는 사실을 아무도 모르는 눈치였다. 여우숲 농장의 미스터 필킹톤이 손에 잔을 들고 자리에서 일어섰다. 그리고 여기 모이신 김에 다들 건배부터 하고 맥주를 들이켜자고 청했다. 하지만 그러기 전에 몇 마디 짤막하게, 아주 짧게 하고픈 이야기가 있다며, 오랜 동안의 불신과 오해가 이제는 드디어 끝났다는 느낌이라고 했다. 자신은 물론, 오늘 여기 모인 모두는 확신하건대 크게 만족하고 있다며 그는 장황한 말을 늘어놓았다.

한때는 그런 시기가 있었다. 오늘 여기 모이신 분들이나 자기 자신은 절대로 그런 감정을 가져 본 적 없지만, 동물 농장의 공경하올 소유주 분들께서는 당신들의 이웃에 대해서, 여기서 굳이 적대감이란 표현을 쓰고 싶지는 않으니 그 말 대신 아마 어느 정도는 의구심이라고 표현할 어떤 것을 조금 품고 계셨던 그런 시기가 있었다는 걸 부인할 필요는 없을 것 같다고 했다. 유감스러운 사태들이 발생했고, 엉뚱한 오해들이 퍼져 나가기도 했다. 돼지들이 소유하고 관리하는 농장이란 게 있다는 사실 자체가 상당히 정상에서 벗어난 것으로 받아들여질 수 있다 보니, 이웃에게는 그게 일종의 소요로 번질 염려가 들게 마련이었다. 상당수 농장주들이 철저한 조사도 없이, 그런 농장에는 방종과 무질서가 난무할 거라고 예단을 했다. 혹시라도 그게 자신들이 소유한 동물이나, 아니 그들이 부리는 일꾼들에게 나쁜 영향을 끼칠까 싶어 신경을 곤두세울 수밖에 없었다고 설명했다. 그러나 이제 의혹은 완전히 사라졌다. 오늘 그와 그의 친구들이 동물 농장을 방문해서 두 눈으로 직접 농장 곳곳을 빠짐없이 시찰하면서 과연 무엇을 보았던가? 초현대적인 영농법뿐만 아니라 최고의 규율과 질서가 돋보였다. 이는 세상의 모든 농장주에게 마땅하고 훌륭한 본보기의 수준이었다. 동물 농장을 돌아보니, 하류층 동물들은 이 지역 일대 어느 동물보다 일은 더 많이 하고 식량은 덜 먹어치운다고 말씀드려도 좋겠단 믿음이 확실해졌다. 오늘 모처럼 이곳을 방문한 자신과 동료들은 정말 많은 것을 보고 느낀 바, 자신들 농장에도 즉각 도입하고 싶은 아주 괜찮은 면모가 많더라는 것이었다.

이어서 그는 동물 농장과 이웃들 사이에 존속하는, 그리고 앞으로도 존속해야 할 끈끈한 우의를 다시 강조하는 것으로 얘기를 마치겠다고 했다. 돼지와 사람 사이에 상호 이해나 그런 것이 결코 상충하지 않으며 굳이 상충할 필요도 없다고 본다. 그들이 지향하는 투쟁과 난제는 피차 동일하기 때문이다. 노동문제의 본질은 마찬가지가 아니겠는가.

이 대목에서 미스터 필킹톤은 공들여서 준비해 온 아재개그 하나를 터뜨리며 분위기를 띄워 보려는 게 역력했다. 그런데 하필 본인이 먼저 웃음이 터질 것만 같아 잠시 숨을 골랐다. 몇 차례나 웃음이 터지는 걸 억지로 참으려니, 여러 층으로 겹진 턱이 파랗다 못해 그만 보랏빛으로 변해 버렸다. 그는 간신히 평정을 유지하며 그 말을 내뱉었다.

"돼지 여러분들께 함께 다뤄야 할 여러분의 하층 동물이 있는 것처럼 우리에게도 꼭 같이 그래야만 할 하층 계급들이 있다 그 말입니다!"

이 '재치 만점'의 아재개그에 기대한 박장대소가 터져 주었다. 미스터 필킹톤은 다시 한번 돼지들에게 동물 농장에서 자신이 목격했던 최저 식량 배급과 장시간 노동 그리고 엄격히 적용하는 무관용의 원칙 등에 대해서 칭송을 아끼지 않았다.

그리고 이제 드디어, 다들 자리에서 일어나 잔이 찼는지 확인하시라고 독려하며 신사 여러분께 다시 건배 인사로 말을 마쳤다.

"신사 여러분, 건배합시다. 동물 농장의 번영을 위하여!"

열광적인 박수 소리와 함께 발 구르는 소리까지 스퀼러스러웠다. 나폴레옹은 아주 흡족한 듯 자리에서 일어나, 식탁을 돌아 미스터 필킹톤 가까이로 가 잔을 부딪치고 술잔을 비웠다. 박수 소리가 조금 가라앉자 그 자리에 서 있던 나폴레옹은 이제 자기도 몇 마디 덧붙일 말이 있다고 했다.

　나폴레옹의 연설은 늘 그랬던 것처럼 훨씬 짧고 직설적이었다. 이제 오해의 시간이 마감된 점을 기쁘게 여긴다고 했다. 오랜 동안 소문이 무성했다고, 어떤 악질적인 의도가 다분한 세력이 그런 걸 퍼뜨렸다고 믿을 근거가 확실한데, 자신과 그 동료들이 파괴적이고 심지어 혁명적 사고방식을 갖고 있다는 그런 무고한 소문까지 떠돌았다고 비판했다. 자신들이 이웃 농장 동물들에게까지 영향을 주면서 반란을 선동하려는 의도가 있다는 식의 얘기가 떠돌았다고 말이다. 이는 정말로 억울하고 사실무근한 이야기였다! 자신의 유일한 소망은, 지금도 그렇고 전에도 역시 마찬가지로 이웃들과 늘 평화롭게, 그리고 정상적인 거래 관계를 유지하며 살아가는 것이다. 그리고 덧붙이기를, 영광스럽게도 자신이 통치하는 이 농장은 일종의 협동조합이나 마찬가지다. 자신의 소유로 되어 있는 부동산 문서들 역시 돼지들의 공동 소유라는 것이었다.

　이야기는 계속되었다. 오랜 의혹이 여전히 남아 있다고 믿지 않지만, 농장의 일상에 최근 들어 여러 변화가 감지되고 있다고 했다. 그 변화는 앞으로 서로의 믿음을 더욱더 돈독하게 다지는 데 상당한 효과가 있을 것이라고 그는 말했다. 여태껏 농장 동물들이 지켜 온 관습 중에는 좀 우스운 것들이 남아 있어, 예컨대 서로 '동지'로 부르는 호칭이 있었다. 그런데 이를 금지시키기로 했다는 것이다. 또 다른 아주 괴상한 관습도 있다고 했다. 언제부터 생긴 풍습인지는 알 수 없으나, 정원에 서 있는 기둥에 수퇘지 해골 하나를 못으로 박아 둔 게 있어서 일요일 아침마다 그 앞으로 행진을 해 왔는데,

이 또한 금지할 계획임을 확실히 했다. 그 해골은 이미 땅속에 묻어 버렸다고 했다. 오늘 오신 손님들은 게양대에 휘날리는 초록색 깃발을 보았을 것이다. 아마 자세히 들여다보지는 못했겠지만, 얼마 전에는 하얀 빛깔로 말발굽과 소뿔이 그려 있었는데, 그것도 이제는 없애 버렸다. 그래서 지금은 그냥 초록 깃발이라 부르면 되는 것이라는 설명이었다.

그런데 나폴레옹은 진정한 이웃이 된 미스터 필킹톤의 훌륭한 연설 중 딱 하나 비판할 부분이 있다고 했다. 자신들을 계속 '동물 농장'이라 부르는 점이 그것인데, 물론 그렇게 부르는 게 당연하다고 볼 수 있다. 왜냐하면 이는 나폴레옹 자신이 처음 발표하는 내용이기 때문이다. 앞으로 '동물 농장'이라는 이름도 폐기시킬 것이다. 그 이름도 앞으로는 아마도 그게 본래의 이름이라, 원조이며 정통인 표기를 되찾아 '나으리 농장'으로 복귀할 예정이라고. 이제 나폴레옹은 드디어 연설을 마치고 건배의 잔을 들었다.

"신사 여러분, 저도 아까처럼, 하지만 조금 다른 식으로 건배를 할 것을 제안합니다. 잔을 한가득 채우시기 바랍니다. 신사 여러분, 내 건배사는 이렇습니다. '나으리 농장'의 번영을 위하여!"

이번에도 마찬가지로 우레와 같은 박수가 터져 나왔다. 그리고 모두 원샷으로 맥주를 들이켰다. 하지만 밖에서 이를 지켜보던 동물들에게 이는 뭔가 아주 이상한 일이 벌어지고 있다는 느낌이었다.

돼지들 얼굴에 달라진 게 있는데, 그게 도대체 무엇일까? 클로버는 늙어서 흐릿해진 눈이지만 그래도 돼지들의 면상을 찬찬히 살펴보았다. 어떤 돼지는 턱이 다섯, 어떤 돼지는 네 겹, 어떤 돼지는 세 겹이었다. 그런데 이게

다 함께 녹아 다른 모양으로 변하는데 왜 그런 걸까? 마침 건배를 마치고 요란한 박수 소리도 끝났는지, 다들 손에 카드를 쥐고는 아까 중단됐던 카드 놀이에 빠져드는 모양이었다.

동물들은 슬그머니 그곳을 빠져나왔다. 하지만 스무 걸음도 못 갔을 즈음, 걸음을 멈춰서야 했다. 농장 사택에서 장난이 아닌 고함 소리가 터져 나온 탓이었다. 그들은 얼른 달려가 다시 창문 안을 들여다봤다. 그랬다. 아주 살벌한 말싸움이 붙어 버린 모양이었다. 고함을 질러 대고 식탁을 두드리고 번득거리는 눈초리로 서로를 째려보면서 서로 자기만 옳다고 버럭버럭 소리를 지르며 싸우고 있었다. 발단이 무언지는 금세 알 수 있었다. 나폴레옹과 미스터 필킹톤이 함께 스페이드 에이스 패를 내놓은 탓이었다.

쩌렁쩌렁 울리는 분노의 목소리 열두 개가 모두 비슷했다. 돼지들의 면상에 무슨 일이 벌어질까, 물어볼 필요도 없었다. 바깥에서 구경하는 동물들은 돼지에서 사람으로, 사람에서 돼지로, 그 얼굴을 번갈아가며 서로 열심히 쳐다보았다. 그런데 얼마 후부터, 어느 쪽이 돼지고 어느 쪽이 사람인지 도저히 구분이 힘들어졌다.

『동물 농장』에 붙이는 차후 서문

언론의 자유에 대하여 1945년

언론의 자유에 대하여

소설 『동물 농장』을 처음 구상한 건 1937년으로 거슬러 올라간다. 하지만 글로 정리하는 작업은 1943년 말에야 본격적으로 시작되었다. 그런데 집필에 들어갈 즈음 벌써 이를 출간하기는 어렵겠다는 눈치가 역력했다. 당시는 워낙 출간되는 책들이 많지 않아서 책으로 나오기만 하면 뭐든지 '팔리게' 마련이던 시절임에도 그랬다. 출판사 네 곳에서 출간을 거절당했다. 네 출판사 중 구체적으로 이데올로기를 문제 삼은 곳은 한 군데였다. 그중 두 곳은 몇 년에 걸쳐 러시아를 비판하는 책을 내는 출판사였고, 나머지 하나는 정치적인 빛깔이 없는 곳이었는데도 그랬다.

한 출판사는 출간을 결정하고 원고를 접수한 후 검토에 들어갔으나, 이를 영국 정보부에 문의한 결과 출간하지 않는 게 좋겠다는 권고 혹은 강력히 반대한다는 답변을 받았던 것으로 여겨졌다. 당시 출판사에서 받았던 편지 중 관련 내용을 발췌해 보면 다음과 같다.

"정보부의 영향력 있는 관리가 『동물 농장』을 읽고 반응한 결과를 알려 드렸어요. 솔직히 말씀드리면 작품에 대한 그쪽 의견에 고민하지 않을 수가 없었답니다. …… 현 시점에서 이 책을 출간하는 일은 많이 경솔한 행동이라는 사실을 알게 되었거든요. 이 우화가 일반적인 독재 행위나 독재자에 대한 이야기라면 문제될 일은 없겠어요. 그런데 제가 봐도 이 원고는 다른 독재자는 해당하지 않고 오직 소련의 현재 진행 상황과 그의 두 독재자들 행보에 너무 초점이 맞춰 있어요. 그리고 다른 한 가지, 동화 속의 지배층이 돼지가 아니면 조금 덜 불편하지 않았을까 싶기도 해요.[18] 돼지를 지배층으로 설정한 건 좀 예민한 사람들에게는 당연히, 특히 러시아 사람들에게는 더 불쾌감을 유발할 것 같거든요."

이런 식의 전갈은 별로 좋은 신호가 아니다. 공식적인 지원을 해 주는 경우가 아니라면, 어떤 식으로든 정부 어느 부처에서 검열권을 행사하는 건 분명 바람직하지 못하다. 전쟁 중에 혹시 안보상의 문제와 같은 예외적인 경우라면 모르겠으나, 지금은 누구도 이런 경우를 문제 삼는 건 아닐 것이다.

오늘날 사상과 표현의 자유를 억압하는 가장 위험한 요소는 정보부 같은 공공 기관의 직접적인 개입이 아니다. 출판사나 편집자들이 특정 주제와 관련한 출간을 꺼린다면, 그건 정치적인 탄압이 아니라 여론의 눈치를 살펴야 하기 때문이다. 이 나라에서 작가나 언론인이 극복해야 할 가장 고약한 적은 이런 지적인 비겁함이다. 이런 사실은 아직 그에 대한 토론조차 제대로

----

18 **정부의 영향력 ~ 싶기도 해요** : 이런 수정 제안이 이 편지를 보낸 편집자 모씨의 생각인지 아니면 정보부에서 나온 이야기인지, 그건 확실하지 않다. 하지만 그의 변명에서 나는 진하게 공무원의 말투가 느껴졌다.

시작되지 않은 것 같다. 언론과 관련한 일을 해 본 적이 있다면, 그리고 공정한 태도로 현실을 접한 경험이 있다면 이번 전쟁 기간 시행된 정부의 검열이 그리 까다로운 편이 아니었다는 점에 동의할 것이다. 전체주의 국가에서 요구하는 관변이나 어용 수준에서 글을 써야만 했던 적이 우린 없었다. 물론 언론의 입장에서는 불만을 제기할 사안들도 좀 있었으나, 정부는 대체로 훌륭히 처신했으며 소수 의견들에 대해서도 놀라울 만큼 관용적 태도를 유지했다.

영국에서 자행되는 검열의 진짜 심각한 문제는 사실상 그게 대부분 자발적이라는 현실이다. 대중이 반기지 않는 사안들에 대해 함구하고, 불편한 진실들은 공적으로 금할 필요도 없이 그냥 어둠에 묻혀 버린다. 외국에서는 머리기사로 대서특필할 소란스러웠던 사건을 영국 언론은 아예 다루지 않은 경우도 상당히 있다. 정부의 간섭 때문이 아니라 특정 사안들에 대해서는 '건드리지 않는' 일반적 암묵 때문이다. 이게 무슨 말인지 일간지들을 살펴보면 쉽게 이해할 수 있을 것이다. 영국 언론은 심각할 정도로 중앙집권적이고 대개는 부유한 남자들이 소유하고 있다. 몇몇 사안과 관련해 이들은 아주 감출 게 많고 떳떳하지 못한 편이다. 별로 눈에 띄는 것 같지 않지만 그밖에도 책이나 잡지, 방송이나 연극, 영화 쪽에도 마찬가지 논리를 갖는 검열이 조용히 작동한다.

시대마다 관습적 사고라는 게 있다. 이는 특정 시기에 바른 생각을 가진 사람이라면 의심 없이 받아들이는 일종의 사상 체계다. 이것 혹은 저것이라 규정하면 그에 반하는 언급을 공개적으로 금하는 게 아니라, 그런 행동을

'꼴사납게' 만들어 버린다. 예컨대 빅토리아 시대에 숙녀 앞에서 바지 얘기를 꺼내는 건 '꼴사납게' 되는 일이었다. 이런 지배적 관습에 도전하는 경우, 굉장히 당혹스런 방식으로 침묵을 강요당한다. 시대에 반하는 의견들은 발표할 수 있는 공정한 기회조차 얻기 힘들다. 그건 대중매체든 고급 잡지든 마찬가지다.

요즘 시대의 관습적 사고로, 예컨대 소련에 대한 무조건적 찬양을 꼽을 수 있다. 모든 이가 거기 동조하며, 거의 모든 사람이 그에 따라 행동한다. 소련 체제에 대한 진지한 비판, 소련 정부가 숨기고 싶어 하는 사실에 대한 폭로의 글은 거의 출간할 수 없다. 동맹이신 러시아에 아첨하는 이 전국적 동조 현상은 특이하게도 지성인의 진정한 관용처럼 여겨진다. 오히려 우리 정부에 대한 비판은 자유로운 반면, 소련 정부에 대해서는 전혀 허용되지 않는다. 책이나 잡지에서 영국 수상 처칠에 대한 공격은 별로 문제가 안 되지만 소련의 영도자 스탈린에 대해서는 거의 비판을 시도할 생각들이 없어 보인다.

지난 5년에 걸친 제2차 세계대전, 그리고 우리 영국의 안위를 위해 싸운 지난 2~3년 동안 방대한 분량의 책뿐만 아니라 전단이나 기사들도 아무 간섭 없이 출판되었다. 더 주목할 점은 그런 글들에 대해서 아무런 시빗거리도 없었다는 사실이다. 언론의 자유 원칙이 그렇게 잘 준수된 편이었지만, 그건 소련의 입지를 건드리는 내용을 포함하지 않은 경우에만 해당한다. 그 외에도 몇 가지 금기시되는 주제가 있어, 그중의 몇 가지를 지금 논하려 한다. 하지만 소련에 대한 태도는 대개 이와는 비할 수 없을 만큼 증세가 심각하다. 억압하고 통제하는 특정 집단의 압력이 있는 게 아닌데도 그냥 자발적으로들 입을 닫는다.

전에는 그런 적이 없던 탓인지 이 현상은 거의 불가사의로 여겨진다. 1941년[19] 이후 영국의 지식인 대부분은 러시아의 일방적 선전을 앵무새처럼 따라 하는 비굴한 태도를 보여 왔다. 논란과 쟁점이 부딪치는데, 줄곧 러시아의 관점만 예외 없이 수용되었고, 역사적 진실이나 지적인 품위는 아랑곳하지 않는 내용들이 출간되었다. 예를 들어 BBC 방송은 붉은 군대 25주년을 축하하며 트로츠키[20] 이름은 언급도 하지 않았다. 이는 트라팔가 해전을 기념하는 예식에서 넬슨 제독의 이름을 언급조차 안 한 것과 마찬가지다. 그런데도 영국 지식인들은 꿀 먹은 벙어리처럼 아무 소리도 하지 않았다.

점령군이 들어간 나라에서 내분이 벌어질 때도 영국 언론은 대개의 경우 러시아와 한편인 쪽에 유리한 기사를 써 주었다. 동시에 반대편 쪽에는 때로 관련 물증을 은폐하면서까지 비방하는 입장을 취하곤 했다. 특히 주목할 사

---

19 **1941년** : 같은 해 여름, 나치 독일의 소련 침공 사건을 말한다. 히틀러는 단기간에 모스크바를 점령하려 3백만 대군을 파병했다. 그러나 겨울까지 전쟁이 계속되어 독일군 40만 명이 희생되고 소련군은 그의 두 배에 달하는 희생을 기록한 후 다음 해 1월에야 종전되었다. 이때 스탈린은 나치의 위협을 선전하며 이를 빌미로 자신의 반대 세력을 대량 숙청하는 기회로 삼았다.

20 **트로츠키** : 마르크스주의 이론가 레온 트로츠키(Leon Trotsky, 1879~1940)는 서유럽의 공산주의 지식인들과 혁명가들에게 지지를 받았으나 레닌 사후 권력 투쟁에서 밀려나 '인민의 적'이 되어 소련에서 쫓겨났다. 멕시코로 망명하였지만, 스탈린이 사주한 암살자에 의해서 살해당했다. 『동물 농장』에서 나폴레옹에게 축출된 '스노우볼'은 이 트로츠키의 역할을 맡고 있는 것으로 해석된다.

건으로 유고슬라비아의 체트니크(Chetnik)[21] 지도자였던 미하일로비치 장군을 들 수 있다. 자신들의 심복 격인 티토(Tito)[22]를 유고슬라비아에 심어 둔 러시아에서는 미하일로비치가 나치 독일군과 한통속이라고 비난했는데, 영국 언론은 근거 없는 이 비난에 동조했다. 결국 미하일로비치 편에서는 반론의 기회조차 얻지 못했고, 이런 일방적 비난을 논박하는 사실은 보도되지 않았다. 1943년 7월 독일군은 티토의 체포에 금화 10만 크라운의 현상금을 걸었고, 미하일로비치의 체포에도 비슷한 현상금을 제시했다. 당시 영국 언론은 티토의 현상금 소식은 '대서특필'을 했으나 미하일로비치 관련 기사는 단 한곳의 언론에서만 그것도 단신으로, 이들이 독일과 한통속이라는 논조로 일관했다.

스페인 내전 때도 비슷했다. 러시아는 스페인 공화파의 분열 세력을 작살낼 기세였는데, 영국의 좌익 신문들은 함께 맹공격을 가했다. 이에 대한 반

---

21 **체트니크(Chetnik)** : 제2차 세계대전 당시 세르비아 민족주의 게릴라 부대. 원래는 나치 독일이 점령했던 크로아티아와 항쟁할 목적으로 결성되었으나, 티토가 이끄는 공산주의 유격대와 충돌하고 또 크로아티아 사람들을 많이 학살하는 결과가 되어, 전쟁이 끝난 후 미하일로비치를 비롯한 간부들이 체포되어 처형되었다.
22 **티토(Tito)** : 자전거 수리공, 제분소 기술자 등으로 일하며 공산당에 가입해 활동. 그 과정에서 탄압과 구금을 경험하며 특히 나치 군대에 맞서 유고슬라비아 독립군으로 활약하다 혁명가로 거듭났다. 종전 후 그는 1980년 사망 당시까지 유고슬라비아 사회주의 연방공화국의 대통령으로 재직했다. 경직된 관료 조직 중심의 스탈린식 공산주의 체제를 거부하고 노동자들의 경험과 지혜로 직접 회사를 꾸리며, 살림에 참여하는 독자적 방식을 채택한 그의 공산주의 노선은 서유럽의 많은 지식인과 여론으로부터 '인간의 얼굴을 한 사회주의'라는 긍정적 평가를 받았다.

론은 '독자의 편지' 형식으로도 싣지 않았다. 요즘의 분위기로 소련에 대해서는 진지한 비판도 욕먹을 구실이 되고, 경우에 따라 그런 비판의 존재 자체가 비밀에 부쳐진다. 구체적 사례를 들어 보겠다. 사망 직전 트로츠키는 스탈린의 전기를 작성했다. 편파적인 내용이 없지는 않으리라 짐작은 할 수 있지만, 그래도 판매는 보장된 책이었다. 미국의 어느 출판사에서 준비를 마치고, 바로 인쇄에 들어갔다. 내가 알기로는 이미 출간되었고 보도용 견본들이 언론사로 발송된 시점에서, 소련이 전쟁을 시작했다. 그러자 책들은 즉각 회수되었다. 영국 언론 어디에도 이 책에 대한 한마디 언급도 찾을 수 없었다. 그 책이 출간되었고, 그런 탄압이 자행되었다는 사실에 대해 다만 몇 줄이라도 분명 다뤄 봄 직한 사안이었는데 말이다.

그런데 영국의 지식인들 스스로 자제하는 검열과 특정한 이해 집단에서 행사하는 검열은 차원이 전혀 다르다. 추접스럽게도 언론에서는 '이권 논리' 탓에 못 건드리는 사안들이 있다. 돌팔이 제약회사들의 특허 날조 사건들은 가장 잘 알려진 경우이다. 가톨릭 교회도 비판할 일이 터지면 언론에서 크게 떠들지 못하게 상당한 영향력을 행사한다. 그래서 가톨릭 신부가 연루된 추문이 세상에 드러나는 경우는 거의 없다. 반면 성공회 신부의 경우는 (예컨대 스튜키 교구의 목사처럼) 1면 톱기사로 실려서 걷잡을 수 없는 사태가 되기도 한다. 가톨릭 교회에 대해서는 무대에서든 필름에서든 그렇게 까발려진 경우가 정말 드물다. 가톨릭을 공격하거나 조롱하는 연극이나 영화는 언론에서 외면당해 반드시 쪽박을 찰 거라고, 어느 배우라도 그렇게 말할 것이다. 그러나 이 정도는 그리 큰 문제가 아니고, 적어도 이해할 수 있는 수준이다. 일단 규모가 되는 조직이라면 최대한 자신의 이익을 챙기게 마련이니 말이다. 공공연히 선전을 한다고 뭐라 할 수는 없다. 노동자의 권익을 대변하는 『데일리 워커』 신문에 소련과 관련한 불리한 기사들도 실어 달라는 요구는 하지 않는 것처럼 『가톨릭 헤럴드』에서 교황을 고발해 주기를 기대하지는 않을 것이다. 이렇듯 두 언론은 그 성격이 워낙 뚜렷해서 바보가 아니라면 누구든 그 논조를 충분히 안다.

하지만 소련과 그들의 정책에 대해서 어떤 지성적 비판도 기대할 수 없다는 사실은 지극히 불안하고 위험하다. 심지어 자유주의 편에 서는 작가나 기자들조차 자신의 의견을 바꾸라는 직접적 압력이 없는데도 몇 마디 솔직한 의견을 내지 않는다. 스탈린은 신성불가침이라 그의 정책에 대해서는 어떤 것에도 진지한 시빗거리를 만들 수 없다. 이런 식의 불문율은 1941년 이후 거의 모든 영역에서 작동하지만, 실은 그 10년 전부터 이미 우리가 감지하던 것보다 더 광범위하게 작동하고 있었다. 이 기간 동안 소련 정권에 대한 좌파 쪽의 비판은 거의 듣기 힘들었다. 러시아에 시비를 거는 문학이 쏟아져 나왔으나, 그들 대부분은 보수적 시각에서 집필되었다. 하지만 이들은 시대착오적이고 졸렬한 동기에서 작성된 정말 터무니없는 내용이었다. 반면 러시아에 우호적인 선전물도 그에 못지않게 쏟아졌는데, 그에 버금갈 만큼 거짓투성이였다. 그렇다 보니, 가장 중요한 안건을 성숙한 태도로 논의하고픈 사람들은 어디도 낄 곳이 없는 처지가 되었다.

어떻게든 반러시아적 입장을 갖는 서적을 출간할 수는 있으나 그건 일단 주요 언론들과 척을 지는 일이었다. 언론에서는 대개 거들떠보지 않거나 왜

곡된 서평으로 밟아 버리며, 공적으로도 사적으로도 그건 '꼴사납게' 되는 거라는 압력을 가했다. 작가로서 어떤 진실을 말했겠으나 그건 도무지 '시의 적절하지 않은' 일이라 이런 혹은 저런 반동 세력들의 '손에 놀아나는' 꼴이 되고 마는 것이다.

이런 태도는 국제적 상황이며, 영러 동맹이 긴급한 정국이란 이유로 대략 옹호되었지만 이는 합리화에 불과했다. 영국 지식인들 대부분은 소련에 대해 거의 국가적 충성심을 키운 셈이라, 스탈린은 무조건 옳다는 신념에 대해 조금이라도 의혹을 품는다면 그건 바로 신성모독 같은 분위기였다. 러시아에서 일어나는 사건과 다른 지역의 사건에 대한 판단은 그 기준 자체가 달랐다. 평생토록 사형제를 반대해 온 사람들이 1936년에서 1938년까지 러시아에서 진행된 대대적인 숙청 기간 동안 자행된 처형에 대해 갈채를 했다. 인도에서 발생한 기근에 대한 기사는 곧 공표하면서 우크라이나에서 벌어진 똑같은 사건은 은폐했다. 그렇게 하면서도 이를 공정한 것으로 받아들였다. 이는 물론 제2차 세계대전 이전의 일이었지만, 영국 지식인의 이런 분위기는 지금도 별로 나아진 점이 없어 보인다.

이제 『동물 농장』 이야기로 돌아오자. 이 책에 대한 영국의 지성인 대부분의 반응은 지극히 단순해서 '이건 출판하면 안 된다'는 게 중론일 것이다. 모략의 수법에 능한 비평가들은 내 책에 대해 정치적인 이유가 결코 아니고, 문학적 이유로 공격을 해 댈 것이다. 재미도 없고 허접한 책이라고 비판하며 종이가 아까워서 민망할 지경이라고 말할 것이다. 이는 맞는 말일 수 있으나, 반쪽짜리 진실이라는 점은 분명하다. 어떤 책이 단순히 나쁜 책이란 이유로 그 책을 '출판하면 안 된다'는 얘기는 좀체 하지 않기 때문이다. 쓰레기 같은 책이 매일 나오지만, 그에 대해 사람들은 아무 관심도 없다.

영국의 지식인 대부분이 이 책을 반대한다면, 그건 이 책이 그들의 영도자를 비방하고 (그들 보기에) 진보 관련 사안에 해가 되기 때문일 것이다. 만일 그와 반대 효과가 날 수 있다면, 이 책의 문학적 결함이 지금보다 열 배쯤 더 크다 해도 그들은 아무 소리도 하지 않을 것이다. 실례로 지난 4~5년 동안 꾸준히 이어진 좌파 독서 모임의 성공을 보면, 자기들 귀에 거슬리는 내용이 아니면 아무리 상스럽고 엉터리 글이어도 전혀 개의치 않고 억지로라도 읽힐 태세임이 분명하다. 여기서 중요한 건 한 가지, 그게 대중적 소재든 아니든 상관없고 내용의 수준이 어떻든 그것도 상관없다. 그게 퍼뜨릴 만한 가치가 있느냐, 오직 그것뿐이다. 그런 가치만 확인되면, 지식인들은 한결같이 '그럼 하자!'고 답해야 할 것 같은 느낌이 들 것이다. 하지만 구체적인 질문으로 '스탈린에 대한 비판은 어떤가? 이도 퍼뜨릴 가치가 있는가?'라고 물으면 아마 대부분 '아니'라고 할 것이다. 이는 바로 현재의 관습이 도전받는 상황이므로, '언론 자유'라는 기본 원칙이 간과되고 만다. 그러므로 언론과 출판의 자유에 대한 요구가 더 이상 절대적인 게 아닌 셈이다.

어떤 사회를 꾸려 가려면, 어느 정도 검열은 있게 마련이고 앞으로도 그럴 것이다. 하지만 여성 혁명가 로자 룩셈부르크(Rosa Luxemburg, 1871~1919)가 천명한 바와 같이, 자유란 '다르게 생각하는 이를 위한 자유'여야 하며, 이는 자유사상가 볼테르(Voltaire, 1694~1778)의 다음 명구에도 고스란히 담겨 있다.

"나는 당신의 말을 혐오한다. 하지만 그걸 말할 수 있는 당신 권리에 대해서는 내 목숨을 다해 지켜 낼 것이다."

이러한 지적 자유는 서구 문명의 탁월한 특징 중 하나라고 주저 없이 내세우지만, 이게 정말 맞는 말이라면 그건 누구라도 자신이 진실이라고 믿는 바를 말하고 출판할 권리를 갖는다는 뜻이어야 한다. 공동사회의 나머지 구성원들에게 어떠한 경우에도 해를 끼치지 않는다면 말이다. 서구식 사회주의뿐만 아니라 자본주의를 기초로 하는 민주주의, 두 체제 모두 이런 정도 원칙은 당연한 것으로 인정했다. 앞에서도 언급한 바와 같이 우리 정부도 언론의 자유라는 원칙만큼은 존중하는 모습을 보여 주었다. 길 가는 사람을 붙들고 물어봐도 결과는 다르지 않을 것이다. 막연하게나마 '누구나 자신의 생각을 가질 권리는 있다'는 의견은 아직 고수되고 있을 것이다. 자신들의 생각이 어떤 벽에 부딪힐 수 있는지에 대해서 충분하게 자각할 만큼 아직 경험이 부족할 수는 있지만 말이다.

자유에 목숨을 걸어야 할 당사자로 인문 혹은 과학 분야 지식인에만 한정할 필요는 없다. 하지만 대개는 그 범주에 해당할 텐데, 이들은 이제 이론뿐만 아니라 실제로도 자유란 걸 경멸하기 시작했다. 자유주의자들의 변절은 우리 시대의 아주 특이한 현상 중 하나다. '부르주아는 자유를' 꿈꾸는 계급이 아니라는 마르크스주의자들의 주장을 논할 필요도 없이, 이제 민주주의는 오직 전체주의 방식으로 유지될 수 있다는 주장이 훨씬 더 설득력을 가질 정도다. 이런 주장에 따르면, 민주주의를 사랑한다면 그런데 이를 함부로 망가뜨리는 적들이 있다면 어떤 방법으로든 그들을 물리쳐야 할 것이다.

그럼 민주주의를 망가뜨리는 적들은 누구인가. 대놓고 민주주의에 적대적 행위를 하는 이도 있지만, 잘못된 원리를 퍼뜨리며 민주주의에 명명백백한 위해를 가하는 경우는 더욱더 위험하다. 그들은 민주주의를 수호한다는 명분으로 독자적인 사유는 무조건 깨부숴도 좋다는 식이다. 이런 주장은 예컨대 러시아에서 자행된 여러 숙청을 정당화하는 명분이었다. 아무리 러시아에 열광하는 지지파라도 숙청 과정의 희생자들이 기소된 온갖 항목 그대로 실제 그들이 그 모든 죄를 범했다고 믿는 경우는 없을 것이다. 그런데도 그들은 원리를 앞세워 이단의 견해를 남발하며 '명명백백' 정권에 위해를 가했다. 거짓 혐의로 누명을 씌우고 닥치는 대로 정치범으로 몰아 학살한 과정까지 정당화시켜 버렸다.

의도된 거짓말을 진실인 양 밀어붙이는 과정에도 마찬가지 논리들이 적용되었다. 좌익 언론이 트로츠키파를 밀어붙일 때도 그랬고, 스페인 내전에서 공화당 계열 소수파 쪽을 몰아낼 때도 마찬가지였다. 그리고 이는 1943년 오즈월드 모즐리(Oswald E. Mosley, 1896~1980)[23]가 석방될 당시, 인신보호율에 반대하는 논리에도 적용되었다. 자신들이 옹호하는 전체주의 방식이 언젠가는 스스로를 옥죄는 수단이 될 수도 있다는 단순한 사실을 깨닫지 못하는 탓이다. 파시스트라고 해도 재판 없이 투옥시킬 경우, 이런 식 졸속은 파시스

23 **오즈월드 모즐리(Oswald E. Mosley)** : 그는 1918년부터 영국의 국회의원이었고, 1932년 영국 파시스트 연합(British Union of Fascists, BUF)을 창당해 총재로 활동하다 1940년 활동을 금지당하고 구속되었다. 1943년에 석방되어 자택 연금 상태로 종전을 맞았다.

트에게만 적용되는 것으로 그치지 않을 것이다.

영국 공산당이 발행하는 『데일리 워커』 신문이 발행 금지 조치에서 해제되어 복간된 직후 나는 런던 남부의 노동자 대학에서 특강을 했다. 대상은 노동자 및 중산층 이하 지성인들이었다. 좌파 독서 모임 지부들에 모이는 회원들과 같은 부류들이었다. 언론의 자유 문제를 다루었는데 강의 마지막에 놀랍게도 몇몇이 일어나 질문을 했다. 『데일리 워커』의 발행 금지 조치를 해제한 건 중대 실수가 아니냐는 것이었다. 왜 그렇게 생각하느냐고 되물었더니, 그 신문은 별로 충성스럽지 못한 매체이므로 전쟁 기간에는 엄격하게 다뤄야 한다고 말했다. 나는 그 신문에 대해 몇 차례나 비방을 했었는데도 어느새 『데일리 워커』를 옹호하는 입장이 되고 말았다. 이렇게 철두철미한 전체주의적 시각을 대체 이들은 어디서 익힌 걸까? 짐작컨대 그건 공산당원들로부터 학습된 게 틀림없었다.

영국에서 관용과 품격은 그 뿌리가 깊다고는 하나, 언제라도 부서져 내릴 수 있는 것이어서 그 전통이 보존되게 의식적으로 공을 들여야 한다. 그런데 전체주의 원리만 떠들다 보니, 자유로운 영혼들의 원초적 본능 자체가 위축되는 결과가 빚어졌다. 어떤 게 위험하고 어떤 게 위험하지 않은지를 간파하는 그 식별 능력 말이다.

현재 진행 중인 러시아에 대한 맹목적 열광은 서구 자유주의 전통이 취약해진 징후라는 점을 인식할 필요가 있다. 『동물 농장』의 출간을 만약 영국의 정보부가 개입해 막으라는 분명한 지시가 있었다면, 영국 지식인 집단은 이 결정에 전혀 불편해하지 않았을 것이다. 소련에 대한 무조건적 충성은 이제 거의 관행이 되었기에, 소련의 이익과 관련된다 싶은 요소가 있을 경우 그 정도 검열은 물론 고의로 역사를 왜곡한다 해도 기꺼이 수용하려는 분위기이기 때문이다.

다음 예를 보면 더욱 확실하다. 1917년 10월 러시아 혁명 당시 현지에서 이를 목격하며 기록한 『세계를 뒤흔든 열흘』의 작가, 미국 출신 기자 존 리드(John Reed)가 사망하자 이 책 판권은 영국 공산당 소유로 넘어갔다. 아마 그의 유언에 따라 그렇게 했을 것이다. 몇 년 후 영국 공산주의자들은 이 책에서 트로츠키에 관한 언급을 삭제하느라 레닌이 작성한 서문을 고스란히 빼먹을 만큼 막무가내로 원본을 훼손시켰다. 영국에 진정한 지식인 집단이 존재한다면, 이런 식 위조는 당장 들통이 나고 전국의 문학 관련 매체마다 비난과 고발이 빗발쳤어야 했다.

하지만 그렇게 항의하는 소리는 들리지 않았다. 영국 지식인들에게 그런 일이 당연하게 여겨졌다는 뜻이다. 이런 식의 관용이나 일상에서 벌어지는 부정직한 행위는 현재 유행하는 러시아 숭배보다 더 심각한 의미가 있다. 그런 독특한 유행은 영원히 계속되지 않을 가능성이 다분하다. 어쩌면 『동물 농장』이 출판될 즈음에는 이미 소련 정권에 대한 내 견해가 당연한 것으로 수용될지 모른다. 하지만 그런들 무슨 소용이 있을까. 하나의 관습을 다른 관습으로 바꾸는 게 꼭 진보에 해당하는 건 아니다. 지금 흘러나오는 음반 소리가 마음에 드느냐 아니냐와 전혀 상관없이 같은 소리를 되풀이하는 그 판에 박힌 듯한 정신 태도가 바로 시급히 극복해야 할 우리들의 적이다.

사상의 자유, 언론의 자유를 반대하는 온갖 구실과 억지들을 나는 잘 안다. 그런 건 있을 수 없다는 억지, 그런 건 있어서는 안 된다는 억지는 꾸준히 남발된다. 그에 대한 내 답은 간단하다. 그런 막무가내 주장에 우리는 넘어가지 않았으며, 근대가 시작된 이후 지난 400년 동안 우리 문명사는 그와 정반대의 견해 위에 성립되었다고 말이다. 그리고 지난 10년 동안 나는 현재의 러시아 정권은 아주 사악한 집단이라는 생각을 굳히게 되었다. 영국은 지난 전쟁에 소련과 동맹국으로 참전했고, 전쟁에서는 기필코 승리해야 한다고 믿지만 그래도 나는 내 소신을 말할 수 있는 권리 역시 요구한다. 내 입장을 피력할 수 있는 간명한 구절, 그건 아마 존 밀턴(John Milton, 1608~1674)의 다음 문구로 요약된다.

"잘 알려진 자유의 오래된 법칙에 따라."

여기서 '오래된'이라는 단어는 지적 자유가 서구의 오래된 전통에 근거한 것이라, 그게 없다면 서구 고유의 문명은 존재 자체가 흔들린다는 점을 새삼 강조하는 뜻이다. 그런데 요즈음 상당수 지식인은 이런 전통조차 보란 듯이 등을 돌려 버린다. 고유한 가치가 아닌 당장의 정치적 목적에 따라 책을 출간하거나 금지시키고, 칭찬하거나 폄하하는 어처구니없는 처신들을 취하고 있다. 더욱이 본인 스스로 전혀 공감하지 않는 견해를 순전히 겁이 나서 그냥 따르기도 한다.

예컨대 상당수 영국인은 평화주의자를 자처하며 자신의 의견을 개진하면서도 러시아 군국주의의 숭배 현상에 대해 기꺼이 꿀 먹은 벙어리 시늉을 한다. 이들 소위 평화주의자들에 따르면 모든 폭력은 악(惡)일 뿐이다. 그들은 전쟁의 매 단계에 싸움을 중지하라거나 적어도 평화를 협상하라는 촉구를 계속해 댔다. 하지만 그들 중 대체 몇 명이나 나서서 소련의 붉은 군대가 벌이는 전쟁도 악이라고 적시하는가. 러시아인은 당연히 자신들을 방어할 권리가 있다. 반면 우리도 같은 행동을 할 수 있으나, 이에 대해서는 마치 죽을죄를 짓는 일인 것 같은 태도다. 이런 모순을 설명할 길은 한 가지이다. 지성인 집단의 애국심이 영국보다는 소련을 향하고 있다는 뜻이고, 소련의 비위를 맞추려는 비겁한 조바심이 작동한다는 뜻이다.

내가 알기에 영국 지식인들은 소심하고 정직하지 않은데, 그 이유는 수만 가지다. 어떤 식으로든 논리를 찾아 자신들을 정당화해야 직성이 풀리는 게 그들인데, 그들의 지겨운 논리 타령을 나는 줄줄이 읊을 수 있을 만큼 너무 잘 안다. 하지만 파시즘에 대항하는 자유를 지켜 내는 일과 관련해서는 부디 더 이상 허무맹랑한 논리를 끌어오지 말았으면 좋겠다.

'자유'가 진실로 뭔가를 의미한다면, 그건 사람들에게 정말로 필요한 이야기를 어떻게든 들려줄 수 있는 권리라는 뜻도 된다. 보통 사람들은 여전히 이 정도 원칙에는 동의하며 그에 따라 행동한다. 모든 나라에서 다 그렇다는 건 물론 아니다. 우리 영국에서는 프랑스 공화국에서처럼 그렇게 하지 않았다. 미국에서도 역시 그렇게 하지 않는다. 오늘날 우리 영국에서 자유주의자들은 자유를 두려워하며, 지성인은 지성에 똥칠을 하는 장본인이다. 바로 이런 현실 탓에 나는 굳이 추가로 이 글을 써서 『동물 농장』의 서문에 갈음하는 바이다.

위험한 국가주의 (혹은 민주주의) _{1945년}

위험한 국가주의 (혹은 민족주의)

프랑스 단어 'longeur'는 원래 '길이(length)'라는 뜻인데, 영국의 시인 바이런24은 영어에는 그 확장된 내용을 아우르는 마땅한 어휘가 없으나 그 경우에 해당하는 상황은 많다고 얘기한 바 있다. 마찬가지로 이름은 아직 얻지 못했으나 거의 모든 주제에 대해 우리 마음을 지배하고 우리 사고방식에도 영향을 끼칠 만큼 만연한 못된 심리적 습성이 하나 있다. 이에 가장 근접한 표현으로 나는 '국가주의(nationalism)'25라는 단어에 주목한다. 이를 보통 뜻으로 사용하는 게 아니라는 건 다시 설명하겠다. 표현은 '국가주의'이지만, 내가 말하는 그 특이한 심리는 하나의 국가, 그러니까 어떤 민족이나 지리적

---

24 **바이런** : 조지 고든 바이런(George Gordon Byron, 1788~1824)은 총 28장으로 구성된 그의 대표적 서사시 '돈 후안'에서 전설적 바람둥이 돈 후안이 실은 여성의 유혹에 너무 취약한 인물일 뿐이었다는 식으로, 윌리엄 워즈워스(William Wordsworth)며 사무엘 콜리지(Samuel Taylor Coleridge) 같은 당대 호수 시인들로 불리던 이른바 영국 낭만주의 문학의 대표적 시인들을 풍자했다.

25 **국가주의(nationalism)** : (역자 주) 영어로 nationalism을 '국가주의'보다 '민족주의'로 번역하는 경우가 더 많다. 오웰의 이 에세이는 원문 그대로에 더욱 충실하기 위해 '국가주의'라고 옮겼다.

인 영역에만 해당하는 게 아니다. 예컨대 그건 종교나 계급에도 똑같이 적용된다. 심지어 충성을 바치는 대상이 따로 있는 게 아니라 특정한 대상을 향해 무조건 혐오하며 부정적으로 반응하는 심리인 경우도 많다.

여기서 '국가주의'라 부르는 일련의 태도는 무엇보다 동물분류학에서 곤충을 분류하듯 인간도 그렇게 분류해 수백만 혹은 수천만의 사람들을 싸잡아 '우등' 혹은 '열등'으로 나눠 딱지를 붙일 수 있다는 식의 태도나 심리를 말한다.[26] 이와 관련해 더욱 중요한 특징이 있다. 그건 자신을 특정 국가나 단체와 동일시해 그게 선이든 악이든 상관없이 제 이익을 취하는 쪽으로 작동하지, 최소한의 의무 같은 건 안중에 없다는 점이다. 여기서 국가주의는 애국심과는 다른 것이라 결코 이 둘을 혼동해서는 안 된다. 두 낱말 모두 좀 모호한 뜻으로 쓰이고 있어 각각 그럴 듯하게 정의할 수 있으나 그보다 둘 사이의 차이를 밝혀 두는 게 좋을 것 같다. 두 단어는 얼핏 비슷한 뜻으로

---

26 **여기서 '국가주의'라 부르는 ~ 심리를 말한다** : 국가, 그리고 경계가 더 애매한 가톨릭 교회 혹은 무산계급 같은 명사는 그게 마치 특정한 개인들의 집합인 것처럼 취급되기 일쑤인데, 그 집단을 가리키는 대명사는 대개 '그녀(she)'가 된다. 저급하고 무책임한 기자들은 특정 국가에 대해 주관적 기준이나 편견으로 함부로 써 대는 경우가 많아, 예컨대 '독일은 본디 믿을 수가 없는 나라'라거나 '스페인 사람은 모두 귀족'이라거나 '영국인은 전부 위선자' 같은 얘기들이 심심치 않게 신문에서 눈에 띄는데, 사람들은 대부분 이런 한심한 일반화를 따라 하는 경향이 있다. 이런 식 일반화가 아무 근거도 없고 터무니없는 낭설이라는 사실에 당황할 일들이 종종 발생한다. 더욱 한심하고 무책임한 건 그 터무니없는 편견들을 마치 전문적인 식견인 듯 함부로 퍼 나르며 온 세상에 퍼뜨리는 짓인데, 그런 취미를 가진 인물로 톨스토이(Tolstoy, Lev Nikolaevich)나 조지 버나드 쇼(George Bernard Shaw)처럼 유명한 작가들을 꼽을 수 있다.

들릴 수 있지만 분명히 다른 내용이며 심지어 서로 반대의 내용을 포함한다.

반면 애국심 혹은 애국주의는 세상에서 최고라고 믿는 특정 지역이나 삶의 양식에 대한 헌신적 태도이지 남들에게도 그러라 강요하지 않는다. 애국심은 군사적으로나 문화적으로 스스로를 지키려는 본성에 해당한다. 하지만 국가주의는 세력에 대한 욕망과 뗄 수 없다. 국가주의라는 심리의 변함 없는 목표는 더 많은 세력과 명망의 확보다. 내 개별성을 포기하고 어떤 국가나 집단을 위해서 그렇게 하는 것이다. 하지만 이는 독일이나 일본에서 벌어진 국가주의 운동의 참상에서 보듯 그게 얼마나 악랄하고 끔찍한 결과로 이어질 수 있는지 분명하다.

외부인의 시각에서 나치즘 현상을 바라볼 경우 대개 비슷한 분노를 쏟아 낼 것이다. 앞에서 말한 바와 같이, 이런 현상을 아우르는 더 나은 표현이 없는 까닭에 '국가주의'란 말을 쓰는 것이다. 그러니까 국가주의는 특정 국가와 직접 관련 있는 게 아니라 공산주의나 정치적 가톨릭주의, 유대주의, 반유대주의, 트로츠키주의나 평화주의 등의 유사한 특성이 있는 사회운동이나 흐름을 두루뭉수리로 포괄하는 뜻이다. 따라서 그건 어느 국가나 정부 혹은 조국에 충성한다는 의미가 아니다. 국가주의는 그런 대상이 필요 없을 만큼 허무맹랑할 수도 있다. 구체적인 예를 들면 국가주의는 유대인, 이슬람, 기독교, 프롤레타리아 그리고 백인종 등의 이름을 걸고 활약하는데, 이들은 그저 심리적 대상일 뿐이다. 이들 중 어느 집단도 그 정체나 균질성에 대한 보편적 정의 자체가 힘든 까닭에 이들이 실제로 존재하는지부터 문제를 삼을 수 있다.

강조하지만 국가주의라는 심리는 나쁘고 불순할 뿐이다. 예를 들어 트로츠키주의는 트로츠키[27]의 사상을 성실히 따르는 게 아니라 무작정 소련의 적이 되는 것이다. 이 의미만 정확히 파악하면 국가주의라는 심리에 대해 내가 강조하려는 고약한 속성이 분명해질 것이다. 국가주의자는 자신이 얻을 위세를 기준으로 움직이는 성향이 아주 심각하다. 자신들 기분에 따라 수시로 뭔가를 부풀리거나 축소하면서 그들의 머릿속에는 승리 아니면 패배, 성공 아니면 굴욕 말고 다른 것은 없어 보인다. 역사, 특히 현대사는 그들에게 몇몇 열강의 지속적 상승과 하강으로 요약될 따름이다. 모든 사건이 그들에게는 둘로 나뉘는데, 자신들은 항상 승자 편이고 상대는 아무리 업신여기고 혐오해도 좋은 패자들이다.

그렇다고 국가주의를 그저 성공에 대한 숭배 증세로 여겨서는 안 된다.

---

27 **트로츠키** : 레온 트로츠키(Leon Trotzki, 1879~1940)는 우크라이나 부유한 농가에서 유대인의 아들로 태어났다. 1898년 남부 노동자 동맹을 조직했다 체포돼 시베리아로 유형당했다가 1902년 탈출에 성공했다. 런던에서 혁명가 레닌을 만나 조력자로 일하지만 냉혹한 노선에 실망해 고향으로 돌아온다. 1917년 러시아의 노동자와 농민들이 주도한 2월 혁명 후 다시 레닌과 손잡고 소비에트 의장으로 선출되고, 무장봉기하여 10월 혁명을 성공으로 이끈 후 소련의 외무장관이 된다. 1918년 붉은 군대를 창건, 황제파인 백군(白軍)과의 내전을 승리로 이끌고 1919년 국제 공산당 선언문을 기초한다. 1924년 레닌 사망 후 권력투쟁에서 밀리자 강경파인 스탈린은 10월 혁명 당시 트로츠키의 역할을 왜곡하고 갖은 날조와 중상으로 트로츠키를 고립시켜 1929년 국외로 추방한다. 망명을 떠난 트로츠키는 스탈린의 우상화와 폭력성, 편협성을 지적하는 저술을 쏟아 내고, 스탈린의 대숙청에 쫓겨 수차례 암살당할 위험을 겪은 후, 1940년 멕시코에서 디에고 리베라(Diego Rivera)의 도움으로 프리다 칼로(Frida Kahlo)의 집에 숨어 지내다 스탈린의 사주로 암살당한다. 그가 권력에서 밀려난 이후 공산국가에서 '트로츠키주의자'라는 말은 '수정주의자' 혹은 '반동주의자'란 뜻의 심한 욕으로 쓰여, 한번 얻으면 평생 따라다니는 수치스런 꼬리표가 되었다.

오직 강자 편에 붙어 선다고 그게 곧 국가주의는 아니다. 오히려 그와는 달리 자기편을 먼저 선택한 후 자기편이 가장 강하다고 스스로를 설득한다. 그런 연후에는 여러 정황이 기대와는 달리 돌아가도 무조건 자기 소신을 밀어붙이는 식이다. 따라서 국가주의자는 자기 자신을 속이면서까지 세력 추구에 걸신이 들린다. 누가 봐도 명백한 거짓말인데 시치미를 떼고 아무 말이나 떠들어 댄다. 하지만 이는 자신을 위해서가 아니라 더 큰 명분이 있다는 믿음에서 자기 이야기가 옳다는 확신은 더욱 견고해진다.

국가주의라는 특성을 이 정도 설명했으니, 내가 얘기하는 심리적 습관이 영국 지식인들 사이에 얼마나 퍼져 있으며, 더욱이 일반 대중은 얼마나 더 지독하게 거기 물들어 있는지 수긍할 수 있을 것이다. 그럼에도 이 주제는 특히 자신이 누리는 특권에 대해 정말 순수하게 이성적으로 접근하는 건 거의 불가능해 보인다. 그건 아무래도 최근 정치 상황을 심각하게 느끼는 이들에게는 너무도 민감한 사안이라 그럴 것이다. 수백 가지 이유를 댈 수 있으나, 먼저 이런 질문을 던져 보자. 제2차 세계대전 당시 연합군이었던 세 강대국, 즉 미국과 영국과 소련 중 독일의 격침에 가장 큰 공을 세운 나라는 어디인가?

이 질문에 대해 이론적으로는 얼마든 합당한 분석이 가능하고 그에 따른 결론을 끌어낼 수 있을 것이다. 하지만 현실적으로는 그런 절차를 지키며 각자의 몫을 계산해 낼 수가 없다. 모든 과정에는 각자 챙기는 특권이란 게 있어서, 이를 외면한 방식으로 계산할 수 없기 때문이다. 러시아나 영국 혹은 미국 중 어느 나라 입장에서 사태를 보느냐에 따라 계산법은 달라지게 마련인데, 먼저 그 입장을 정한 후에야 다음 절차를 밟으며 논의를 지속할

수 있기 때문이다. 이런 식의 질문은 끝없이 이어질 수 있는데, 모든 상황에
는 여러 주체가 개입하게 마련이라 진정 마땅한 답을 찾으려면 어떤 이해관
계에도 얽매임 없는 중립적 의견을 내놓아야 한다. 하지만 도저히 그럴 수
없다. 우리 시대 정치적 혹은 군사적 예측 능력이 현저히 떨어지는 이유도
이런 상황과 무관하지 않을 것이다.

　대학에서 강의하는 그 많은 '전문가들'이 있지만 1939년 러시아와 독일
사이에 협정이 체결된 사건28을 누구도 예상하지 못한 사태는 되새겨 볼수
록 어이가 없다.29 더욱이 조약 체결 소식이 전해지자 분분한 해설이 잇따
랐으나, 다양한 예측은 나오는 즉시 오류로 판명되곤 했다. 이들은 대부분
'사실'을 근거로 하는 가능성 대신 소련을 좋거나 나쁘게, 혹은 강하거나 약
하게 보고 싶은 각자의 편견과 욕심에 따라 예측했다. 정치 혹은 군사 평론
가들은 마치 점성술사처럼, 아무리 엉뚱한 실수를 범해도 마땅한 징계를 받
고 입을 다물기는커녕 엉뚱한 핑계를 대면서 계속 떠들어 댄다. 그들 말을

---

28 **1939년 러시아와 ~ 체결된 사건** : 비록 2년 뒤인 1941년 독일이 소련을 침공하
　면서 파기되지만, 1939년 8월 23일 나치 독일과 소련은 상호 불가침 조약을 맺어
　세상을 놀라게 했다. 공산주의를 증오한 히틀러는 집권하자마자 국회의사당 방화
　사건을 공산당의 소행이라며 공산당을 불법으로 규정해 해산시키고 마르크스주의
　서적을 불태우는 등 자국 내 사회주의와 공산주의 세력을 탄압했다. 소련도 독일
　은 나치 세력이라는 사실 탓에 서로에게 적대적이었기 때문이다.
29 **누구도 예상하지 ~ 어이가 없다** : 피터 드러커(Peter Drucker, 1909~2005) 같
　은 보수 성향의 작가 몇몇은 그나마 이들의 불가침 조약을 예측한 바 있으나, 반
　면 그토록 다양한 양상의 마르크스주의자나 좌파 쪽 작가 편에서는 바로 이어질
　협약에 대해 그 누구도 언급한 바 없었다.

들어주는 이들은 구체적 '사실'이 아니라 국가에 충성을 자극하는 선전 쪽에 더 열심히 귀를 기울인 탓이었다.[30]

미학적 판단도 정치적 판단 못지않게 엉망인 경우들이 종종 있는데, 특히 문학계의 경우는 더욱 그렇다. 예컨대 인도 출신 국가주의자라면 키플링[31] 작품을 읽는 건 고역일 것이다. 보수주의 입장에서는 러시아 혁명 시인 마야코프스키 작품의 미덕을 순수하게 보기는 힘들 것이다. 그래서 책의 성향이 마뜩찮다 싶으면, 그게 문학적으로 나쁜 책이라고 주장하고픈 유혹이 생기는 건 인지상정이다. 그런데 국가주의 성향이 강한 사람들은 양심의 가책으로 망설이거나 주저함이 없어 그 유혹을 따라서 터무니없는 짓거리를 한다.

영국에서 그런 짓을 벌이는 자들의 수치를 단순 비교할 경우, 가장 저열한

---

30 **정치 혹은 ~ 기울인 탓이었다** : 대중 언론의 군사 평론가들은 대략 친러시아 혹은 반러시아로 분류되었다. 최후의 전선만큼은 절대로 난공불락이라거나 러시아가 3개월 안에 독일을 작살낼 거라는 장담이 엉터리 예측으로 밝혀졌음에도 그들의 명성은 금 가지 않았다. 그들은 자신들의 말에 귀를 기울이는 집단이 원하는 이야기만 계속 떠들기 때문이다. 지식인들이 가장 좋아하는 군사 전문가 두 명 중 하나인 리델 하트 대령은 공격보다 수비가 강하고, 다른 하나인 풀러 소장은 공격이 수비보다 강하다고 얘기하였다. 이렇게 서로 모순되는 이야기를 하는데도, 방송을 접하는 대중들은 양쪽의 권위 모두에 주저 없이 승복하였다. 이들이 특히 좌파 쪽 대중 사이에서 인기를 누리는 황당한 이유는 두 사람 모두 국방부와 불편한 사이라는 사실이 상당한 몫을 하였기 때문이다.

31 **키플링** : 러디어드 키플링(Joseph Rudyard Kipling, 1865~1936)은 인도의 봄베이(뭄바이)에서 태어난 영국 작가로 영국인으로는 최초로 노벨 문학상을 수상했고, 『정글북』을 비롯해 어린이 책을 다수 남겼다. 부친인 존 키플링(1837-1911)은 인도 전통 예술을 계승 발전하는 예술 대학을 세운 인물로도 유명하다.

형태의 국가주의는 시시때때로 증오와 분노를 토해 내는 꼴통 국수주의자들이다. 이들은 여전히 도처에 건재하며 10여 년 전보다 요즘이 더 극성스럽다. 하지만 이 글에서 내 주된 관심은 이들에 대한 지식인들의 반응이다. 지금 분위기로 보면 이들이 소생할 조짐이 아주 사라진 것은 아니나, 구닥다리 애국주의나 꼴통 국수주의는 거의 소멸 상태다. 대신 지식인들 사이에 지배적인 국가주의는 단연 공산주의다. 이는 물론 헐거운 의미로, 공산당 당원이 되는 이들뿐만 아니라 막연히 러시아를 동경하는 곁다리 동조자들까지 포함해서다. 여기서 말하는 공산주의자란 소련이 마치 자신의 모국인 양 그 나라 정책이나 국익에 도움 되는 일은 무조건 지지해야 할 것처럼 구는 사람들이다. 오늘날 영국에는 그런 이들이 산재하며 그들의 직간접적 영향력도 상당하다. 그 밖에도 다양한 국가주의가 넘쳐나는데 이들 전반을 관망하기 위해서는 이들의 다양성이 아닌, 최소한의 유사점에 초점을 맞춰야 한다. 이들은 정말 다양해 그냥 다른 정도가 아니라 거의 상반된 사고방식을 드러내기 때문이다.

10여 년 전으로 돌아가 보면 당시 천주교는 정치색을 잔뜩 띠었는데 요즘의 공산주의에 필적할 분위기였다. 대표 인물은 체스터튼[32]이었다. 물론 그는 평균적 인물이 아니라 극단적인 행동의 대표였다. 그는 이미 발군의

---

32 **체스터튼** : 길버트 체스터튼(Gilbert Keith Chesterton, 1874~1936)은 다양한 분야에서 해박한 지식을 자랑하며 특히 문학과 사회 분야에서 재기발랄하고 독창적인 스타일의 풍자에 능통했던, 20세기 영국의 가장 영향력 있는 작가 중 하나였다. 1922년 영국성공회에서 로마 가톨릭으로 개종한 이후 종교적 신심에 관한 저술 쪽으로 활동을 극히 제한했다.

실력을 발휘한 작가였음에도, 천주교로 개종하고 선동을 시작한 이후 자신의 감수성과 지적 능력 따위는 끊어 낸 듯 굴었다. 인생 마지막 20년 그가 몰두한 일은 '에페소인들의 아르테미스 여신은 위대하시다'며 같은 구호만 외쳤다는 이들처럼 지루한 이야기를 반복하는 것이었다.[33] 그가 집필한 책의 문장과 단락, 기록으로 남긴 대화에서 그는 천주교가 개신교나 다른 이교도 전통보다 훨씬 더 월등하다는 말만 계속해서 늘어놓았다. 더욱이 체스터튼은 그런 우월성을 지적 혹은 영적인 차원에서 확인하는 정도로는 만족할 수 없었다. 국가 차원이나 군사력으로도 그런 명망을 확보하고 싶었다. 이를 위해 프랑스를 비롯해 가톨릭이 팽배한 라틴계 국가들에서 행해지는 맹목적인 이상화를 막무가내로 따라 했다. 포도주 잔을 들고 피의 복수를 요구하는 프랑스 국가(la marseillaise)를 따라 부르는 천주교도 농부들이라니! 프랑스에 잠시 살았던 체스터튼이 막연히 품고 있는 그림은 그만큼 피상적이었다. 그건 오늘날 바그다드에 가서 알리바바와 40인의 도적을 찾는 수준이었다.

게다가 프랑스 군사력을 (제1차 세계대전 전후 독일보다 막강했다 주장할 만큼) 과대평가했을 뿐만 아니라 실제 전쟁의 진행 과정도 아주 황당하고 저속한 방식으로 찬미했다. '레판토'나 '바바라 성녀의 노래' 같은 그의 시

---

33 에페소인들의 아르테미스 ~ 반복하는 것이었다 : 신약성서 「사도행전」에는 기독교인들이 에페소 지역에 입성해 새 종교를 이야기할 때, 혼란을 느낀 원주민들이 보여 준 단순한 반응을 그렇게 소개한다.

에 비하면 전쟁을 부추기는 다른 시(詩)는 거의 평화를 찬미하는 노래로 들릴 정도였다. 그건 역사를 통틀어 영어로 허풍을 떤 글 중 더는 수준을 가늠할 수 없을 만큼 추락한 것이었다. 흥미로운 건, 그가 프랑스와 프랑스 군대에 대해 남발했던 낭만적 미사여구를 누군가 영국과 영국 군대에 똑같이 남발했다면, 가장 신나게 조롱하고 비웃었을 자가 바로 그 자신이었을 것이라는 점이다. 영국 내 정치와 관련해 체스터튼은 국수주의나 제국주의를 혐오하고, 지성의 빛으로 민주주의를 친구로 삼는 '참한 영국인'이었다. 하지만 밖으로 시선을 돌리면 그는 본인의 원칙을 저버린 채 스스로 무슨 짓을 하는지 전혀 깨닫지 못했다. 민주주의라는 미덕에 신비에 가까운 신념을 갖고 있던 그가 무솔리니를 찬양하는 오류를 따라 했다. 무솔리니는 체스터튼이 그토록 열렬히 자기 나라에서 지켜 내고자 한 언론 자유와 대의정치를 무참하게 작살냈던 인물이었다. 하지만 무솔리니는 이탈리아인이며 이탈리아를 강하게 만들었으니 체스터튼은 고민할 필요가 없었던 모양이다. 그는 다른 대륙 유색인들을 무참하게 정복한 사안에 대해서도 프랑스나 이탈리아 사람이 저지른 과실에는 시비를 걸지 않았다. 반면 자기 나라 일이면 국가주의 충성심이 솟구쳐 현실 인식이며 문학적인 취향, 심지어 도덕적 감각조차 180도 달라져 버렸다.

엉뚱한 결론 같지만, 체스터튼 사례로 보면 정치색을 띤 천주교와 공산주의 사이에 상당한 유사점이 드러났다. 이는 도처에서 확인이 된다. 스코틀랜드 국가주의나 유대인의 시오니즘, 반유대주의나 트로츠키주의에서도 같은 증상이 확인된다. 어떤 형식이든 국가주의는 다 똑같고 특히 그 심리는 더욱 그렇다고 말하면 그건 지나친 단순화일 터이나, 두루 해당하는 일종의 규칙 같은 증상은 있다. 국가주의에 해당한다고 볼 수 있는 심리나 증상의 주요 특징을 다음과 같이 정리해 보았다.

집착증 :

국가주의에 빠지면 자신이 속한 세력 집단의 우월성 말고 다른 어떤 것에 대해서도 진지하게 생각하거나 말하거나 글을 쓰지 않는다. 아예 불가능하게 되지는 않을지라도 자신의 충성심을 숨기는 일이 힘들어진다. 그의 세력 집단에 대해 누가 비난하거나 라이벌 집단을 칭찬하는 기색이 느껴지면 안절부절못하며 신경질적으로 반응한다. 예컨대 아일랜드나 인도 같은 나라에 대한 국가주의적 심리에 사로잡히는 경우는 군사력이나 정치적 당위성뿐만 아니라 그들의 예술과 문학, 해당 언어의 문법, 주민의 용모나 스포츠 실력, 심지어 음식과 기후, 풍광도 모두 최고라는 주장이 펼쳐질 것이다. 국기 게양이 반듯한지, 해외 신문에서 제목을 제대로 뽑았는지, 혹시 다른 나라에 비해 홀대받지는 않았는지 등에도 몹시 예민해진다.[34]

국가주의 정서에서 호명은 굉장히 중요한 현안이다. 예컨대 독립을 획득하거나 국가적 혁명을 거치다 보면 대개 새 이름을 짓게 된다. 이런 과정에

---

[34] **국가주의에 빠지면 ~ 몹시 예민해진다** : 예컨대 미국인 중에는 왜 '영-미'라는 조합으로 불러야만 하냐고 불만을 표명하는 경우도 종종 있다. '미-영'이라고 부르도록 새로운 관례를 만들어야 한다는 청원도 이루어졌다.

서 어떤 나라나 소속 집단은 결속감이 강해져 다양한 방식으로 그런 정서를 새 이름에 담고 싶어 한다. 스페인 내전에서 대립했던 두 진영이 사랑과 증오의 정도에 따라 달리 붙였던 여러 이름을 다 합하면 아홉 개 아니면 열 개 정도 된다. 예컨대 프랑코 진영은 '애국파', 정부 쪽은 '충성파'라고 각각 자칭한 적이 있는데, 이들 중 어느 이름으로도 상대를 불러 줄 수는 없는 노릇이었다. 국가주의에 사로잡히면 자기가 속한 집단의 언어로 상대 집단의 언어를 손상시켜야 한다는 의무감이 발동해 자신들 사투리로 상대를 제압하려는 기싸움이 벌어지기도 한다. 예컨대 영국을 혐오하는 미국인들은 영국식 표현은 될 수 있는 한 입에 올리지 않으며, 같은 말이라도 프랑스식 표현이냐 독일식 표현이냐에 따라 선호 양상이 달라진다. 한편 스코틀랜드 국가주의에 물들면 남부 지대의 스코트어가 정통이라 주장하게 되고, 계급에 따른 차별에 분노하는 사회주의자들이 국가주의에 물들 경우, 런던 표준어로 꼽히는 BBC 방송의 악센트도 시빗거리가 된다. 정치적 라이벌을 본뜬 인형을 만들어 화형에 처하거나 그 사진을 표적 삼아 사격 연습을 하는 공감 주술이라도 걸겠다는 듯, 그렇게 집착을 한다.

불안증 :

국가주의적 심리에 물들 경우 어디를 향해서든 그 충성심은 옮겨 간다. 앞에서도 지적한 대로 그건 어느 국가에 고착되는 경우가 많다. 그래서 위대한 국가 지도자나 민족주의 운동의 창시자 중에는 그 나라 출신이 아닌 경우가 많다. 외국인이거나 국경 외곽 출신, 혹은 국적이 애매한 경우들도 상

당수 확인된다. 스탈린과 히틀러, 나폴레옹과 데 발레라, 디즈레일리와 푸앵
카레, 비버브룩35도 대표적 사례다.

독일에서 나치즘의 시원이 된 '범게르만주의 운동'을 선도한 무리 중
휴스턴 체임벌린36은 원래 영국 출신이다. 지난 50년 아니 100년에 걸쳐
이렇게 국적을 바꿔 국가를 옮기는 국가주의는 특히 문단의 지식인 사이
에서 흔히 나타난 현상이었다. 그게 래프카디오 헌37에게는 일본이었고,

---

35 **데 발레라 ~ 비버브룩** : 데 발레라(Éamon de Valera, 1882~1975)는 스페인 계
  미국인 출신으로 아일랜드 대통령이 되었고, 디즈레일리(Benjamin Disraeli, 1804~
  1881)는 유대인 출신으로 영국 총리가 되었다. 푸앵카레(Raymond Poincaré,
  1860~1934)는 프랑스 총리와 대통령을 지낸 정치가로 제1차 세계대전 때 대독일
  강경 정책을 추진하며 승리로 이끌었다. 비버브룩(Baron Beaverbrook, 1879~1964)
  남작은 캐나다 출신 사업가로 영국에서는 처칠과 각별한 교분을 나누며 각료 및
  언론인으로 활동하고 대학을 설립하는 등 교육 사업에서도 크게 활약했다.
36 **휴스턴 체임벌린** : 귀족 출신인 휴스턴 체임벌린(Houston Stewart Chamberlain,
  1855~1927)은 출생 직후 어머니를 여의고 형들과 함께 독일과 프랑스, 스위스의
  명문 학교들에서 교육받은 영국 출신 독일 작가로, 정치철학 및 자연과학 분야에서
  저술 활동을 했다. 리하르트 바그너(Wilhelm Richard Wagner, 1813~1883)의 사
  위로 그의 저서 『19세기의 기반』은 20세기 초 범게르만주의 운동에 큰 영향을 미
  쳤으며, 반유대주의와 결합하여 나치즘으로 전개되었다. 그의 맏형은 동경제국대
  학 교수였던 배질 체임벌린(Basil Hall Chamberlain, 1850~1935)으로, 일본 『고
  사기(古事記)』를 영어와 프랑스어로 옮긴 서양 최초의 일본학자였다.
37 **래프카디오 헌** : 그리스 태생인 그의 본명은 파트리키오스 레프카디오스 헤른
  (Πατρίκιος Λευκάδιος Χερν), 아버지 나라인 아일랜드 이름은 패트릭 헌(Patrick
  Lafcadio Hearn, 1850~1904)이었으나, 미국으로 건너가 기자 활동을 하며 특파
  원으로 일본에 건너가 교편을 잡고 사무라이 후손 여성과 결혼해 처가의 성을 따
  라 이름도 고이즈미 야쿠모(小泉八雲)로 개명했다. 일본 괴담집 등을 영어로 번
  역하는 등 일본학의 선구자 역할을 했다.

칼라일[38]과 당시 그의 동조자들에게는 독일이었고, 지금 우리 시대에는 러시아인 셈이다. 흥미로운 사실은 이들이 향하는 대상은 쉽게 바뀔 수 있다는 점이다. 숭배하던 나라 혹은 대상이 갑자기 혐오스러워지기도 하고 쏟아 붓던 애정의 대상이 갑작스레 바뀌기도 한다. 과학소설의 선도자 H. G. 웰스의 『세계 문화사 대계』 초판이나 다른 저술에는 미국에 대한 칭송이 좀 민망했는데, 그게 문득 방향을 바꿔 러시아를 향했다. 반면 절대적으로 무비판적이던 미국 찬양은 몇 년이 지나지 않아 극성스런 적대감으로 바뀌었다.

편협한 공산주의자들은 불과 몇 주 며칠 사이에 트로츠키주의자로 돌변하는 볼썽사나운 일들도 많았다. 유럽 대륙에서 파시스트 운동은 대개 공산주의자 출신 중심으로 결성되었다. 그런데 앞으로 몇 년 동안 아마 그와는 반대 방향으로 일어날 것 같아 보인다. 국가주의자들에게 한결 같은 건 본인들의 불안한 심리뿐이라, 그 향하는 대상은 언제라도 바뀔 수 있고 심지어 실제와 상관없는 상상의 대상일 수도 있다. 하지만 그게 지식인일 때 이런 변덕은 앞에서 확인했던 체스터튼의 경우처럼 역시 그에 상응하는 부작용이

---

38 **칼라일** : 칼라일(Thomas Carlyle, 1795~1881)은 영국의 빅토리아 시대 사회 평론가이며 역사가로 독일 문학에 심취해 괴테의 『빌헬름 마이스터의 수업시대』를 비롯해 독일 작품들을 번역했으며 『쉴러의 생애』를 집필했다. 반면 사회 개혁을 향한 그의 이상주의는 단테나 셰익스피어, 크롬웰이나 나폴레옹, 장자크 루소나 마호메트, 마틴 루터 같은 인물의 리더십을 강조하는 영웅 예찬론이 되었는데, 이는 19세기 독일 관념론에도 영향을 끼쳐 특히 나치즘과 파시즘의 근거가 되었다는 비판으로 이어졌다.

뒤따른다. 국가주의 증세가 훨씬 심각해 자신의 조국 혹은 지지하는 집단에 대해 훨씬 더 극성맞고 어리석으며, 훨씬 심술 맞고 뻔뻔스럽게 뭔가를 도모한다. 원래는 상당히 지적이고 예민한 사람들이었는데 스탈린이나 붉은 군대 등을 치켜세우며 너무도 허접하고 비루하게 써 놓은 그들의 글을 보면, 도저히 멀쩡한 정신으로 한 짓이라고 믿기지 않는다.

우리처럼 소위 선진화한 사회에서 지식인이라는 사람이 자기 나라에 집착하는 건 드문 일이다. 여론이란 게 있고, 지식인의 자의식 때문에도 그런 행동은 용납하기 힘들다. 주변 사람도 대개 까다롭고 이리저리 재는 게 많은 이들이라 자연스레 따라 하거나 아니면 남의 눈을 의식해서 남과 비슷한 태도를 취하게 된다. 그러다 보니 국제주의 안목까지는 수용하지 못해도, 무심코 저지르는 국가주의 행태를 삼가는 정도는 된다. 따라서 충성을 바치고픈 조국이 필요하다는 느낌은 있는데, 자기 나라에 집착할 수 없으니 마땅한 곳을 찾아 눈을 돌리게 된다. 따라서 일단 대상을 찾게 되면 이제 국가주의를 완벽히 떨쳐 냈다고 믿는 그런 심리를 누려 볼 수 있게 된다. 신이든, 왕이든, 제국이든, 영국 국기든, 그 이름이 뭐가 됐든 이미 떨쳐 낸 우상들이 다시 출몰하는 것이다. 그 실체를 전혀 알아보지 못하므로 마음껏 숭배할 수 있다. 대상을 바꾼 국가주의, 그건 희생양을 통해 죄의 사함을 받는 것과 같아, 자기 행동에 아무 변화를 주지 않고도 저절로 구원에 이르는 길인 셈이다.

현실 무시 :
국가주의 심리에 물들 경우 유사한 사실들 사이의 공통점이 도무지 눈에 들

어오지 않는 황당한 능력이 생긴다. 영국 보수당은 유럽에서는 민족 자결권을 옹호하는 반면 인도에서는 똑같은 사안에 반대하면서, 그게 모순이란 느낌이 없다. 어떤 행동 자체로 선하거나 악한 게 아니라 그 행동을 누가 하느냐에 따라 선과 악이 결정된다. 그게 '우리' 편인 경우 (재판 없는 투옥과 강제 노역, 날조와 집단 추방, 암살, 인질과 고문, 자살 폭격 등) 끔찍한 악행도 도덕의 잣대를 바꿔 버릴 수 있다. 진보를 표방하는 『뉴스 크로니클(News Chronicle)』은 독일인들이 러시아인을 교수형에 처한 장면을 찍은 사진을 만행이라며 게재하더니, 한두 해 후 러시아인들이 독일인에게 행하는 똑같은 사진들을 실으면서 적절한 징계였다는 흐뭇한 심정의 어조로 그 광경을 묘사했다.[39]

역사적 사건들도 마찬가지다. 역사는 주로 국가주의 관점의 용어로 기록된다. 종교재판, 성실법정[40]의 취조와 고문, 해상에서 벌어진 영국 자위대의 정복 작전[41], 계엄 정치, 세포이 반란 당시 수천 명의 인도인을 총으로 제압

---

39 **진보를 표방하는 ~ 광경을 묘사했다** : 당시 『뉴스 크로니클』은 처형 장면을 근접 촬영한 사진을 낱낱이 보여 주는 뉴스 영화를 관람하라고 독자들을 부추겼다. 한편 『스타(Star)』지는 나치에 부역한 죄로 끌려 나와 파리 군중들에게 마구 희롱당하는 거의 벌거벗겨진 여성들 사진을 잔뜩 실었다. 이 사진들은 나치 시절 베를린의 군중들이 유대인을 지분거리던 장면과 구분이 안 될 만큼 닮은꼴이었다.

40 **성실법정** : 천장에 별 그림 장식이 있어 성실(Star Chamber)이라 불린 영국의 형사 재판소는 1641년 의회법(Act Of Parliament)으로 폐지되기까지 불공평한 심의와 고문을 일삼던 고약한 곳이었다.

41 **해상에서 벌어진 ~ 정복 작전** : 노예무역에 종사하던 프랜시스 드레이크(Francis Drake, 1540~1596)는 스페인 선단을 약탈하고 생포한 포로들에게 잔혹 행위를 하다 수장하는 악행으로 유명했던 해적이었는데, 영국 해군의 제독이 되어 엘리자베스 1세로부터 기사 작위까지 받았다.

한 영웅, 아일랜드 여성들 얼굴을 면도칼로 도륙한 크롬웰의 병사들까지, 그들 방식의 표현만 봐서는 도덕적으로 아무런 문제가 없어 보인다. 오히려 그런 징계를 받아 마땅한 원인이 있었다는 어조가 두드러지니, 정말 훌륭한 처사였다고 박수라도 쳐 드릴 분위기이다.

지난 사반세기 동안 지상에는 스페인과 러시아, 인도의 암리차르와 스미르나, 헝가리와 중국, 멕시코 등 곳곳에서 잔혹 행위들이 끝없이 벌어져, 단 한 해도 그런 일 없이 지나갔던 해는 없었다. 하지만 영국 지식인들은 대부분 이를 믿지 않는다. 그렇다고 이에 대해 부인하지도 않는다. 잔혹 행위가 벌어진 일을 믿느냐 마느냐, 심지어 그런 행위에 분개하느냐 마느냐의 여부는 각자의 정치적 취향일 뿐이다. 국가주의 성향이 강한 이들은 자기들이 자행한 잔혹 행위에 대해, 그렇지 않다고 막연하게 부인하는 정도가 아니라 그런 일은 귀를 닫아 버리는 놀라운 능력이 있다. 히틀러 숭배자들은, 무려 6년 동안 부헨발트와 다하우에 유대인을 잡아 둔 강제수용소가 있다는 사실조차 모른 척했다. 한편 독일 강제수용소에 대해서 가장 큰 목소리로 반대 의견을 냈던 이들은 러시아에도 그런 곳이 있다는 사실을 모르고 있거나 막연하게만 아는 정도였다. 또한 1933년 수백만이 목숨을 잃은 우크라이나 대기근 같은 사건에 대해서도 영국의 친러파 인사 대부분은 관심을 갖지 않았다.

영국 국민 상당수는 제2차 세계대전 동안 독일과 폴란드 유대인이 몰살당한 사실에 대해 거의 들어 본 적도 없었다. 유대인에 대한 오랜 혐오감 탓에 엄청난 범죄 소식이 들린다 해도 귓전으로 들은 탓이다. 이렇듯 국가주의 심리에 빠지면 진실이지만 진실이 아닌 사실과, 알고 있으나 알지 못하는 사실이 있게 된다. 알게 된 사실은 도저히 감당이 안 되는 것이다 보니 옆으로 밀쳐 둔 채 아예 논리적 사유 과정으로 포함시키지 않는다. 아니면 포함해 생각할 경우, 그걸 사실로 받아들이지 않으므로 괘념할 필요가 없다는 식이다. 국가주의는 역사를 적당히 조작할 수 있다는 믿음과 뗄 수 없는 사이다. 예컨대 스페인의 무적함대가 실은 영국에 승리했다고 믿거나 1918년 러시아 혁명은 실패했다고 믿는 환상에 빠져, 그 세계의 단편을 시시때때로 역사책 아무 데나 끼워 넣으려 든다. 우리 시대 선동가의 저술 중 상당 부분은 이런 엉터리 얘기가 무성하다. 구체적 물증들은 제쳐 버린 채 날짜를 변조하고 맥락을 뺀 문장들을 인용하니 원래 의미가 크게 달라진다. 일어나지 말았으면 싶은 사건들에 대해서는 아예 입을 닫아 버리니 없던 일이 되기도 한다.[42] 장제스(蔣介石)는 1927년 공산당원 수천 명을 끓는 물에다 삶아 죽인다는 팽형(烹刑)을 감행했으나 10년도 되지 않아 좌파 영웅 중의 하나가 되었다. 세계 정치 재편으로 그는 반파시스트 진영의 인물이 되었고 공산당원을 물에 삶아 죽인 사건은 없던 일이 되어 버렸다.

선동의 주된 목표는 당대 여론에 영향을 주는 것이다. 하지만 그런 식으로 역사를 조작하는 이들은 아마 마음 한구석에, 실제로 자신들이 진짜 있던 일을 과거에 끼워 넣고 있다는 신념이 있는 것 같다. 러시아 내전에서 트로

---

42 **일어나지 말았으면 ~ 버리기도 한다** : 앞에서 언급한 독일과 러시아 사이의 협정도 그 사례로, 이는 대중의 기억에서 최대한 빠르게 잊혀 버렸다. 러시아 특파원 하나는 내게 이 사건이 최근의 정치 사건들을 수록하는 러시아 연감에서 아예 삭제되어 있다는 사실을 알려 주었다.

츠키의 활약을 축소하고 폄하하며, 이를 사람들에게 믿게 하려고 치밀하게 감행한 조작들을 보면 그 짓거리에 동참했던 이들은 단순히 거짓말을 하는 정도가 아니었다는 인상을 지울 수 없다. 그들은 아마 하느님이 보시기에 바로 그랬을 것이라는 소신으로 여러 기록들을 재배치하며 스스로를 정당화했다는 느낌이 강하게 든다.

국가주의 입장에서 객관적 사실 따위는 중요하지가 않다. 이 증세는 바깥세상과 차단될수록 더 심각해져 실제의 상황 인식이 힘들어진다. 그런데 너무 엄청난 사건들에 대해서는 오히려 진짜 의심에 빠지기도 한다. 예컨대 제2차 세계대전에 희생된 목숨이 수십만인지, 수백만인지 계산조차 힘들어 한다. 전쟁과 학살, 기아와 혁명 등의 참상이 언론을 통해 보도되니 사람들은 이런 일들이 점점 더 비현실적으로 느껴진다. 이런 일이 실제 벌어지는지 확인할 길이 없고, 사실 믿기 힘든 일이기도 한 까닭이다. 게다가 보도 입장에 따라 해설이 다르니 더 당혹스럽다. 1944년 8월 바르샤바 봉기[43]는 어디까지 진실이고 어디부터 거짓인가. 폴란드 땅에 독일인들이 가스 처형실을 만들었다는데, 그게 정말일까. 벵골 지역에서 발생한 대기근[44]은 대체 누구 탓인가.

---

43 **바르샤바 봉기** : 제2차 세계대전 당시 독일군으로부터 바르샤바를 해방시키려 1944년 폴란드군과 무장한 시민들이 63일 동안 함께 총격전을 벌였던 저항운동사에서 최대 규모로 기록된 군사행동
44 **벵골 지역에서 발생한 대기근** : 방글라데시와 인도가 분리되기 전 일본이 버마(미얀마)를 점령한 후 벵골 지역에서 1943년 벌어진 대기근. 약 3백만 명이 영양 결핍으로 사망했다고 알려졌다.

진실은 어떻게든 밝혀낼 수 있을 것이다. 하지만 대부분 신문에 실린 기사가 워낙 모호하고 거짓말투성이라 독자들은 제대로 의견을 세울 수 없는 형편이다. 실제 벌어지는 일에 대한 정보는 아무래도 불확실하니 황당한 믿음을 견지하는 게 더 쉬운 편이다. 무엇 하나 제대로 입증되지 않고 그렇다고 반증되지도 않다 보니 명백한 사실도 우격다짐으로 거짓 취급을 당하게 된다. 국가주의 심리에 젖은 자들은 세력을 키우는 일과 관련한 승리와 패배, 복수에 몰두할 뿐 실제 세상에서 일어나는 일에는 관심이 없다. 이들은 자기네 세력이 반대 세력보다 훌륭하다고 느끼는 게 중요할 뿐이다. 그래서 자신이 받드는 주장이 사실과 부합하느냐를 확인하기보다 상대방을 묵살하는 방법으로 일을 풀어 간다. 국가주의 신념에서 비롯한 주장이 어린 학생들 논술 수준을 못 벗어나는 이유는 그래서이다. 모두가 자신이 이겼다고 믿어 버리니 결론이 날 수가 없다. 증세가 심각하면 실제 세상과는 상관없는 세력으로 승리의 꿈을 꾸며 행복하게 살게 되고, 결과적으로 정신 분열 환자와 증세가 똑같아진다.

지금까지 모든 형태의 국가주의에 공통으로 나타나는 심리적 습성을 검토하였다. 다음은 그들을 유형별로 나눠 보려는데, 선명한 기준으로 정리하는 건 불가능해 보인다. 국가주의라는 주제가 너무나 거대하고 광범위하기 때문이다. 지극히 복잡한 방식으로 서로에게 영향을 주는 무수한 망상과 혐오 탓에 온 세계가 고통받는데, 그중에도 가장 고약한 것들에 대해 유럽인들은 아직 제대로 깨닫지 못하고 있다.

이 글에서 다루는 국가주의는 다름 아닌 영국 지식인들 사이에서 나타나는 현상이다. 그들의 국가주의는 일반 시민에 비해 애국주의와 섞인 양상이 거의 없어 그 자체를 살펴보기가 더욱 좋다. 다음은 현재 영국 지식인 사이에 무성한 국가주의 양상을 특성별로 나눈 것으로, 필요한 경우는 조금씩 설명을 보태었다. 편의상 먼저 세 가지 사례를 나누어 '적극적' 국가주의, '옮겨 간' 국가주의, '소극적' 국가주의라는 이름을 붙여 봤으나, 여러 특성이 함께 보이는 사례도 있다.

1. 적극적 국가주의 사례들

① 영국 신보수주의(네오토리즘)

엘튼 경이나 허버트 경, 픽트혼 교수 같은 인물과 토리당 개혁위원회 문건들, 『뉴 잉글리시 리뷰(New English Review)』나 『19세기와 그 이후』 등의 월간지가 이 범주에 속한다. 영국의 힘과 국제적 영향력이 어느덧 쇠퇴했다는 사실을 인정하지 않으려는 열망이 스스로를 지탱하는 힘인데, 바로 이 점이 전통적인 보수와 차이가 나는 점이다. 이들은 영국의 군사적 위상이 이전 같지 않다는 사실을 이미 알고 있고 있지만 그래도 여전히 (그게 무슨 뜻인지는 아직도 애매한) '영국의 생각'대로 세상을 다스려야 한다고 주장하는 경향이 있다.

네오토리, 즉 영국의 신보수주의자는 '반러' 쪽인데, 이따금 자신들은 '반미'라는 주장도 한다. 주목할 점은, 이런 주장이 젊은 지식인 사이에 상당한 지지 기반을 얻고 있는 것 같아 보인다는 사실이다. 이들 중에는 공산주의에 물들었다 환멸을 느껴 완전히 반대로 돌아선다는 그 얄궂은 과정을 거친 경우가 상당수다. 모국인 영국을 혐오하다 갑자기 영국의 열광자가 되었다는 경우도 흔하지 않은가. 보이트(Frederick A. Voigt), 머그릿지(Malcolm Muggeridge), 이블린 워(Evelyn Waugh), 킹스밀(Hugh Kingsmill) 등 작가들이 바로 이런 경향을 보인 바 있고, 엘리엇(Thomas Stearns Eliot)과 루이스(Wyndham Lewis) 및 그 추종자들도 심리적으로 유사한 전개 과정을 드러낸 바 있다.

② 켈트족의 국가주의

웨일즈와 아일랜드, 스코트랜드의 국가주의는 각각 다른 점이 있으나, 영국에 맞선다는 점에서는 성격이 같다. 이들 중에 극성스런 무리들은 자신들이 러시아 편일 뿐만 아니라 나치 편이라고도 떠벌리지만, 대략 세 집단은 스스로를 러시아 편이라며 전쟁 반대 입장을 취해 왔다. 하지만 켈트족의 국가주의가 곧 영국 혐오라고 볼 수는 없다. 그 원동력은 켈트족의 과거와 미래의 영광에 대한 믿음이어서, 그에 따른 인종주의 색채가 역력하다.

자신들이 속한 켈트족이 앵글로색슨족보다 영적으로 우월하니, 훨씬 담백하고 창조적이며 덜 천박하고 덜 속물적이라는 믿음이다. 하지만 그 이면에는 앞에서 논한 세력 확장에 대한 갈망이 감춰져 있다. 여러 증상 중 하나는 아일랜드와 스코틀랜드, 심지어 웨일즈도 영국의 보호 없이 스스로 독립을 지킬 수 있으며 여태 어떤 도움도 받은 적 없다는 망상이다. 작가들 중에서 이런 신념의 대표 격으로는 맥더미드(Hugh McDiarmid)와 오케이시(Sean O'Casey)를 꼽을 수 있다. 아일랜드의 현대 작가 중 예이츠(William Butler Yeats)나 조이스(James Joyce) 같은 대가들도 국가주의에 해당하는 특성이 전혀 없는 경우는 없다.

③ 유대인의 국가주의(시오니즘)

시오니즘은 국가주의 중에서도 유별난 성격이 있는데, 미국의 시오니즘은 영국에서 보다 더욱 격렬하고 훨씬 심통 맞아 보인다. 미국으로 옮겨 갔지만 이를 '옮겨 간' 국가주의가 아니고 '적극적' 국가주의 범주에 넣은 이유는, 그게 거의 유대인 사이에서만 활개를 치기 때문이다. 영국의 경우 좀 아리송한 이유로 주로 팔레스타인 문제와 관련해 유대인 편에 서는 지식인들이 좀 있지만, 그들의 심리가 그 정도로 걱정스런 수준은 아니다. 선의를 가진 영국인은 최소한 나치 만행에 분노하고 피해자를 동정하는 심정으로 유대인 편을 드는 정도다. 하지만 그게 유대인에 대한 국가주의적 충성 혹은 그들이 선천적으로 우월하다는 식의 믿음 같은 걸 이방인 사이에서 찾아볼 수는 없다.

2. 옮겨 간 국가주의 사례들

① **공산주의** : 212쪽에서 설명.
② **정치적 가톨릭주의** : 212~213쪽에서 설명.
③ 인종 차별의 심리

본토의 '원주민'을 경멸하고 업신여기는 태도는 영국인들 사이에서는 많이 줄었고, 백인 우월을 강조하는 온갖 엉터리 이론도 이제는 대부분 폐기되었다.45 피부색에 대한 지식인의 차별감은 오히려 유색 인종이 성품은 훨씬 더 뛰어나다는 식으로 드러나는 편이다. 이는 요즈음 영국 지식인들 사이에서 더 일반화되는 현상인데, 그건 흑인이나 동양인의 국가주의와 접촉한 결과라기보다는 자기 학대나 성적 좌절 등 개인의 심리적 원인에서 비롯된 경우가 흔한 것 같다.

피부색 문제에 대해 심각하게 생각하지 않는 사람들도 속물근성이나 모방 심리의 효과는 강력하다. 지식인들 사이에서 백인이 유색인보다 우월하다고 주장한다면, 그건 곧 지탄의 대상이 될 것이다. 반면 그와 반대의 주장이라면 전혀 동의하지 않는다 해도 별로 뭐랄 사람이 없을 것이다. 유색 인종에 대한 국가주의 수준 집착이라면 그건 대개 그들의 성생활이 월등할 거라는 식 미신에 해당한다. 특히 흑인의 성적 능력에 대한 호기심은 판타지 혹은 음험한 신화의 수준이다.

---

45 백인 우월을 ~ 대부분 폐기되었다 : 일사병에 대한 미신은 대표적인 사례다. 유색인에 비해 백인들이 일사병에 훨씬 취약하다는 믿음은 최근까지 계속되었다. 특히 열대 지방에서 백인들은 뙤약볕을 단단히 가리는 모자 없이 다녀서는 안 된다고 믿었다. 명확한 증거가 없는데, '원주민'과 '유럽인' 사이에는 뭔가 차이가 있다는 걸 강조하는 목적에는 제법 부합하는 가설이었다. 전쟁을 치르는 동안 특히 인도 지역 열대 지방에서 특별한 모자 없이도 잘 뛰어다니다 보니, 허무맹랑한 가설은 자연히 소멸되었다. 일사병 미신이 남아 있던 시절, 그건 일반인보다 인도에 주재하던 영국 의사들 사이에서 훨씬 확고했던 것으로 보인다.

④ 계급 차별의 심리

상류층 및 중산층 지식인 사이에서는 오히려 현실과 반대로 가진 것 없는 프롤레타리아 계층이 인품은 더 훌륭하다는 식 믿음이 있다. 여기 지식인들 사이에서도 여론의 압력은 막강하다. 특히 일상의 속물근성이 심각할 경우 프롤레타리아 계급을 향한 국가주의적인 충성과 부르주아 계급을 향한 증오와 악의성이 실제로 공존한다.

⑤ 이른바 평화주의

우리 시대의 소위 평화주의자는, 정체가 애매한 종교 집단에 속하거나 아니면 사람 죽이는 일을 반대하기에 더 이상 그에 대한 논쟁은 않겠다는 단순한 인도주의 입장인 경우가 대부분이다. 하지만 평화주의를 표방하는 지식인 중에 (물론 소수이지만) 사회적으로 용인되지 않고 있음에도 서구 민주주의를 배격하고 전체주의를 동경하는 무리가 있다. 평화주의 식의 선동은 양비론, 즉 한쪽이 나쁜 만큼 상대편도 마찬가지로 나쁘다는 논리로 압축된다. 하지만 평화주의를 표방하는 지식인들의 글을 꼼꼼히 읽어 보면 어느 편도 들지 않겠다는 게 결코 아니다. 그들은 영국과 미국 두 나라에 대해 거의 전적으로 반기를 든다. 게다가 이들 대부분은 폭력 자체를 저주하는 게 아니라 더 나아가 서구 국가들이 자신을 방어하느라 동원하는 폭력까지 저주한다. 영국과 마찬가지로 러시아도 군사적 수단을 동원해 자신을 방어하지만 이에 대한 비난은 하지 않는다. 그러나 이런 식의 평화주의 선전에서 러시아와 중국에 대한 언급은 전혀 없다. 그리고 영국에 맞서서 투쟁하는 인도 쪽을 향해서도 폭력을 거두라는 주장은 하지 않는다.

소위 평화주의를 표방하는 글에는 성공한 쿠데타에 동원된 폭력은 용서받을 수 있다거나, 처칠 같은 정치인보다는 히틀러 같은 정치인이 낫다는 둥 종잡을 수 없는 주장이 난무한다. 나치 독일에 함락되었을 때, 난감한 선택의 기로에 선 프랑스 평화주의자들은 대개 나치 편으로 넘어갔다. 영국의 경우 그 정도 추태는 피할 수 있었으나, 평화맹세연합(PPU)46이 검은 셔츠단(CCNN)47의 활약을 대신한 오류를 저지르기도 했다. 평화주의를 표방하는 작가들이 엉뚱하게 칼라일을 칭송하는 글을 썼는데, 그는 파시즘의 사상적 아버지들 중 하나가 되었다. 결국 지식인 일부에서 나타난 평화주의는 대략 세력 확장과 잔인성을 유포하는 은밀한 방편처럼 보인다. 게다가 히틀러에게도 이런 정서를 적용하는 실수까지 범했다. 물론 그 대상은 다시 또 쉽게 옮겨 갈 수 있었지만 말이다.

----

46 **평화맹세연합(PPU)** : 런던에서 1934년 나치 독일의 위험을 감지하고 비폭력과 저항을 표방하며 특히 전쟁 피해자들을 지원하는 활동으로 시작되어 지금은 반핵, 반전, 평화운동으로 이어진 단체

47 **검은 셔츠단(CCNN)** : 제1차 세계대전 직후인 1919년 결성된 이탈리아 돌격대의 무솔리니(Benito Mussolini)를 중심으로 검은 셔츠를 입고 다니던 파시스트당의 전위활동대. 이들을 추종한 오즈월드 모슬리는 1932년 영국 파시스트 연합(British Union of Fascists)을 창당해 검은 셔츠를 입고 다녔다. 1937년 영국 연합(British Union)으로 변경되었다가 1940년 활동을 금지당해 없어졌다. 이탈리아에서는 1943년 무솔리니의 실각과 함께 몰락했다.

3. 소극적 국가주의 사례들

① 영국 혐오증

영국 지식인은 자기 조국에 대해 비분강개하며 농담하듯 조롱거리를 만드는 일이 일상이 되었다. 그런 정서가 제2차 세계대전 기간에 특히 패배주의로 자리 잡아, 전범인 독일과 이탈리아와 일본, 이 세 나라의 패배가 분명해진 이후까지도 계속되었다. 영국이 그리스에서 퇴각하고 자기네 식민지였던 싱가포르가 일본에 함락되었단 소식에 함박웃음을 짓는 이들이 상당수였다. 엘 알라메인 전투(battle of el-Alamein)[48]의 승리나 영국 본토에서 격추된 독일 전투기 숫자 등 영국 쪽에 반가운 소식이 들릴 경우는 이를 믿지 않으려는 이들도 적지 않았다.

영국의 좌파 지식인들이 독일과 일본이 전쟁에서 이기길 바란 건 아니었다. 하지만 그들 중 상당수는 조국이 모멸당하는 꼴을 보며 은근히 쾌감을 느끼고, 최후의 승리는 영국이 아닌 미국이나 러시아의 공으로 하기를 바라는 심리였다. 외교 정책과 관련해서도 영국 정부가 지원한 경우는 오류를 범할 수밖에 없다는 논조를 펼치는 지식인이 다수였다. 그렇다 보니 지식인들 고견에 '눈을 뜬' 대중의 경우 보수당과 반대되는 생각을 갖기 십상이었다. 이런 소극

---

48 **엘 알라메인 전투(battle of el-Alamein)** : 제2차 세계대전 당시 나치 독일의 동맹국이던 이탈리아가 점령한 북아프리카 일대에서 격돌한 대규모 전투로, 이집트의 엘 알라메인에서 영국군은 독일의 롬멜 장군을 격퇴시키며 결정적 승리를 거두었다.

적 영국 혐오증은 언제라도 반대로 뒤집어질 소지가 다분하다. 이를테면 어떤 전쟁이 시작될 때 평화주의 깃발을 내걸던 사람이 다음 전쟁에서는 누구보다 앞장서서 호전적으로 돌변하는 진풍경들이 심심치 않게 눈에 띈다.

② 반유대주의

현재는 적극적으로 이에 해당하는 증거를 찾기 힘들다. 나치의 탄압과 패악이 워낙 끔찍했던 터라 조금이라도 생각이 있다면 유대인 편을 들 수밖에 없기 때문이다. 게다가 '반유대주의'란 말을 들어 봤을 만큼 배운 사람들의 경우, 자신들은 절대로 그런 감정이 없다고 주장할 것이기에 반유대적 표현들은 모든 종류의 글에서 삼가게 된다. 하지만 지식인들 사이에서도 반유대주의는 상당히 만연한 현상이다. 일종의 담합처럼 그 사안에 대해서는 일단 침묵하는 가운데 상황은 더 악화될 뿐이다. 이는 좌파 인사들 사이에서도 마찬가지다. 이런 식 태도는 트로츠키주의자와 무정부주의자의 경우 유대인이 많다는 사실과도 무관하지 않은 것 같다. 하지만 반유대주의는 아무래도 보수 성향 사람 사이에 더 퍼져 있는데, 이들은 국가 도덕이 흔들리고 자신들 문화 정체성이 희석되는 게 유대인 탓이라는 우려가 심각하다. 특히 네오토리즘에 해당하는 신보수주의와 정치적 가톨릭주의에 경도되면 반유대주의에 빠질 소지가 다분하다.

③ 트로츠키주의

이는 무정부주의나 사회민주주의는 물론 자유주의자에게도 두루 쓸 만큼 경계가 느슨하다. 여기서 트로츠키주의는 스탈린 체제에 분노하는 원조 마르크스주의를 일컫는 표현이다. 그런데 트로츠키주의는 하나의 사상만 가진 적이 결코 없던 트로츠키의 작품을 읽어서는 결코 정체를 알기 힘들다. 그보다는 그의 이름을 팔면서 횡설수설하는 팜플릿이나 『소셜리스트 어필』 같은 잡지를 봐야 이해할 수가 있다. 어떤 지역, 예컨대 미국에서는 트로츠키주의자는 상당수의 추종자를 확보해 골목대장도 세우고 조직을 갖춘 운동으로 발전할 수 있으나, 그들이 모이는 심리의 본질은 소극적이다. 트로츠키주의자들이 스탈린에 맞서는 반면 공산주의자는 트로츠키주의자들을 옹호한다. 또 공산주의자들 대개가 그런 것처럼 트로츠키주의자 역시 권력을 위한 싸움이 자신에게 유리한 쪽으로 진행되는 한, 굳이 세상을 바꿀 생각이 없다. 트로츠키주의자나 공산주의자나 오로지 하나의 대상을 향해 강박적으로 집착하다 보니, 확률적으로 잘 계산된 합리적인 결론을 도출할 수 없다.

트로츠키주의자는 박해받는 소수와 혹은 파시스트와 협력 관계라는 식의 아주 극단적 평판이 가해지는데, 이 둘 모두 명백한 오류다. 이런 누명 탓에 트로츠키주의는 공산주의보다 한결 지성적이고 도덕적으로 우월하다는 인상을 주기도 하지만, 둘 사이에 무슨 차이가 있는지 사실 의문이다. 트로츠키주의자는 대개 공산주의자였던 경력이 있고, 좌파 운동권 중에는 아무 단체도 거친 적 없이 트로츠키주의자가 된 경우는 거의 없다. 공산주의자는 무슨 계약 같은 것에 묶여 있는 경우가 아니면 어느 날 갑자기 트로츠키주의자로 바뀔 여지가 다분하다. 그와 반대의 경우는, 이유는 분명치 않지만 그리 흔한 일은 아닌 듯하다.

... ...

여태껏 나름대로 내가 정리한 분류를 보면 이따금 좀 과장한 것처럼 보이기도 하고 심하게 단순화시키거나, 국가주의 관련한 특성을 근거가 불충분한데 말끔한 설명도 없이 단정 지은 경우들도 있어 보인다. 그럴 수밖에 없었던 까닭은 우리 마음속에 존재하며 우리 생각을 왜곡시키는 그 특이한 경향을 추려 내서 정체를 밝히고 싶었기 때문이다. 그게 항상 순수한 모습으로 꾸준히 작동하는 건 아니지만 말이다. 그러니 이쯤에서 너무 압축한 내용들을 좀 바로잡을 필요가 있을 것 같다.

가장 먼저 정정할 사항은 우리 모두가 국가주의 심리에 물들었다고 주장할 수는 없다는 점이다. 심지어 모든 지식인들이 그렇다는 건 틀린 말이다. 두 번째로 국가주의는 이따금 드러날 뿐이고 그것도 제한되어 나타난다는 사실이다. 지식인들은 자신이 어리석은 짓을 할 수 있다는 사실을 대략 가늠할 수 있다. 이따금 화가 나거나 의기소침할 경우 혹은 별로 대수로운 일이 아니란 확신이 있을 경우는 고약한 심기에 빠져들 수도 있으나, 그렇게 되지 않게 스스로 조심하게 마련이다. 세 번째로 국가주의와 유사한 점이 있다고 해도 어떤 소신은 상당히 좋은 의도로 수용될 수 있다. 네 번째로 한 사람 안에 여러 종류의 국가주의, 심지어 서로 상쇄되는 성격의 국가주의가 공존할 수도 있다.

지금까지는 국가주의로 인한 부정적인 사태에 대해서만 이야기했다. 그건 마음에 균형 감각이 없고 세력을 키우는 것 외에는 관심이 없어 제정신이 아닌 극단적인 국가주의를 확실하게 묘사하기 위해서였다. 그런 부류 인간은 워낙 널려 있어 그들의 주접을 굳이 설명할 필요도 없었다. 엘튼 경이나 프릿, 휴스턴 남작 부인, 에즈라 파운드, 반시타트 남작, 콜린 신부 등의 지겨운 족속들은 맞서 싸워야 할 상대들이긴 하나, 그들의 지적 결함에 대해서는 여기서 언급할 필요조차 없다. 편집증에 대한 얘기 자체가 짜증나고, 많이 비뚤어진 국가주의자가 책을 출간한다 해도 몇 년 후에는 결국 쓰레기가 되니 어차피 자체 정화가 된다고 볼 수도 있다.

그렇게 국가주의는 어느 곳에서도 사실 뜻을 이룰 수 없고, 그들의 욕심대로 움직이지 않는 건강한 시민들이 또 있게 마련이다. 그럼에도 불구하고 국가주의에 해당하는 몽매함은 여전히 만연해 오늘날 산적한 국제 문제 — 인도와 폴란드 사태, 팔레스타인과 스페인 내전, 스탈린의 대숙청, 미국의 흑인 사태, 독일과 러시아의 불가침조약 등 합리적으로 논의될 수 있는 전망은 여전히 희박하다. 또한 엘튼이며 프릿이며 콜린 일당의 악다구니는 오늘도 내일도 황당한 거짓말을 쏟아 낸다. 그렇게 극단적인 경우들은 오히려 무시할 수 있다. 중요한 건, 우리도 주의하지 않으면 언제라도 그렇게 변질될 수 있다는 점이다. 그걸 깨닫지 못하면 스스로에게 얼마든지 속을 수 있다.

평소에 부드럽고 공평한 기질의 사람도 자기 약점이 드러나면 문득 상대를 향해 사나운 성질머리를 드러낼 수 있다. 상대를 찍어 누르려 제 입에서 어떤 거짓말이 나오는지, 얼마나 터무니없는 억지를 쓰며 어떤 논리적 오류를 범하는지 정말로 모를 수 있다. 그래서 자기 약점을 잘 모를 때는 스스로 아픈 데를 찾아서 살살 건드려 보면 꽤 도움이 된다. 남아프리카공화국에서 벌어진 보어 전쟁49을 그토록 반대하던 로이드 조지는 어느 날 하원에서 영국 정부가 공식 발표한 통계 자료를 보면 영국군은 보어인을 다 합한 수보다 더 많은 보어 군인을 죽인 셈이라고 타박했다. 이를 듣고 있던 아서 밸포어(Arthur Balfour, 1848~1930) 총리50가 벌떡 일어나서 평소의 품위는 어디로 갔나 싶을 쌍욕을 했던 기록이 있다. 이런 반응은 사실 누구도 자제하기 힘들다. 백인 여성에게 기습적으로 모욕을 당한 흑인들, 막무가내로 영국을 폄하하는 미국인의 말을 듣게 된 영국인들, 스페인 무적함대의 참패는 곧 신의 뜻이었다는 해설을 듣게 된 가톨릭 신봉자들의 반응도 비슷할 것이다. 국가주의도 마찬가지라, 그에 대해 살짝만 건드려도 민감하게 반응한다는 사실에 놀랄 수 있다. 지식인의 품격 따위는 저만큼 날아가, 과거의 모든 일을 다르게 해석하며, 명백한 사실도 아니라고 딱 잡아떼는 일이 얼마든지 벌어질 수 있는 것이다.

마음 한구석에 국가주의와 닮은 충성 혹은 증오심이 있다면 도저히 받아들일 수 없는 사실이 있게 마련이다. 속으로는 그게 진실임을 알고 있는데도

---

49 **보어 전쟁** : 보어 전쟁은 보어인, 즉 남아프리카 일대에 17세기에 정착한 네덜란드 농부들이 세운 트란스발 공화국 및 오렌지 자유국의 7만 시민군과 영국 45만 군대 사이의 전쟁이다. 1902년 5월 31일 영국의 승리로 종결, 이들 지역은 영국의 식민지가 되었다.

50 **아서 밸포어 총리** : 보어 전쟁이 마무리된 1902년부터 1905년까지 영국의 총리를 역임한 보수당 정치가로, 외무성 장관 당시 유대인을 팔레스타인에 정착시키는 것을 허용하는 '밸포어 선언'에 서명한 것으로 유명하다.

말이다. 다음 다섯 가지는 국가주의와 관련해서 생각만 해도 자지러질 수 있는 사례들, 이른바 각각의 주의자들이 기겁할 팩트를 명기해 보았다.

영국 보수주의자	전쟁 종식과 함께 영국 보수주의자들은 권력도 위세도 크게 손상된다.
공산주의자	러시아는 영국과 미국의 도움이 없이는 독일에 참패할 수밖에 없다.
아일랜드 국가주의자	영국의 보호가 없으면 아일랜드는 독립을 지켜 갈 수 없다.
트로츠키주의자	러시아의 대중들이 스탈린 정권을 허용한다.
평화주의자	폭력을 내려놓는 사람은, 자신을 대신해 폭력을 쓰는 이들 덕분에 그렇게 할 수 있는 것이다.

개인적 감정 탓에 좀 힘들더라도 왼쪽의 해당자들은 오른쪽 설명을 명백한 사실로 인정해야 한다. 하지만 국가주의자들은 절대로 받아들일 수 없는 사안들이다. 무조건 그것만은 막아야 한다는 일념이 강할수록 그렇게 거부한 바탕 위에 잘못된 가설이 세워질 수밖에 없다. 전쟁과 관련해 엉터리 예측이 남발하는 어이없는 현실에 대해 앞에서 논했던 자리로 다시 가 보자.

지식인들은 전쟁 상황에 대해 보통 사람들보다 훨씬 더 잘못 알고 있는 게 많다. 내 보기에 그들은 빨치산의 심정으로 사태를 관망한다. 보통의 좌파 지식인들은 예컨대 1940년 전쟁에서 이미 승산이 없다고 믿었다. 1942년에는 독일군이 이집트를 점령할 것이라 믿었고, 일본은 점령지에서 절대로 쫓겨나지 않을 것이며, 영국과 미국 연합군이 폭탄을 퍼부어 봤자 독일군은 꿈쩍도 안 할 것이라 믿었다. 그들은 영국 지배층에 대한 증오가 워낙 컸던 탓에, 영국의 계획이 성공할 수 있으리란 예측을 결코 믿을 수 없었다.

이런 식 감정에 빠지면 어떤 어리석은 짓도 서슴지 않는다. 미군이 유럽에 주둔했던 건 독일군과 싸우기 위해서가 아니라 영국의 혁명을 작살내기 위해서였다는 말을 들은 바 있다. 아주 확신에 찬 목소리였다. 그 따위 말을 믿는 쪽도 역시 지식인에 속할 것이다. 보통 사람들은 그 정도로 어리석지는 않다. 히틀러가 러시아를 침공했을 때 영국 정보부 관리들은 6주 후 러시아가 붕괴될 거라는 경고를 일종의 '배경 지식'으로 공표했다. 하지만 공산주의자들은 전쟁이 확산되는 단계마다 러시아군이 거의 카스피 해로 내몰리며 수백만이 포로로 붙들린 와중에도 곧 러시아가 승리할 것으로 여기곤 했다.

이런 사례는 더 이상 열거할 필요도 없다. 요약하면 두려움과 증오, 권력욕과 질투가 개입되는 순간 현실 감각은 마비되기 시작한다. 그럴 경우 앞에서 말한 것처럼 무엇이 옳고 그른지에 대한 감각 역시 작동이 멈춘다. 일단 현실 감각이 마비되면 '우리' 편이 저지른 일은 용서 못 할 짓이 없고 범죄조차 성립되지 않는다. 어떤 범죄행위가 일어난 사실을 뻔히 알고 있고 마땅히 비난할 일이며 그건 범죄라는 걸 분명히 안다고 해도 결과는 마찬가지다. 부당한 처사라는 점을 충분히 이해해도 역시 그렇다. 그럼에도 여전히 그게 잘못이란 느낌이 들지 않는다. 충성심이 작동하여 양심의 기능이 멎은 까닭이다.

어떤 이유로 국가주의가 생겨나고 확산되는지, 이 문제를 여기에서 다루기엔 너무 덩치가 크다. 영국 지식인들 사이에서 나타나는 다양한 양상을 살펴보면, 국가주의는 외부 세계에서 벌어지는 끔찍한 싸움이 우리 감정에 왜곡되게 반영된 것이라 얘기하면 족할 것 같다. 더 나아가 애국심과 종교적인 신념이 함께 작동하면 국가주의는 더욱더 꼴불견이 된다고 정리할 수 있겠다. 하지만 이런 식으로 생각의 꼬리를 물고 따라가다 보면 일종의 보수주의 혹은 정치적인 침묵주의로 빠져들 위험이 있다.

한편 애국주의는 국가주의를 방지하는 일종의 예방책이며, 군주제는 독재를 막아 내는 장치이고, 종교 조직은 미신을 막는 안전대라는 식의 논의가 따를 수 있다. 일면 옳은 말일 수 있다. 더 나아가 어떤 관점도 전혀 편파적이지 않을 수 없으며, 모든 신앙고백과 사건에도 마찬가지 거짓과 우매와 야만이 섞이게 마련이라고 주장할 수 있다. 이런 논리는 아예 정치를 멀리해야 한다는 근거로도 호명된다. 하지만 나는 절대로 이를 받아들일 수 없다. 현대 세계에서 지식인으로 불리는 사람이라면 도저히 정치에서 발을 뺄 수 없고, 그저 모른 체할 수 없는 현실이기 때문이다. 여기서 '정치'는 물론 아주 넓은 뜻에서다. 누구나 어느 쪽을 선택할 수밖에 없는데, 둘 다 똑같이 나쁜 방식이 동원된다 해도 다른 쪽보다는 분명 더 나은 쪽을 택할 수 있어야 한다.

국가주의 현상은 앞서 논한 바와 같이, 우리가 그걸 좋아하든 그렇지 않든 그에 대한 애착과 증오는 이미 우리 스스로의 일부가 되어 있다. 그런 요소를 완전히 씻어 내는 일이 가능한지 아닌지 모르겠다. 그러나 내가 믿는 건, 최소한 그에 대항해 맞서 싸울 수 있다는 것 그리고 이런 투쟁이 바로 도덕적 노력의 본질이라는 점이다.

무엇보다 중요한 건 우리가 과연 어떤 사람이며 우리 감정이 어떻게 작동하는지, 스스로의 경향에 대해서도 제대로 확인하는 일이다. 그건 생각처럼 쉽게 조절되는 게 아니기 때문이다. 우리 안에 러시아에 대한 증오와 공포가 없는지, 미국의 부와 권력에 대한 질투가 있지는 않은지, 유대인을 멸시하는 감정은 없는지, 영국 지배계급에 대한 열등감 같은 게 혹시 없는지 찬찬히 살펴야 한다. 이런 감정들은 쉽게 떨어져 나가는 게 아니기 때문이다. 하지만 나 자신에게 그런 식 감정이 있다는 사실은 인식할 수 있으며, 그 덕분에 생각을 전개하는 과정이 오염되는 사태는 막을 수 있다.

어떤 상황에서 감정적 충동이 일어나는 건 어쩔 수 없다. 그건 한편으로 정치적 행동을 위해 불가결한 요소이기도 하다. 하지만 그와 함께 현실을 있는 그대로 받아들여 병행할 수 있어야 한다. 이건 저절로 되는 일이 결코 아니다. 다시 강조하지만, 도덕적 노력이 요구되는 일이다. 그런데 이 시대 주요 현안을 다루는 영국 문헌들을 훑어 보면 우리 중에 그런 노력을 하는 경우는 별로 눈에 띄지 않는다.

내가 글을 쓰는 이유 1946년

내가 글을 쓰는 이유

나는 아주 어렸을 때 아마 대여섯 살 무렵부터 이미, 이다음에 크면 글쟁이가 되리라는 걸 알고 있었다. 열일곱 무렵부터 스물네 살까지는 그런 마음을 아예 접어야 한다는 생각도 많이 했으나 그건 곧 내 본성을 거스르는 싸움이란 사실을 깨달았다. 그런 과정을 거쳐 결국 갈등에서 벗어나 나는 책을 쓸 수밖에 없다는 확고한 의식을 갖게 되었다.

나는 삼남매 중 가운데로 위아래 자매들은 각각 다섯 살씩 터울이 졌고, 여덟 살이 될 때까지는 아버지를 본 적이 별로 없었다. 그렇게 나는 이런저런 이유로 좀 혼자였다. 그랬던 탓인지 남들 보기에는 언짢을 수밖에 없는 습성들이 생겨 학교 다니는 내내 또래 입장에서는 호감이 안 가는 아이로 지내게 되었다. 홀로 지내는 아이들이 많이 그렇듯 이야기를 지어내고 상상 속 인물들과 대화를 나누는 버릇도 생겨, 애초 나의 문학적 성취욕은 그런 식 고립감과 어쩐지 내가 평가절하당하고 있다는 억울함이 뒤섞여 있었단 생각이 든다.

어렸을 때부터 나는 어휘를 다루는 솜씨와 함께 불편한 진실을 회피하지 않고 직면할 줄 아는 힘이 내게 있다는 걸 알고 있었다. 아울러 나만의 고유한 세계를 창조해 일상에서는 이루지 못하는 온갖 것들을 거기서 보상받을 수 있다는 느낌도 분명했다. 지금 이렇게 대단한 것처럼 말은 하지만 사실 내 유년기를 통틀어 그렇게 진지(하려)했던 글은 간신히 여섯 쪽 정도가 남아 있다. 네 살 혹은 다섯 살 무렵 처음 시 같은 걸 읊조렸다는데, 그걸 어머니께서 적어 두셨다. 아직도 기억나는 건 호랑이에 대한 얘기로, 의자 같은 이빨을 가진 호랑이 어쩌구 했던 문구였지만, 그 시는 아마도 윌리엄 블레이크의 '호랑이, 호랑이'를 살짝 표절했을 가능성이 짙다.

열한 살 무렵 제1차 세계대전이 터졌을 때, 그러니까 1914년에서 1918년 사이였을 텐데, 애국심이 넘치는 시를 하나 쓴 게 지역 신문에 실린 적이 있다. 그리고 2년쯤 후 영국의 육군대장 키치너 장군이 부하 육백 명을 태우고 러시아로 가던 전함이 독일 폭침에 좌초당한 사건과 관련해 비슷한 시를 썼던 게 다시 같은 신문에 실리기도 했다. 조금 더 커서는 당시 유행하던 낭만주의 스타일로 아주 엉터리 '자연을 기리는 시들'을 이따금 쓰곤 했으나 대부분 완성은 하지 못했다. 단편소설도 시도는 했으나 도저히 봐줄 수 없는 수준이었다. 그 시절을 통틀어 내가 작정을 하고 진지하게 몰두한 작업은 그 정도였다.

하지만 제법 오랜 기간 나는 글쓰기 훈련에 도전한 셈이다. 처음에는 '주문 제작' 방식을 시도했으니 별 흥미가 없는 내용이어도 쉽고 빠르게 생산해 내는 연습이었다. 학교의 과제물과 상관없이 나름대로 '상황 별 맞춤' 작문을 수시로 해 두었다. 열네 살 무렵엔 코믹한 시를 써 대다가, 고대 그리스 정치를 풍자한 아리스토파네스를 신나게 흉내 냈던 적이 있다. 한 주 꼬박 거기 매달려 그의 작품 하나를 통째로 운율에 맞춰서 드라마를 쓰기도 했다.

돌이켜 보면 엄청나게 놀라운 속도였다. 교지를 만드는 일도 거들었는데, 기사도 작성하고 인쇄물 작업에도 동참했다. 이들 잡지는 그보다 더 한심할 수는 없는 수준으로, 요즘 세상의 저급한 저널리즘보다도 더 엉망이어서 그냥 발가락으로 만들었다고 보면 좋을 정도였다.

돌이켜 보면 유년기와 청소년기의 15년이 넘는 기간에 나는 참참이 이런 일들을 하면서 다양한 글쓰기 훈련을 했다. 나 자신의 '스토리'를 꾸준히 작성한 셈이고, 그건 마음속에만 존재하는 일기 같은 것이었다. 이는 유아들과 청소년들의 공통적 습관일 거라고 나는 믿는다. 예컨대 어렸을 적 아슬아슬한 모험의 영웅 '로빈 후드'의 내 마음 속 주인공은 바로 나였다. 하지만 얼마 후 내 스토리는 그런 식의 방대하고 조악한 자아도취에서 벗어나서, 내가 하는 일과 내 눈에 보이는 것들을 꼼꼼히 묘사하는 범위로 점점 축소되었다.

내 머릿속에는 아주 소소한 일들을 몇 차례나 곱씹으며 이제 그 장면을 묘사하는 일들이 반복되었다. 이런 식의 연습이었다.

"그는 문을 밀어 열고 슬며시 방 안에 들어섰다. 얇은 면직물 커튼을 통과한 노란 햇살이 탁자를 향해 비스듬히 쏟아졌다. 거기 잉크 병 옆에 반쯤 열린 성냥갑이 놓여 있었다. 오른손을 주머니에 그냥 꽂은 채 그는 창가로 다가섰다. 얼룩 고양이 한 마리가 저 아래 쪽 길가에서 목숨이 다한 이파리 하나를 쫓고 있었다."

문학이란 틀에 굳이 나를 가둔 건 아니었으나 스물다섯 무렵까지는 이런 식 습작이 계속되었다. 가장 적절한 어휘들을 찾아내려고 무던히 애를 썼으나, 상황 묘사에 그토록 공을 들여 표현법을 찾는 작업은 대개 내 의지와 상충하는 듯 보였다. 그건 외부에서 오는 일종의 압박이었다. 짐작하건대 그 '스토리'란 게, 내 성장 과정에서 시기별로 흠모한 여러 작가의 스타일을 고스란히 반영했을 것이다. 내 기억으로 그 작업들은 대개 더 세밀한 묘사, 표현법에 집착한 결과물 정도였다.

낱말, 그러니까 어휘들을 소리 내서 읽을 때 동반되는 연상 작용의 맛을 처음 맛본 사건은 열여섯 살 때였다. 그런 희열을 느끼게 해 준 건, 밀턴의 『실낙원』에 나오는 다음 구절이었다.

> 온갖 풍파와 고된 노동 그렇게 견디시어,
> 풍파와 고된 노동 견디시어 여기 이르시었다.[51]

지금은 그다지 대단한 것도 없어 보이는 문구인데, 당시는 등골이 찌릿할 만큼 전율이 느껴졌던 대구였다. 고초를 모두 '견디시다'는 소리의 미감을 '이르시다'로 다시 받아 내니까 시큼한 감각이 그 위에 보태졌다. 사물의 묘사에 대한 중요성에 대해서라면 그와 관련한 모든 것을 나는 이미 알고 있었다. 그러니 당시 책을 쓰고자 했다면, 열여섯 살 소년이 그런 생각을 품고 있었다고 말할 수 있다면, 그게 어떤 종류의 책이었을지는 분명하다.

---

51 So hee with difficulty and labour hard,
  Moved on: with difficulty and labour hee.(원문)

숨이 막힐 만큼 정밀한 묘사들이며 딱딱 들어맞는 비유로 글이 빛나고, 뜻보다는 오히려 소리의 울림을 위해 골라 쓴 찰랑대는 낱말들이 어우러진 작품, 더구나 그게 불행한 결말에 도달하는 그런 완벽한 자연주의[52] 소설을 쓰고 싶었다. 나의 첫 소설인 『버마 시절』은 서른 살에 집필을 시작해 출간했지만 구상은 그보다 훨씬 전에 해 둔 것이라, 그 노력의 연장선에서 얻은 결실이었다고 말할 수 있다.

이런 배경을 털어놓는 이유가 있다. 성장 배경에 대해 아무것도 모를 경우는 작가의 집필 동기를 헤아릴 수 없다고 여기는 까닭이다. 집필의 주제는 아무래도 그가 살아가는 시대에 따라 상이해질 것이다. 최소한 우리가 겪고 있는 이 격동과 혁명의 시대에는 특히 그럴 것이다. 하지만 작가는 글쓰기를 배우기 전에 고유한 정서적 태도를 익히게 마련이라, 그게 이미 굴레가 되어 거기서 빠져나오기가 힘들어진다. 물론 작가는 그런 작업을 통해서 행여 미성숙한 단계에 고착되거나 자신의 비뚤어진 심기에 놀아나지 않게 자신의 기질을 다스릴 줄 알아야 한다. 그렇다고 어린 시절 받은 영향을 죄다 떨쳐 버린다면

---

52 **자연주의** : (역자 주) 문학에서 '자연주의'는 프랑스 작가 에밀 졸라(Émile Zola, 1840~1902)가 19세기 말에 처음 주창하고 고안했던 용어로, 낭만주의자들이 추구하던 상상과 상징적 접근을 삼가고 자연과학의 결과를 문학 창작의 기초로 삼거나 과학처럼 정밀하게 사태를 관찰해 사실과 논리를 근거로 현실을 재현해야 한다는 기치를 추종한 문학적 사조를 말한다. 더 이상 형이상학적 인간이 아니라 생리학적 인간으로 관점을 바꿔 본다는 점에서 사실주의 문학의 한 양식으로도 평가되며, 한국문학의 경우는 3·1운동 이후 절망적인 민족 현실을 엄격하게 관찰하고 해부하려 한 염상섭의 「표본실의 청개구리」가 그 대표작으로 꼽힌다.

그건 글을 쓰고자 하는 충동 자체를 죽여 없애는 결과가 될 수도 있다.

글을 쓰는 이유와 관련해 생계 해결을 위한 경우 외에 시가 아니고 산문인 경우는 크게 네 가지 중요 동기가 작용한다고 본다. 작가에 따라 정도의 차이는 있게 마련이고, 작가의 생활 여건이나 시대적 분위기에 따라서도 시시각각 그 비중은 달라지겠으나 다음의 네 가지는 분명히 글을 쓰는 중요한 동인으로 작동한다.

① 순수한 이기심

훌륭해 보이고 싶은 마음, 누군가의 입에 회자되고 싶고 죽어서까지 기억되고 싶은 욕망, 어린 시절에 나를 업신여긴 어른들에 대한 은근한 복수심 등이 작동하게 마련이다. 그렇지 않은 척, 그렇게 강렬한 동기가 아닌 척하는 건 거짓이다. 이는 글쟁이뿐만 아니라 과학자나 예술가, 정치가나 법률가, 군인이나 성공한 사업가 등, 어느 정도 정상에 오른 이들 사이에서는 두루 공유되는 특징이기도 하다.

사람들 절대 다수는 그만큼 자기중심적이지 않다. 대부분의 사람은 대략 서른 살 정도가 지나면 독보적인 성취 같은 그런 욕심일랑 접고, 가족이나 누구 남들을 위해 살게 마련이다. 일상에 쫓겨 자신의 정체성조차 잊는 일이 허다하다. 반면 끝까지 자기의 고유한 삶을 살아 내겠다며 의지를 불사르는 극소수의 재능 있는 사람들도 있다. 작가들은 대개 이 부류에 속한다. 그렇게 진지한 글쟁이들은 대체로 저널리스트들보다 허황되고 자기중심적이라고 단언할 수 있다. 하지만 그들은 저널리스트들에 비해 돈에는 관심이 적은 편이다.

② 아름다움에 대한 열정

외부 세계의 아름다움, 그 아름다움을 어휘로 그리고 어휘의 적절한 배열을 통해 그걸 느끼는 일도 글을 쓰는 동인이 된다. 소리들이 서로 부딪치는 울림, 단단한 짜임의 산문 혹은 훌륭한 이야기를 읊을 때 함께 생겨나는 리듬의 기쁨 같은 것. 소중히 느껴지는 경험을 남들과 나누고 싶은 열망! 작가들 중에는 이런 미학적 동기가 희박한 경우도 있지만 전단지를 만들거나 교과서를 쓰는 글쟁이 중에도 이런 식의 말놀이에 마음을 뺏기는 경우가 있다. 그게 서체나 텍스트 여백의 조형미, 글자 간격 같은 실용적인 면으로만 따져 보면 별로 차이가 나는 게 아닌데도 그 소소하고 섬세한 감각에 빠져드는 기쁨이 있는 것이다. 인쇄소에서 기차 시간표를 찍는 게 아니라면 사실 어떤 책이라도 이런 식의 욕심을 부릴 수 있는 소재가 된다. 아름다움에 대한 작가적 열정이 투영될 경우 그 결과는 훨씬 더 멋있어진다.

③ 역사의 가르침에 대한 경외심

사실을 있는 그대로 보려는 소신, 진실을 밝히고 후세들을 위해 그 결과를 꼼꼼히 정리해 두고 싶은 열망도 글쓰기의 중요한 동인이 된다.

④ 정치적 목적

여기서 '정치적'이란 말은 아주 넓은 뜻으로 쓴 것이다. 이 세상이 특정한 방향을 따라 새롭게 굴러가도록, 작가 자신이 추구하는 사회의 가치와 이상을 다른 이들과도 함께 나누고 그들의 생각을 바꾸게 하고 싶은 것이다. 그런 욕구가 끊임없이 자기 안에서 일어나는 것이다. 다시 말하지만 이 세상의 어떤 책도 정치적인 지향이 전혀 없을 수는 없다. 만약 '예술은 정치와 무관하다'고 생각한다면, 그 생각 자체가 바로 당신의 정치적 태도인 셈이다.

이 다양한 동인이 서로 어떻게 충돌하며 어떤 작용을 일으키는지, 그리고 사람에 따라 시대에 따라 어떻게 요동치는지 함께 살펴보고자 한다. 천성적으로 (여기서 '천성'이란 말은 오해의 소지가 있는데 정신적으로 어른이 된 초기의 마음 상태를 말한다) 내 경우는 마지막 동인보다 앞의 세 가지 동인이 훨씬 크게 작용하는 편이다.

평화로운 시대였다면 아마 나는 화려한 미사여구로 묘사에 집중하는 그런 책들을 주로 썼을 것이며, 내 정치적 성향에 대해서도 거의 고민할 필요 없이 지냈을 확률이 높다. 하지만 어쩌다 보니 나는 일종의 전단지 작가부터 시작한 셈이다. 처음 5년 동안을 도통 적성에 맞지 않는 일터(버마에서 대영제국 산하 경찰총국)에 근무하며 가난과 열패감에 젖어 있었다. 그런 경험 탓에 아마도 천박한 권력에 대한 분노가 끓어올랐고 노동계급의 생존 여건과 그 실상에 대해 제대로 각성하게 된 셈이다.

그리고 대영제국 식민지였던 버마에서 살다 보니, 제국주의라는 제도의 본질에 대해서도 이해를 높일 수 있었다. 하지만 그 정도는 아직 명확하게 정치적 향방을 세울 만큼 충분한 게 아니었다. 히틀러의 나치 만행과 스페인 내전 등을 직접 겪으며 비로소 그 감각이 명료해졌다. 1935년 말까지만 해도 나는 아직 확고하게 내 입장을 정리하지 못했다. 그건 당시 적어 둔 글을 보면 알 수 있다. 다음 시에는 바로 그 무렵 내가 처한 딜레마가 드러나 있다.

이백 년 전이었다면 난 높이 자라는 호두나무 바라보며
영원한 심판을 설교하는 우아한 목사님이 되었을 거야.
아, 그러나 사악한 시절에 태어나 그 좋은 안식처 사라지니
목사님들은 말끔히 면도하지만 내 입술 위엔 누더기 수염.

그래도 좋은 시절 다시 오면 시름일랑 모두 잊고 세상 즐거워
넓은 나무 등걸에 올라탄 우린 희희낙락 그저 즐겁고 정겨울 뿐
몰라도 너무 몰라 감출 줄 모르고 뿜어내던 우리 기쁜 날
도둑들일랑 사과나무 가지 위 방울새가 호령하면 될 줄 알았지.

그늘진 냇물의 잉어와 통통한 소녀의 배, 그리고 살구 열매
새벽을 가르는 오리 떼와 말들, 이 모두 한갓 보드라운 꿈이었으니
그런 꿈 다시는 꿀 수 없고 감추지 못한 기쁨은 구겨질 따름
금속으로 주조되는 말들이며, 거기 올라타 호령하는 땅딸이 놈들.

꿈틀도 못 하는 나는 버려지, 애첩 하나 없는 궁궐의 내시
참수형을 받은 죄인처럼 신부님과 인민위원 사이를 걸어가네.
인민위원은 라디오 소리에 귀 기울이며 내 운명을 점치고
신부님은 자동차나 한 대 뽑으라고 복권 한 장을 건네시네.

대리석 건물에 갇혀 사는 꿈, 깨어 보니 이건 그대로 진실
난 이 시대에 맞지 않는데, 존스야, 스미스야, 너흰 어떠니?

하지만 이 글 이후, 즉 스페인 내전과 1936년에서 1937년 사이 벌어진 다른 사건들을 통해 나는 관점 자체가 달라졌고 나의 입장, 내 발을 디디고 선 자리에 대해서도 굉장히 예민해질 수밖에 없었다. 지금 돌이켜 보면 1936년 이후 썼던 진지한 글은 모두 매 줄마다 직접적이든 간접적이든 전체주의를 반대하고 민주적 사회주의를 찬성하는 입장이 불거져 있다. 우리가 겪은 그 혹독한 시대에 그런 주제를 빼고 글을 쓰는 일은 애초에 불가능하다고 나는 믿는다. 어떤 식으로 돌려 표현해도 그 주제는 피할 수 없다. 어느 편에 서느냐, 어떤 식으로 접근하느냐, 그 문제만 남을 뿐이다. 그리고 스스로의 정치적인 성향을 더 많이 의식할수록, 지적으로나 미학적으로 이를 말끔하게 통합시킨 정치적 행동 양식을 적절하게 구현할 기회는 그만큼 많아진다.

지난 10년 동안 정말 욕심냈던 건 나의 정치적 주장을 예술의 경지로 끌어올린 글을 써 내는 것이었다. 그 출발은 언제나 특정 당파에 대한 공감, 정의롭지 못한 현실에 대한 분노였다. 책을 한 권 쓰려고 책상에 앉으며 난 스스로에게 '예술 작품을 만든다'는 말을 하지 않는다. 내가 글을 쓰는 이유는 결과물이 아닌 폭로해야 할 거짓이 있기 때문이었고, 세간의 이목을 끌어 모아야만 할 중대한 사건 때문이었다. 따라서 가장 중요한 건, 내 말을 사람들이 듣도록 하는 것이었다. 하지만 그 작업이 미적 경험과 동반되지 않는다면, 나는 한 권의 책은커녕 언론에 보내는 기사 하나도 쓸 수 없었다.

내 작품에는 좀 눈에 띄는 점이 있을 것이다. 정치적인 선전문이라 해도 내 글에는 상당 부분 직업 정치가들 눈에는 별로 중요하지 않을 내용이 담겨 있다. 그게 어떤 글이어도 나는 어린 시절 터득한 소중한 가치, 나의 세계관을 배제한 글쓰기는 할 수도 없고 그렇게 하고 싶지도 않다. 목숨이 붙어 있는 한 내 소신을 밝히는 건, 내가 잘살고 있다는 증거라고 믿기 때문이다. 앞으로도 난 산문 형식을 애착하며 땅 위에서 벌어지는 일들을 살필 것이고, 거기 굴러다니는 고물 덩어리며 허접해 보이는 정보 잡동사니 들춰 보기 놀이를 포기하지 않을 것이다.

　이런 기질은 아무리 죽이려 해도 소용이 없다. 나는 원래 남들보다 호불호가 분명한 편이어서 쉬운 일은 아니지만, 이런 성격도 가라앉혀 이제 내 개인의 차원을 넘어 더 공적 활동들로 내 시야를 넓히려 한다. 이 시대가 우리 모두에게 그걸 요구하기 때문이다. 그게 쉬운 일은 물론 아니다. 문장을 달리 구성하고 언어를 새로 구사하는 문제에 직면하게 마련이고, 진실성의 문제를 전혀 다르게 풀어 낼 길도 찾아내야 한다. 여기 동원되는 더 투박한 양태의 어려움에 대해 한 가지 예를 들어 볼 수 있겠다.

　물론 스페인 내전에 대한 나의 『카탈로니아 찬가』는 노골적으로 정치적인 책이다. 하지만 그 책은 대부분 상당히 마음을 비우고 형식에 유의하며 작업했다. 이 책에서 내 문학적 본능을 억누르지 않으면서도 전반적 진실을 말하려 무척 공을 들였다. 그런데 가장 난감한 건 독자가 지루할 수밖에 없을 만큼 얘기가 장황해진 경우들이다. 예컨대 독재자 프랑코와 내통한다는 소문이 있던 트로츠키주의자들의 억울한 혐의를 벗겨 줘야 할 사안이 있었다. 그 사정이 아주 복잡한데, 그들의 무고를 입증하려면 빠짐없이 인용할 내용이 퍽 많았다. 하지만 일반 독자에게 그 소소한 내용은 한두 해 후에는 더는 관심이 없을 내용이라, 그대로 두면 책의 전체 모양새가 좋지 않아 보였다.

내가 존경하는 평론가 한 분은 그 책을 일독한 후 바로 그에 대해서 지적했다.

"그런 잡동사니를 뭐 하러 다 넣으려 해요? 아주 좋은 책이 될 수 있는데, 이렇게 하면 허접한 언론 나부랭이가 되잖아요."

그의 말이 옳았다. 하지만 그의 말을 따를 수 없었다. 아무 죄 없는 이들이 억울하게 죄를 뒤집어쓰는데, 이를 아는 사람이 영국에는 거의 없다는 사실을 어쩌다 보니까 내가 알게 되었다. 이런 현실에 분노하지 않았다면, 난 절대 이 책을 집필할 생각조차 했을 리 없다. 따라서 그게 아무리 책의 모양새를 떨어뜨리는 잡동사니 나부랭이라 해도 그 부분을 빼 버릴 수는 없었다.

이런 문제는 계속 마주치게 마련이다. 문장 구성이며 표현을 달리 해 구사하는 문제는 더욱 미묘해, 시작하면 이야기가 길어지니 여기서는 다루지 않으려 한다. 다만 점점 더 사실에 입각해서 정확한 글을 쓰는 쪽으로 가려다 보니 장황하고 현란한 글은 삼가게 된다는 점은 밝히고 넘어가겠다. 아무튼 어떤 글쓰기 스타일이 완성되었다 싶으면 난 항상 그걸 벗어나 다음 단계로 넘어가곤 했던 것 같다.

『동물 농장』은 처음부터 작정하고, 백 퍼센트 그런 의도로 작업한 첫 번째 책이었다. 정치적 목적과 문학이라는 예술의 목적을 완전체로 통합하고 싶은 열망 말이다. 이 책의 출간 이후 7년이 흘렀는데 그동안 나는 한 권의 소설도 더 쓸 수 없었다. 이제 다른 작업을 시작하고 싶은 마음이다. 그건 아마 실패작이 될 수밖에 없을 것이고 사실 모든 책은 실패작이라 할 수 있으나, 지금 어떤 책을 쓰고 싶은지 나는 분명하게 알고 있다.

앞에 쓴 글을 한두 쪽 다시 읽어 보니 내가 오로지 공공적인 목표를 향한 일념으로 매진한 것처럼 보일 수도 있겠단 생각이 든다. 혹시라도 그런 인상만 잔뜩 남긴 것이 아니길 바란다. 모든 작가는 허세가 심하고 이기적이며 게으르다. 그리고 글을 쓰는 마지막 이유는 본인조차 알 수 없을 만큼 아리송하다. 사실 책을 한 권 쓰는 일은 마치 힘든 병에 걸려 앓아눕는 것처럼 두렵고, 기운을 뺏기게 마련인 힘든 싸움이기도 하다. 그러니 물리칠 수도 없고 이해할 수도 없는 악령에 휘둘린 게 아니라면 그런 짓에는 말려들지 않아야 한다. 그 악령에 대해 내가 아는 거라곤, 마냥 악을 쓰며 울어 대는 아기들처럼 대책 없는 본능만 남아 있다는 정도이다. 그리고 하나 더 알아 둘 진실이 있다. 남들이 읽어 줄 만한 글을 쓰려면 끊임없이 자신의 개성을 지워 내는 싸움을 벌여야 한다는 점이다.

좋은 산문은 유리창과 같다. 앞에서 꼽은 글을 쓰도록 하는 동인들 중, 나의 경우 어떤 게 가장 강력한지 하나만 꼽을 수는 없겠으나, 그중 마땅히 따라야 할 사안이 무엇인지 정도는 안다. 내 작업을 살펴보건대, 별 의미도 없는 현란한 구절이나 문장, 공허한 미사여구며 허튼소리를 남발하는 책들은 생명이 없는 것들이었다. 또한 그런 책들은 어김없이 정치적 목표가 결여된 것들이었다.

옮긴이의 말
『동물 농장』을 성찰하며 민주 시민으로 거듭나기

어느 날 하늘에서 뚝 떨어진 이야기는 없다. 모든 이야기에는 말하는 이의 경험과 배움, 함께 생각했던 내용과 나름대로의 결론들이 담기게 마련이다. 조지 오웰의 대표작인 『동물 농장』의 경우도 마찬가지다. 이 책 말미 「내가 글을 쓰는 이유」에서 오웰 자신이 밝힌 바와 같이, 작품을 저술할 당시 시대에 대한 고민 그리고 인간과 세상에 대한 작가의 통찰 전반을 헤아릴 수 있을 때라야 독자는 저자의 진정한 집필 이유를 알 수 있게 된다. 이를 모른다면 아마 작품의 주제나 스토리 전개를 요약하는 피상적인 독서에 머물 수밖에 없을 것이다. 결국 저자가 살았던 시대의 정치 상황 및 역사적 배경에 대한 이해는 작품을 온전히 읽을 수 있는 전제 조건이기도 하다.

『동물농장』 외 이 책의 나머지 글들은 이에 해당하는 내용들이다. 그의 아버지가 관리로 일한 영국 식민지 인도의 벵갈 지역에서 1903년에 출생한 그의 본명은 에릭 블레어(Eric Arthur Blair). 본인의 말처럼 글쟁이 훈련을 시작한 유년기 이후 진정한 작가로 거듭나기까지 조지 오웰은 인도와 버마 등 영국 식민지 여러 곳에서 말단 관리 생활도 하고 참혹한 전쟁터에 실제 뛰어드는 등 여러 갈등의 현장을 목격하고 성찰했다. 몸소 그렇게 체험하고 사색하며 기록했던 글들을 보면 이미 백 년의 시간이 지났으나 인류는 여전히 '역사를 통해서 충분히 배우지 못한 것들이 너무도 많아' 사회의 모순과 위기 상황 및 그 원인이 되는 몇몇 요인들의 특성은 크게 변하지 않아 보인다. 한편으로 그건 오웰의 작품이 시대에 묶이지 않는 보편성을 확보하고 있다는 뜻이기도 하다.

이 책에 수록된 다섯 편의 글은 1943년부터 1946년 사이에 집필된 것이다. 특히 1940년대와 1950년대 영국에서 가장 중요한 작가로 평가받는 조지 오웰은 대표작 『동물 농장』의 집필 이유가 상상으로도 두렵고 아찔한 미래에 대한 우려, 무엇보다 그 끔찍한 상황만은 막아야겠다는 그의 굳은 의지에서 비롯되었다고 밝히고 있다. '객관적 진실'이라는 개념 자체가 세상에서 사라지는 악몽 같은 느낌 때문이었고, 이는 누구나 동의해야 할 '인간은 모두 존엄한 가치를 갖는 평등한 존재'라는 믿음을 무너뜨리는 세력에 맞서야 한다는 믿음 때문이었다. 그리고 이런 믿음을 효과적으로 전달하는 가장 적합한 방식은 그가 즐겨 활용한 '우화' 형식이었다.

권력의 맛에 취한 자들은 시시때때로 대중을 미혹에 빠뜨리고, 생각의 말미를 놓치지 말아야겠다는 정의로운 이들의 의지 자체를 꺾으려 든다. 어떻게든 생각의 말미를 붙들고 저항하는 이들에 대해서 그들은 가혹한 처벌은 물론 은밀한 죽음의 응징까지 서슴지 않는다. 『동물 농장』에서 나폴레옹은 자신의 정적 스노우볼을 외부의 적으로 규정한 후 시시때때로 호출하며 내부의 불만을 잠재우는데, 이는 세상의 모든 독재자가 수시로 남용하는 수법이다. 또한 구성원에 대한 가혹한 통제와 우민화 정책, 식자층에 대한 감시와 포박을 일삼으며 전쟁을 부추기는 '거짓 뉴스'를 꾸준히 퍼뜨리고 진상을 호도하며 역사를 왜곡한다.

이런 악순환을 간파한 오웰은 작가적 사명으로 이를 세상에 알려 더 불행한 사태들이 이어지지 않도록 하고자 노심초사했다. 험악한 현실을 그대로 직면할 엄두가 나지 않는 독자들을 위해서 세상에 만연한 악의 실체를 밝히고 그 작동 방식을 제대로 살필 수 있도록 우화 형식을 택해 『동물 농장』의 집필을 시도했다. 여러 동물이 원초적인 욕망을 애써 감추거나 드러내는 방식들을 통해 천하고 야비한 인간 군상의 행동을 더욱 적나라하게 통찰한 이 작품은 『이솝 우화』나 『라퐁텐 우화』 혹은 「토끼와 거북이」 같은 우화를 통틀어 인간의 교활함과 우매함, 잔혹성과 무력감의 현실을 아마도 가장 정교하게 빗대서 그린 작품이라 할 수 있을 것이다.

오웰이 절망한 소련의 암울한 전체주의 현실을 보면, 마르크스주의 이론가 트로츠키(Leon Trotsky, 1879~1940)는 서유럽의 공산주의 지식인과 혁명가들에게 지지를 받았으나 레닌이 세상을 뜬 후에는 권력투쟁에서 밀려나 '인민의 적'이 되었다. 뿐만 아니라 소련에서 쫓겨나 멕시코로 망명하지만, 스탈린이 사주한 암살자의 손에 살해당했다. 이는 곧 『동물 농장』에서 나폴레옹에게 축출된 스노우볼로 그려진다. 나아가 이 작품의 인물 관계를 살펴보면 오웰은 아무래도 구소련에서 당시 벌어지던 상황 전반을 스케치하고 해당 역할마다 다음에 해당하는 적절한 캐릭터를 대입했던 것으로 보인다.

메이저 영감	마르크시즘의 가르침
나폴레옹	스탈린
스노우볼	트로츠키
스퀼러	스탈린의 조작 선전 부대
복서	노동 영웅
벤자민	중립을 지킨다는 지식인
모세	교회
개 떼	비밀경찰
양 떼	무지한 군중
미스터 존스	러시아의 마지막 황제 니콜라우스 2세
미스터 필킹턴	영국의 처칠
미스터 프레데릭	독일의 히틀러
미스터 와임퍼	국제 거간꾼

오웰의 표현에 따르면 당시 영국의 대다수 지식인들은 소련에 대해 맹목적인 충성심을 공유했다. 소련의 영도자 스탈린은 무조건 옳다는 터무니없는 신념에 사로잡혀서, 이에 대해 이의를 제기하면 신성모독 행위가 되곤 했다. 그런 숭배의 대상이던 스탈린과 대립한 트로츠키의 관계를 버크셔 종 수퇘지 두 마리로 함께 그린 이 '우화'는 당시 기이한 검열의 덫에 걸린 채 출판 자체가 성사되기 힘든 상황이었다. 그 난감한 현실을 오웰은 '영국 자유주의자들은 자유를 두려워하며 지성인들은 지성에 똥칠을 하는 장본인들'이라고 분통을 터뜨리면서 '언론의 자유'에 대해 열렬히 토로한 『동물 농장』 서문을 추가로 작성했다. 탈고 후 출판이 지연된 덕에 더욱 상세하고 장황해진 이 서문은 그가 마음에 품고 있던 『동물 농장』의 집필 의도와 구성 양식을 고스란히 담고 있다. 앞에서 언급한 것처럼 이 작품은 당대 소련의 현실뿐만 아니라 모든 전체주의 국가들에서 권력과 정치가 작동하는 양상을 적나라하게 보여 준다.

전체주의 국가 권력과 정치의 작동 양식은 우리 역사가 감당한 일제 식민지 지배 및 그를 고스란히 계승했던 군사주의 독재 정부들의 만행 전반에도 동일하게 적용됨이 드러난다. 그런 점에서 『동물 농장』은 세월의 더께가 없어 보인다. 이는 앞으로도 반복될 수 있는 '악(惡)의 작동 양식'을 투명하게 보여 주는 작품이다. 나아가 당시에는 개념조차 모호했던 '악의 정체'를 파악하려는 끈질긴 시도 끝에 '국가주의'라는 이름으로 인간이 빠지기 쉬운 심리적 혼란과 오류의 면면을 밝혀낸다.

오웰이 '국가주의'라고 이름 붙인 고약한 심리는 조국을 향한 순수한 열정의 '애국심'과는 다른 비뚤어진 충성심[53]이며, 특히 근현대사에서 국가주의는 전쟁을 부추기는 명분으로 강조되었다. 이와 관련해 오웰은 도저히 방치할 수 없는 국가주의 사례들을 먼저 지역별로 분류하면서, 이들은 모두 사악한 특성들로 요약된다는 점을 밝힌다.

그 현상 전반을 분석하건대 국가주의라는 증상은 혈연과 지연에만 국한되는 게 아니라 '우리'가 아닌 타자에 대한 배척과 혐오 및 내적인 분노와 공격성, 심리적 편파성 같은 요소가 얽혀 있다는 확실한 사실을 강조한다. 더욱이 이 증세는 자기 학대나 성적 좌절 등 개인의 심리적인 원인에서 비롯되는 경우가 흔한 것 같다고 진단한다.

한국 사회에서는 '갑질'이란 표현까지 등장한 이런 안하무인격의 우월 의식과 몰상식한 행태가 실은 개인적인 열등감 및 우월감의 비뚤어진 발현이라는 것이다. '국가주의'에 해당하는 심리적인 경향이 다분한 이들 손에 작은 권력이라도 들리면 여지없이 약자를 향한 '갑질' 증세로 드러나며, 이는 인종차별이나 계급 차별, 성차별 등 사회악으로 쉽게 변질되는 현상에 주목한 것이다.

오웰의 작품 중 『동물 농장』과 마찬가지 동기로 집필을 감행한 『1984』는 이렇게 추레해질 수 있는 인간 본성이 대체 어떻게 함부로 조종되어 이른바

---

53 **조국을 향한 ~ 비뚤어진 충성심** : 2018년 11월 11일 제1차 세계대전 종식 100주년 기념 연설에서 프랑스의 마크롱(Emmanuel Jean-Michel Macron) 대통령은 '애국심은 국가주의와 정반대이며, 국가주의는 애국심의 배반'이라고 강조했다.

유토피아와 반대 세계를 상정한 디스토피아로 치닫게 될 수 있을지를 경고했던 인류 종말의 묵시록이다. '동물 농장'이라는 이름으로 밝혀냈던 고약한 전체주의 집단의 작동 원리가 더 극단적으로 진전될 경우, 『동물 농장』의 나폴레옹은 어느덧 『1984』에 묘사된 암흑 세계를 지배하는 빅브라더로 변모하게 마련인 것이다.

따라서 우리가 진정으로 경계하고 두려워해야 할 것은 빅브라더의 등장이 결코 아니다. 그보다는 우리 사회 곳곳에서 벌어지는 '갑질'에 해당하는 사회악, '국가주의'에 해당하는 온갖 만행을 '자유'나 '권리'의 이름으로 용인하는 둔감이나 무지 혹은 태만함 등을 꼽아야 할 것이다. 한 사회 구성원들이 이에 대해 함께 각성하고 저항하지 않는다면 언제 어디서든 수시로 돌출하는 '악(惡)의 작동'에 속수무책일 수밖에 없기 때문이다. 따라서 민주 사회의 주인인 시민들은 그런 위험을 간파하고 대처하는 법을 꾸준히 익혀야만 할 것이다.

이런 면에서 오웰은 『동물 농장』에 러시아 혁명의 전개 과정을 압축해 담아 전체주의 혹은 독재 체제를 방비하도록 세계 시민들에게 적절한 경고를 날린 상징적 인물이 되었고, 그가 『동물 농장』에서 시도한 정치 풍자는 어느덧 '민주 시민'을 양성하는 필수적인 교본이 되었다. 그의 말대로 이는 정치적 목적과 문학이라는 예술의 목적을 완벽하게 통합해 낸 훌륭한 결과물이다. 한 사회의 성숙과 민주화는 시간이 흐른다고 저절로 진행되는 것이 아님을 우리는 확실히 알게 되었다. 따라서 『동물 농장』을 더 온전하게 읽는 방법에 대해서도 더 진지하게 모색할 사안들이 있다. 이를 세 가지 맥락에서 탐색해 볼 수 있겠다.

첫 번째로 저자가 이 책을 쓰게 된 동기에 대해 정리해 보자.

① 조지 오웰이 스페인 내전에 참가한 이유는 무엇인가?

② 첫 번째 글인 「스페인 내전 회고」에서 설명한 '파시즘'의 개념을 먼저 요약하고, 작가로서의 정체성과 자의식을 포기할 수 없다는 조지 오웰이 파시즘에 저항하는 이유를 요약해 보자.

③ 조지 오웰이 『동물 농장』을 집필하게 된 결정적인 사건들을 정리해 보자.

④ 조지 오웰이 『동물 농장』의 집필을 통해 목적한 바는 무엇이며, 그는 자신의 저술 작업이 사회적으로 어떤 영향을 끼치게 되기를 원했는지 생각해 보자.

두 번째로 『동물 농장』이라는 우화 내용 자체에 대해 깊이 있는 이해를 시도해 보자.

① 전체 이야기를 12개의 문장으로 먼저 요약해 보자.

② 『동물 농장』의 10개 장 중에서 한 장을 택해, 가장 인상적인 혹은 특징적인 장면을 그림이나 도식으로 표현해 보자.

③ 나폴레옹이 최고 존엄의 자리에 오르기까지 거치게 되는 일련의 사건들과 단계를 도식으로 그려가며 설명해 보자.

④ 스노우볼에 대한 나폴레옹의 비방을 차례대로 열거한 후, 그가 추방당하게 된 이유들을 추론해 보자.

⑤ 스퀼러가 맡았던 역할을 정리하고 그의 역할과 특성을 정리하자.

⑥ 나폴레옹과 스노우볼, 대립되는 두 주인공의 성격 면면을 그들의 대사나 표현을 통해 대비해 보자.

⑦ 원래의 칠계명이 어떻게 변해 갔는지, 원래의 칠계명과 변형시킨 칠계명을 대비시켜 작성해 보자.

⑧ 『동물 농장』에 담긴 다양한 정치 풍자를 별도로 정리해 보자.

마지막으로 『동물 농장』 독서를 심화하는 뜻에서 그가 집필을 결심하게 된 본인의 경험 중 몇 가지를 살펴보자.

① 1936년 발발한 스페인 내전과 관련해, 오웰이 참전했던 경험을 바탕으로 작성한 「스페인 내전 회고」에서 그가 분노했던 여론 조작의 실례들을 본문에서 추려 정리해 보자.

② 오웰의 대표작이 된 『동물 농장』에 추가로 「언론의 자유에 대하여」를 작성해 작품을 완성한 후 덧댄 절절한 이유와 수시로 언론의 농간으로 벌어지는 다양한 정황들을 정리해 보자.

③ 정치적으로 부당한 사례들을 『동물 농장』에서 오웰은 어떻게 풍자했는지 정리해 보자.

④ 『동물 농장』에서 민주 시민의 등장과 성장을 두려워하는 부패한 권력은 공개 재판을 통해 암탉들에게 무고한 혐의들을 덮어씌울 뿐만 아니

라 속전속결로 그들을 처단해 버린다. 우리 역사에서 이에 해당하는 조작 사건의 실례를 찾아서 그 진상 및 경위를 비교해 보자.

이제 『동물 농장』은 동일 저자의 『1984』, 그리고 집단 광기에 휩쓸려 국민 전체가 이성을 잃고 돌이킬 수 없는 죄악을 저질렀던 나치 독일의 과거사를 배우다 엉뚱한 길로 빠져든 교실 에피소드를 기록한 『파도』(토드 스트라써, 서연비람)와 함께 민주 사회를 지향하는 여러 문명국 청소년의 필독서로 자리 잡았다. 권력 놀음에 취한 자들의 뻔한 농간에 더 이상 놀아나지 않는 지구촌 청소년들이 늘어날수록, 이들이 함께 진정한 민주 시민으로 활약할수록, 평화의 목소리와 의지는 더욱 강력한 힘을 얻게 될 것이다. 최소한 대한민국에서 갑질을 하는 만용이 조금씩은 줄어들 수밖에 없으리라고 굳게 믿는다.